Nova und Avon

AVONS RÜCKKEHR

NOVA UND AVON

Band 1: Mein böser, böser Zwilling

Band 2: Avons Rückkehr

Tanja Voosen

Nova und Avon

Avons Rückkehr

CARLSEN

Für Fabian, Amelie, Lisa R. und Carina.
Eure Freundschaft ist pure Magie!

1

NOVA drehte versonnen den Becher mit quietschsüßer Erdbeerbowle in ihren Händen. Der milde Abendwind wehte Musik und Gelächter zu ihr herüber. Sie konnte es noch immer nicht glauben: Sie – Nova Stark – war auf einer Party! Mit DJ und cooler Musik und lauter coolen Leuten! Unfassbar! Früher hatte sie an einem Samstag meistens in ihrem Zimmer gehockt und Sudoku gespielt oder ein bisschen mit dem besten Haustier der Welt gequatscht – ihrem Wellensittich Wally. Aber jetzt saß sie an einem türkisblauen Pool, schlürfte Bowle und schmachtete aus sicherer Entfernung den süßesten Jungen der Welt an. *Fitz.* Fitz Alcott. An ihrer Schule war er so etwas wie ein Superheld. Er war Stürmer in der Fußball-Schulmannschaft und allein beim Gedanken an sein verwegenes Gewinnerlächeln und seine sommerhimmelblauen Augen bekam Nova Herzrasen. Gerade wiegte sich sein blonder Wuschelkopf im Takt der Musik und schimmerte fast golden im Licht der Lampions, die überall in den Bäumen hingen. Hach! Nova seufzte. Doch dann …

Oh! Schnell wegducken! Die Gastgeberin Viola Alcott, Fitz' Schwester, stöckelte auf halsbrecherisch hohen Schuhen bedrohlich in ihre Richtung. Warum gab es eigentlich keine mathematische Formel, die einem dabei half, blöde Kühe zu verstehen? Den Satz des Pythagoras konnte Nova im Schlaf, aber dieses hochnäsige, launische Mädchen im Glitzerkleidchen war einfach unberechenbar. Heute – an ihrem Geburtstag – funkelte Viola wie eine der scheußlichen Tannenbaumkugeln, mit denen Novas Vater zur Weihnachtszeit gern den Baum verschandelte. Nova schüttelte sich. Auf einer Party an ihren Dad denken? Lieber nicht!

Nova atmete erleichtert auf, als sie Viola Glitzerdiva Popqueen Alcott in Richtung Snackbar abbiegen sah. Doch da bahnte sich auch schon die nächste Katastrophe an. Die schönste Katastrophe der Welt, um genau zu sein.

Mit lässigen Schritten schlenderte Fitz auf Nova zu. Und er lächelte sie an. *Fitz* lächelte *sie* an! Nova blieb fast das Herz stehen. Was sollte sie bloß tun? Was sollte sie sagen, wenn er sie ansprach? Bestimmt brachte sie nur ein Wally-Krächzen heraus! Oder wollte Fitz sie etwa zum Tanzen auffordern? Heiliger Bimbam! Das wäre ihr Untergang!

„Hey, Fitz …“, krächzte sie verlegen.
Doch da hatte Fitz sie schon bei den Händen gefasst, zog sie zur Tanzfläche und wirbelte sie herum. Die anderen Partygäste applaudierten, und niemand beachtete Viola, die in ihrem Tannenbaumkugelkleid am Rand stand und zeterte.
Nova fühlte sich unglaublich. Frei und mutig!
Dann wechselte die Musik. Ein ruhiges Lied erklang. Nova und Fitz blieben stehen und Fitz beugte sich zu Nova vor. „Du bist das tollste Mädchen, das ich kenne“, flüsterte er ihr ins Ohr.
Nova war wie benebelt und brachte vor Staunen kein Wort heraus. Dann sagte sie mit zitternder Stimme: „Und du bist …“
Fitz legte ihr einen Finger auf die Lippen. Seine blauen Augen funkelten. „Schhh, sag nichts! Ich bin einfach froh, dass wir uns getroffen haben!“ Er streckte die Hand aus und strich Nova eine Haarsträhne aus dem Gesicht. Novas Puls schoss in die Höhe. „Ich hab noch was für dich“, flüsterte er geheimnisvoll.
„Für mi-mich?“, stammelte Nova überrascht.
„Ein Gedicht!“, rief Fitz.
Ein Raunen ging durch die Menge.
Fitz kniete sich vor Nova hin, fuhr sich durch sein goldenes

Wuschelhaar und sah sie mit glitzernden, sommerhimmelblauen Augen an. Dann begann er mit leidenschaftlicher Stimme vorzutragen:

„Wenn ich dich sehe, wird mir ganz warm.
Dann hätte ich dich am liebsten in meinem Arm!
Ich würde jeden Fußball gegen dich tauschen,
um deiner süßen Stimme zu lauschen!
Mit dir will ich die Formel unserer Liebe ausrechnen
und dabei sämtliche Regeln brechen!
Du gehörst zu mir wie Käse zu Makkaroni und Marshmallows zu Kakao!
Oh, Nova, du bist so schlau!“

Nova riss überwältigt die Augen auf. „Fitz, das war …“

Doch Fitz ließ sie nicht aussprechen. Unter den staunenden Blicken der anderen nahm er einfach wieder ihre Hand und zog sie zurück zum Pool.

Sie setzten sich ins weiche Gras, Fitz legte einen Arm um Nova und Novas Herz machte einen Salto rückwärts. Das war zu schön, um wahr zu sein!

Doch plötzlich verflog sein Lächeln. Nova erschrak. Hatte sie etwas falsch gemacht? Sah sie irgendwie komisch aus? Unsicher drehte sie sich weg und schaute in die spiegelnde Wasseroberfläche des Pools, die sich merkwürdig kräuselte. Mit einem Schlag verstummte die Musik, die Lampions flackerten, ein frostiger Wind kam auf. Nova hörte ein grässliches Lachen, das ihr nur allzu vertraut war … und dann spiegelte sich nicht mehr nur ihr eigenes Gesicht im Pool, sondern auch das von Avon, ihrem bösen, bösen Zwilling. Avon schnitt eine hämische Fratze. „Du dachtest, ich sei verschwunden? Da hast du dich getäuscht! Es ist noch lange nicht vorbei! Es wird niemals vorbei sein!“, kreischte sie. Das Wasser im Pool begann nun wild zu schäumen.

Wie im Zeitraffer holten Nova die Erinnerungen ein. Sie dachte an Esmeralda, die Wahrsagerin vom Jahrmarkt, die sie verflucht und ihr eine böse Zwillingsschwester namens Avon angehext hatte. Avon hatte Nova das Leben zur Hölle gemacht! Sie hatte versucht Novas Platz einzunehmen, sie hatte sich mit der fiesen Viola angefreundet, Fitz vergrault, Novas Eltern getäuscht und wie zum endgültigen Beweis ihrer Boshaftigkeit Novas beste Freundin Fee entführt!

„Es ist nicht vorbei! Es wird niemals vorbei sein!“, schrie Avon wieder.

Nova sprang hoch. „Fitz, lass uns …“

Doch da schoss eine Hand aus dem Wasser, packte ihren rechten Knöchel und zog sie über die Kante des Pools. Nova stürzte hinein. Um sie herum wurde es dunkel. Und bitterkalt. Voller Panik konnte Nova nur noch eines denken: Hilfe!

„Du wirst mich niemals los! *Niemals!*“, schrie Avon.
Nova strampelte verzweifelt, aber etwas zog sie immer weiter hinab in die Tiefe. Sie war verloren, elendig verloren …

***

Mit einem Ruck schoss Nova hoch und stieß einen erstickten Laut aus. Dann erkannte sie, wo sie war: in ihrem Bett, in ihrem Zimmer. Sie schüttelte sich. Der Tanz mit Fitz, seine Liebeserklärung, Avon, die sie unter Wasser gezerrt hatte … das war alles nur ein böser, böser Traum gewesen!
Nova knipste das Licht an und sah auf die Uhr: Es war kurz vor sechs. Blinzelnd und immer noch verwirrt schaute sie sich in ihrem Zimmer um. Es sah aus wie immer: ordentlich und sauber, so wie sie es liebte. Wally hockte friedlich in seinem Käfig und hatte zum Schlafen den Kopf unter das Gefieder gesteckt.
Nur. Ein. Traum.
Nova seufzte erleichtert. Dann fiel ihr Blick auf das Foto, das auf ihrem Schreibtisch stand. Es war am Abend von Violas Geburtstagsparty aufgenommen worden – der *echten* Party. Nova trug ein schwarzes Kleid mit wallendem Rock und ihre beste Freundin Fee das am wenigsten durchge-

knallte Outfit, das ihr Kleiderschrank zu bieten hatte: einen weißen Rock und eine gemusterte Bluse. Sie lächelten fröhlich in die Kamera.

Nova schaltete das Licht wieder aus und ließ sich zurück in ihr Kissen sinken.

In diesem Augenblick ertönte draußen im Flur die Stimme ihres Vaters: „Können wir bald mal wieder diesen leckeren Brokkoli-Auflauf essen, Schatz?“, rief Mr Stark putzmunter. Er war absoluter Frühaufsteher. „Ich hatte den köstlichsten Traum davon! Es geht einfach nichts über die Kochkünste meiner geliebten Frau!“

Novas Mutter lachte. „Ach, Monty, du Charmeur.“

Nova schloss beruhigt die Augen. Alles war wieder normal. Ihr drohte keine Gefahr – von flirtenden Eltern am Morgen und dem furchtbar gesunden Brokkoli-Auflauf ihrer Mutter mal abgesehen. Beides sollte gesetzlich verboten werden, aber beides war tausendmal besser als eine böse Zwillingsschwester!

2

„BIST du nicht etwas spät dran für den Bus?“, fragte Mrs Stark, als Nova in die Küche kam.

„Ich fahre heute mit dem Rad“, antwortete Nova.

„Fahr vorsichtig, Schatz. Und den Helm nicht vergessen.“ Novas Mutter reichte Nova eine Brötchenhälfte mit einer beigen Creme darauf.

„Sicher“, murmelte Nova und biss herzhaft in ihr Brötchen. Bäh! Was hatte ihre Mutter denn da wieder für einen Aufstrich zusammengemixt? Linse-Spinat-Schuhcreme? Nova verzog angeekelt das Gesicht.

„Dein Vater und ich müssen gleich ins Institut“, fuhr ihre Mutter unbeirrt fort. „Sonst hätten wir dich natürlich zur Schule gefahren.“ Novas Mutter seufzte bedauernd. „Es tut mir wirklich leid, dass wir momentan so wenig Zeit für dich haben, mein Schatz. Aber du weißt ja: das Jubiläum, mein Vortrag … Wenn der ganze Trubel vorbei ist, hast du einen Wunsch frei, einverstanden?“

„Hm-hm“, machte Nova bloß. Tatsächlich sah sie ihre Eltern in letzter Zeit eher selten. Es war wie beim Glücksrad – Nova wusste nie, was sie bekam: ein gemeinsames Frühstück so wie heute oder einen kurzen Schwatz beim Abendessen wie an anderen Tagen oder bloß eine SMS zwischendurch.
Ja, Mr und Mrs Stark waren beschäftigte Leute.
Novas Vater hatte seine eigene TV-Show: *Montys Mysteriöse Mysterien*, kurz *MMM*. Als begeisterter Moderator stellte er darin in jeder Folge ein anderes übernatürliches Phänomen vor. Mr Stark liebte seine Sendung und dachte, alle anderen täten das auch. Deshalb drehte er fremden Leuten gern ungefragt seine Autogrammkarten an.
Novas Begeisterung hielt sich leider in Grenzen. Zu oft war sie wegen ihres Vaters aufgezogen worden, der so selbstverständlich über Geister, Vampire und Zombies redete wie andere Leute über ihre Haustiere. Aber Mr Stark war nun mal fest von der Existenz solcher Schauerwesen überzeugt. Ehe Viola Alcott Nova den Spitznamen „Supernova“ verpasst hatte, um sie zu ärgern, hatte Nova noch einige andere doofe Spitznamen gehabt. Nova-Freak. Nova, die Vampirjägerin. Miss Magischer Murks. Viele machten sich über *Montys Mysteriöse Mysterien* lustig, dabei hatte die Serie bei ihren Fans echten Kultstatus.

Auch Novas Mutter lebte für die Erforschung des Übernatürlichen. Sie war Leiterin des *Darkwood Instituts für Grenzwissenschaften.* Als Parapsychologin und Physikerin tüftelte sie dort ständig an irgendwelchen Gerätschaften herum, mit denen man angeblich die Schwingungen von Geistern messen konnte. Sie war stets zu zerstreut, um sich irgendwelche Namen zu merken. Aber heute würde es in Novas Schule von Leuten mit unbekannten Namen nur so wimmeln, denn an der Richmond School war an diesem Samstag Tag der offenen Tür.

In Novas Magen kribbelte es vor lauter Aufregung, und insgeheim war sie sogar froh, dass ihre Eltern sie nicht zur Schule bringen konnten. Das hätte nur wieder in irgendeiner Peinlichkeit geendet.

„Ich geh mich mal umziehen“, sagte Nova und würgte den letzten Bissen Brötchen herunter. Sie lief hoch in ihr Zimmer, zog ihre Schuluniform an – blaues Jackett, blauer Rock und weiße Bluse – und schnappte sich ihre Tasche. Obwohl heute kein regulärer Schultag war, galt trotzdem die übliche Kleiderordnung.

Als Nova noch einmal in die Küche flitzte, um ihren Kuchen, den sie für den Verkaufsstand gebacken hatte, aus dem Kühlschrank zu holen, war der Frühstückstisch bereits verlassen und abgeräumt.

„Tschüss, Mum, tschüss Dad!“, rief Nova in den leeren Flur hinein und eilte zur Hintertür hinaus in den Garten. Sie legte die Kuchendose in den Fahrradkorb, schob ihr Rad aus dem Schuppen und radelte die Wood Lane hinunter.

Die Straße verdankte ihren Namen einem nahe gelegenen Park mit Wäldchen. Davon abgesehen gab es hier, am Stadtrand des beschaulichen Richmond, nicht viel zu entdecken. Das Spektakulärste war wohl das Haus der Starks, in dem früher einmal die berühmte Schriftstellerin Elaine Carmody gewohnt hatte. In Richmond hieß es deshalb nur „Das Carmody-Haus“.

Novas Haare wehten im Fahrtwind und sie trat kräftiger in die Pedale. Sie sauste am Haus ihrer besten Freundin Fee vorbei, doch das Familienauto der Banks stand schon nicht mehr in der Einfahrt. Fee wurde heute von ihrer Mutter zur Schule gefahren, weil die vielen Bleche mit Cupcakes, die die beiden gestern zusammen gebacken hatten, unmöglich in einen Fahrradkorb gepasst hätten.

Fee hatte Nova pausenlos Fotos von der Backorgie geschickt, und Nova musste schon wieder grinsen, als sie an ihre über und über mit Mehl bestäubte Freundin dachte. Fee hatte ausgesehen wie ein kleiner Yeti! Das hatte Nova Fee allerdings nicht gesagt, sonst wäre Fee womöglich noch auf die Idee gekommen, einen waschechten Yeti in Richmond zu suchen.

Fee war nämlich ein klitzekleines bisschen verrückt. Paranormal-verrückt. Sie und Nova waren in derselben Klassenstufe, hatten sich aber erst vor einigen Wochen richtig kennengelernt. Seitdem waren sie unzertrennlich.

„Wie Yin und Yang", scherzten Novas Eltern ständig.

Am Ende der Hauptstraße ging es – *schwups!* – einen Berg hinauf, zweimal links und die Schule kam in Sicht.

Vor dem hohen schmiedeeisernen Tor der Schule stieg Nova ab und schob ihr Rad artig den restlichen Weg über den Campus. An der Richmond School gab es strenge Lehrer und strenge Regeln und sie wollte auf keinen Fall wegen irgendeines popeligen Regelverstoßes vom Schulfest ausgeschlossen werden. Vor dem Hauptgebäude schloss Nova ihr Rad ab und nahm die Kuchendose aus dem Korb.

Einige der Backsteingebäude mit den hohen weißen Sprossenfenstern hatten schon über hundert Jahre auf dem Buckel. Nova hatte oft das Gefühl, dass sich seit der Eröffnung der Schule hier kaum etwas verändert hatte. Am liebsten mochte sie die weitläufigen Wiesen und die vielen verborgenen Nischen, wo man in der Pause verschnaufen oder sich vor blöden Viola Alcotts verstecken konnte.

Aber jetzt musste sie sich ja gar nicht mehr verstecken! Jetzt gab es ja Fee! Und Fitz. Zwei gute Gründe, sich neuerdings auf die Schule zu freuen!

Selbst der lange Weg über die endlosen Flure bis zur Sporthalle bereitete Nova keine Bauchschmerzen mehr. Es hätte zwar noch ein bisschen besser sein können – zum Beispiel, wenn Viola allein nach Timbuktu ausgewandert wäre –, doch mit einer besten Freundin wie Fee an ihrer Seite prallten Violas blöde Bemerkungen meistens an Nova ab.

Fröhlich summend betrat sie die Sporthalle. Hier hatten die Schüler schon am Vortag sämtliche Stände aufgebaut. Die Schüler aus dem Year 10 waren für die Dekoration zuständig gewesen und hatten überall bunte Ballons, Luftschlangen und selbst gebastelte Schilder aufgehängt. Die Halle sah toll aus! Nova und Fee hatten sich zusammen für den Kuchenverkauf eingetragen. Fee wartete bereits an ihrem Tisch, der sich an der Stirnseite der Halle befand.

Mit der Dose Kuchen im Arm war es gar nicht so leicht, voranzukommen, erst recht nicht, wenn man Nova Stark hieß und das Tollpatsch-Gen in sich trug. Nova biss sich auf die Unterlippe. Jetzt bloß nicht stolpern!

Puh! Geschafft! Und sogar pünktlich!

Als hätte sie gerade die olympische Fackel zu ihrem Bestimmungsort getragen und nicht bloß einen ollen Kuchen, setzte Nova die Dose feierlich ab. Sie begrüßte Fee mit einem breiten Grinsen.

Fee grinste zurück und fiel Nova stürmisch um den Hals. „Hallo, Nova! Endlich muss ich hier nicht mehr allein rumstehen!“

„Wo sind denn die anderen Mädchen, die helfen sollten?“, fragte Nova.

„Die rennen ständig aufs Klo, um sich zu drücken“, grummelte Fee.

Nova lachte. „Hilfst du mir mit meinem Kuchen?“

Fee öffnete die Dose und betrachtete Novas Werk. „Hast du den ganz allein gebacken?“, fragte Fee.

„Oje, sieht er echt *so* schlimm aus?“, fragte Nova und wurde ein bisschen traurig. Sie hatte sich richtig darauf gefreut, zusammen mit ihrer Mutter ein Kuchenrezept auszusuchen und anschließend gemeinsam zu backen – so wie *normale* Mütter und Töchter das wahrscheinlich taten. Ohne Geisterkram und Spukzeug. Doch dann war ihrer Mutter in letzter Sekunde ein dringender Anruf aus dem Institut dazwischengekommen und Nova hatte alles allein machen müssen. Ihre Mutter hatte nicht mal gemerkt, wie sehr sie Nova damit verletzt hatte.

Eigentlich war Nova inzwischen daran gewöhnt, dass ihre Eltern beide etwas schusselig waren, aber manchmal hätte

sie sie trotzdem am liebsten umgetauscht – wie einen drückenden Schuh.
Novas Kuchen hatte nur entfernt Ähnlichkeit mit dem Bild aus dem Backbuch. Er war am Rand etwas verkohlt und sah ziemlich zermatscht aus. Novas kleiner Finger tat immer noch weh, weil sie sich am Blech verbrannt hatte.
„Ich finde, dein Kuchen sieht toll aus!“, verkündete Fee. „Und ich will nachher unbedingt ein Stück probieren.“
Nova lächelte dankbar, dann wanderte ihr Blick zu den Tellern mit bunten Cupcakes voller Zuckerstreusel. „Wow!“, machte Nova beeindruckt. „Fee, die Meisterbäckerin!“
„Ach, na ja“, entgegnete Fee, „ehrlich gesagt habe ich gar nicht so viel gemacht. Ein bisschen Teig genascht und Mum bei der Glasur geholfen.“ Sie kicherte.
Typisch Fee, dachte Nova. Ihre Freundin ging eben lieber auf Koboldjagd.
In den nächsten Minuten half Fee Nova, den Kuchen in gleich große Stücke zu schneiden und auf eine Kuchenplatte zu heben. Inmitten all der anderen Leckereien fiel es gar nicht mehr so auf, dass der Kuchen nicht perfekt war. Nova lächelte zufrieden.
Plötzlich stöhnte Fee neben ihr auf. „Oh nein. Da kommt Miss Moore.“
Ihre Englischlehrerin trat an den Tisch. „Wo sind die an-

deren Mädchen?", fragte sie energisch und spähte lauernd über den Rand ihrer Brillengläser. Nicht umsonst hatten die Schüler und Schülerinnen der Richmond School ihr den Titel „strengste Lehrerin der Schule" verpasst.

„Noch auf dem Klo", antwortete Fee.

„Immer noch?", fragte Miss Moore und schüttelte tadelnd den Kopf.

Fee zuckte entschuldigend die Schultern.

Miss Moore betrachtete die Auswahl an Gebäck. „Sehr schön aufgebaut", sagte sie und klang schon nicht mehr ganz so griesgrämig. Doch dann blieb ihr Blick an Novas Kokelkuchen hängen. Nova hielt den Atem an. „Interessant." Die Lehrerin richtete ihre Brille und seufzte. „Dann sehe ich mal nach den anderen Tischen."

„Interessant?", wiederholte Fee, als Miss Moore außer Hörweite war. „War das ein Lob?"

„Auf keinen Fall", sagte Nova. „‚Interessant' sagt man, wenn einem nichts Nettes einfällt. Da kenn ich mich bestens aus. Das sag ich in letzter Zeit auch immer, wenn mir Mum mal wieder von ihrem Vortrag über Elaine Carmody erzählt."

„Deine Mum hält einen Vortrag über Elaine Carmody? *Die* Elaine Carmody?", quietschte Fee.

Wie jeder in Richmond kannte natürlich auch Fee die *große*

Elaine Carmody und vor allem die Gruselstorys, die sich um sie rankten. So munkelte man zum Beispiel, dass die Schriftstellerin in einer stürmischen Unwetternacht von ihrem Ex-Geliebten aus Rache abgemurkst wurde, nachdem sie es gewagt hatte, die heimliche Affäre mit ihm in einer ihrer Liebesschnulzen zu verarbeiten.

Nova nickte. „Ja, genau die. Dieses Jahr ist ihr 100. Todestag und meine Mutter hält morgen früh einen Vortrag im Institut“, erklärte sie genervt. Die tote Schriftstellerin war ihr herzlich egal. Und hätte Wally, ihr Wellensittich, nicht ausgerechnet die Kartons voller Carmody-Schnulzen, die immer noch in ihrem Zimmer standen, zu seinem Lieblingslandeplatz erklärt, wären sie schon längst im Altpapier gelandet.

„Meine Eltern reden die ganze Zeit über nichts anderes!“, beschwerte sich Nova. „Von morgens bis abends heißt es: ‚Carmody hier und Carmody da‘. Ich fühle mich manchmal richtig unsichtbar! Als wäre ich Mum und Dad bei ihren Vorbereitungen total im Weg.“

Fee runzelte die Stirn. „Das wird schon wieder. Und du hast ja noch mich!“

„Ein Glück!“, sagte Nova aus tiefstem Herzen.

Die Turnhalle füllte sich allmählich mit Gästen. Nova und Fee staunten nicht schlecht. So viele Leute!

Inzwischen hatte Miss Moore auch die übrigen Mädchen zurück an ihren Arbeitsplatz gescheucht. Nova konnte sich gut vorstellen, wie ihre Lehrerin die Drückebergerinnen mit einer deftigen Standpauke vom Klo gejagt hatte.

Die meisten Mädchen kannte Nova nur vom Sehen. Sie beäugten Nova und Fee skeptisch, vor allem aber Fee. Die hatte ihre langen schwarzen Haare mal wieder zu ihrer liebsten Frisur hochgesteckt – wirrer Knoten mit Essstäbchen – und trug allerlei klimpernden Schmuck um den Hals. Fees Faible für ausgefallene Sachen ließ sie selbst in der langweiligen Schuluniform hervorstechen. Das passte den meisten Leuten nicht in den Kram. Anders zu sein bedeutete für sie: Freak-Alarm. Doch Fee scherte sich nicht darum.

„Lass die Plumpsklo-Hühner ruhig gaffen“, sagte Fee unbekümmert. „Das bin ich schon gewohnt.“ Gut gelaunt strahlte sie Nova an. „Du findest meine Sachen cool und das reicht.“

„Cool? Du meinst wohl fabulös!“

Fee kicherte. „Fabulöse Freundin Fee – gefällt mir!“ Fee verneigte sich wie eine Künstlerin vor ihrem Publikum.

Doch plötzlich war Nova abgelenkt. Sie hatte Fitz erspäht. Und er kam genau auf sie zu! Nova musste unwillkürlich an ihren letzten Traum denken und schauderte.

Ehe Fee kapiert hatte, was los war, war Nova unterm Tisch abgetaucht.

„Nova, was machst du da?“, fragte Fee verwirrt.

Die Fitz-Alcott-Kurzschlussreaktion hatte Nova kalt erwischt. Auf eine Begegnung mit Fitz musste sie sich doch vorbereiten! Planen, was sie sagen würde, um sich nicht zu blamieren! Doch jetzt war es zu spät. Ihre Knie waren weich wie Butter. Nova schloss die Augen und schluckte schwer. Verfitzt – ähm –, verflixt noch mal! Mit einem Ruck stemmte sie sich hoch und stieß prompt mit dem Kopf gegen die Tischplatte. Fee reagierte blitzschnell und rettete einen Muffin-Teller vor dem Absturz.

Nova rieb sich den Schädel. Aua, tat das weh!

„Hey, Nova. Hey, Fee. Alles klar bei euch?“

Fitz' Stimme jagte Nova einen wohligen Schauer über die Arme und der Brummschädel war vergessen. Schmachtmodus! Nova grinste.

„Das ist ein *Ja*“, übersetzte Fee schnell.

Nova nickte hastig. Mehr brachte sie nicht zustande, solange Fitz sie so ansah – Fitz, der Stürmer mit der Nummer 8, der Held der Schulflure und der Herzensbrecher auf dem Pausenhof. Nova hatte ihn schon Ewigkeiten aus der Ferne angehimmelt, bis sie vor wenigen Wochen endlich den Mut gefasst hatte, mit ihm zu sprechen. Im *Eight Ball*, einem beliebten Café in der Nähe der Schule, hatten sie sich ein Billard-Duell geliefert, zusammen gelacht und echt Spaß gehabt! Wie jemand, der so nett und cool war wie Fitz, mit der Oberzicke Viola verwandt sein konnte, war Nova immer noch ein Rätsel. Vielleicht war er ja so eine Art Entschuldigung des Universums dafür, dass sich die Menschheit mit einer fiesen Kuh wie Viola herumärgern musste.

„Wie läuft's denn so bei euch?", fragte Fitz, sah dabei aber nur Nova an.

„Wir haben noch nichts verkauft", brachte Nova hervor.

„Die rennen euch schon noch die Bude ein", sagte Fitz und lächelte verschmitzt. „Ich nehme mir besser gleich was als Proviant mit, ehe alles aufgefuttert ist."

Fee reichte Fitz eine Serviette. „Versuch mal den Kuchen da", sagte sie und zeigte auf einen der Teller.

Novas Kuchen!

Fitz überlegte kurz, dann griff er sich ein Stück und biss hinein. „Der sieht echt nicht so lecker aus", meinte er mit halb vollem Mund. „Schmeckt aber überraschend gut!"

Fee stieß Nova aufgeregt den Ellbogen in die Rippen und grinste breit.

Nova wäre vor Glück am liebsten um den Tisch herumgehüpft!

Fitz zögerte und starrte für ein paar Sekunden auf den Kuchen in seiner Hand. „Ich … ich wollte noch etwas fragen“, sagte er langsam. „Ich wollte später noch eine Runde über das Schulfest drehen … Magst du vielleicht mitkommen, Nova?“

Nova traute ihren Ohren kaum. Herzklopfen hoch hundert!

Dieses Mal musste Fee nicht für Nova antworten. „Total gerne!“, rief Nova und strahlte übers ganze Gesicht.

„Cool. Dann in einer Stunde vorm Eingang?“, fragte Fitz.

„Ja, bis dann“, erwiderte Nova.

Fitz lächelte sie an. Und diesmal war es *kein* Traum.

3

NOVA und Fee verteilten fleißig Kuchen auf Papptellern. Fitz hatte recht gehabt: Der Ansturm war riesig! Doch kaum hatten sie eine kleine Verschnaufpause, flog Novas Blick sofort zur großen Wanduhr. Noch fünfzehn Minuten bis zu ihrer Verabredung mit Fitz. Noch 900 Sekunden, rechnete Nova blitzschnell aus. Was sollte sie tun? Schon mal Witze üben? Cool dastehen? Das Haar zurückwerfen? Nein, sie hieß ja nicht Viola … Aber wie funktionierte das mit dem Flirten noch mal?

Nova tänzelte von einem Fuß auf den anderen. Vor lauter Herzklopfen war ihr schon ganz schwindelig.

Irgendwann konnte Fee nicht länger zusehen, fischte einen Cupcake vom Teller und hielt ihn Nova hin. „Tief durchatmen“, sagte sie. „Und iss was! Vor wichtigen Tests nasche ich auch immer was Süßes. Das hilft gegen die Aufregung.“

Dankbar nahm Nova den Cupcake und biss hinein. „Wow! Die sind echt lecker!“, schmatzte sie.

Fee legte Nova einen Arm um die Schultern. „Mach dir nicht so viele Gedanken“, sagte sie zuversichtlich. „Weißt du noch, wie du Fitz damals mit einer Billardkugel attackiert hast? Und er findet dich immer noch super!“
„Das war doch keine Absicht!“, rief Nova empört.
„Schon klar. Aber du warst einfach du selbst“, sagte Fee. „Und das war genau richtig.“
Fees Worte machten Nova Mut. „Ja, vielleicht hast du recht …“

„Versuch dieses Mal einfach nur, ihm keine Kugel an den Kopf zu hauen“, scherzte Fee.
Lautes Gelächter schallte durch die Sporthalle. Nova und Fee blickten in die Richtung, aus der es kam.
Viola Alcott und ihre besten Freundinnen Caillie und Emma bedienten am Getränkestand und schienen sich köstlich zu amüsieren. Nova konnte sich schon denken, wieso. Bestimmt machten sie sich über die Leute lustig. Die falschen Klamotten, die falsche Frisur, die falsche Nase – Viola fand immer einen Grund zum Lästern.
„Wenn Viola ihren Job als Schuldiva aufgibt, kann sie als Sirene arbeiten und mit ihrem schrillen Lachen Schiffe im Meer versenken“, sagte Fee und rollte mit den Augen. „Ich wette, selbst den fiesen Sirenen würde sie irgendwann gehörig auf die Nerven gehen.“

Nova sah schnell woandershin. Zum Glück war sie am Kuchenstand vor Sirenen-Viola sicher. Zu viele Kalorien für Miss Modepüppchen und ihre Untergebenen. Nova biss noch einmal in Fees Cupcake. Zu lecker! So was sollten ihre Eltern zum Mittagessen servieren: Zuckerstreuselkuchen-Auflauf! Mindestens zweimal die Woche!

Noch acht Minuten …

„Und was machst du morgen so?“, fragte Nova Fee, um sich abzulenken.

Fee zögerte. „Weiß noch nicht … Und deine Mum hält echt einen Vortrag über Elaine Carmody?“ Fees Augen leuchteten. „Am sagenhaften *Darkwood Institut für Grenzwissenschaften*?“

„Ja“, sagte Nova wenig begeistert. „Und sie hat mich dazu verdonnert, mitzukommen.“ Nova hätte lieber eine Doppelstunde Biologie über sich ergehen lassen, samt Viola und ihrem spuckenden Lama-Lehrer, als einen superlangen, superöden Vortrag über eine tote Schriftstellerin und paranormalen Blödsinn. Nova glaubte eben nicht an das Übernatürliche.

„Das klingt *so* spannend!“, rief Fee. „Also wie gesagt … ich hab morgen noch nichts vor.“

Ah! Wink mit dem Zaunpfahl. „Willst du mitkommen?“, fragte Nova.

Fee zuckte die Achseln. „Nur wenn du drauf bestehst." Dann grinste sie breit und machte vor Freude einen Luftsprung. „Natürlich will ich! Unbedingt! Danke, danke, danke!"

***

„Da bist du ja!", freute sich Fitz, als er Nova sah. „An unserem Märkchen-Stand herrscht totales Chaos. Ich dachte, da komme ich nie los. Ich habe für uns auch ein paar Märkchen besorgt."

Nova wusste nicht, was sie sagen sollte, und auch Fitz schien im nächsten Moment ungewohnt verlegen zu sein. Gab es Regeln, die bestimmten, was man in einer solchen Situation sagen musste? Nova liebte Regeln! Nur leider hatte sie gerade keine parat. Also stand sie stocksteif da, stumm wie ein Fisch – und so ganz und gar nicht cool. Entspann dich!, redete sie sich gut zu. Denk an Fees Worte und sei einfach du selbst!

„Wollen wir los?", fragte Fitz in die peinliche Stille hinein.

„Gerne", antwortete Nova aufgeregt. Fitz würde sie sogar bis ans Ende der Welt folgen. Seufz!

Kurz sah es so aus, als wollte Fitz ihre Hand nehmen, doch dann steckte er seine Hand in die Hosentasche und schlenderte los. Puh! Glück gehabt. Nicht, dass Nova Fitz' Hand nicht gern gehalten hätte! Doch leider waren ihre Hände gerade ganz schwitzig vor lauter Aufregung. Allein mit Fitz unterwegs zu sein war total schön, aber eben auch total ungewohnt und einschüchternd.

Was erwartete Fitz von ihr? Erwartete er überhaupt irgendwas? Einen Witz? Eine abgedrehte Geschichte? Würde er sonst denken, dass man mit Nova sowieso keinen Spaß haben konnte, weil sie – wie Viola so oft betonte – eben ein Tollpatsch und Loser war? Blödsinn!

Sie bummelten zwischen den Ständen entlang, und je mehr Zeit verstrich, umso wohler fühlte sich Nova. Irgendwann fingen sie sogar an herumzualbern, und trotz ihres hüpfenden Herzens merkte Nova, wie leicht es war, mit Fitz zu reden.

„Guck mal, der Mann da", sagte Fitz. Er deutete auf einen älteren Herrn, der einen rot-weiß gepunkteten Hut trug. „Der hat dieselbe Vorliebe für komische Hüte wie dein Dad." Fitz lächelte und schüttelte den Kopf. „Mit so einem Hut dürfte ich bei uns zu Hause nicht aufkreuzen."

„Wieso das denn nicht?", fragte Nova.

Fitz blieb stehen und zuckte die Achseln. „Ach, keine Ahnung. Ich glaube, meine Eltern mögen es einfach nicht, wenn man ein bisschen aus der Reihe tanzt." Sein Blick

wanderte über die Auslage auf dem Tisch vor ihnen. In kleinen Körbchen lagen Kugelschreiber, Buttons, Stempel und Sticker mit dem Logo der Richmond School darauf.
Fitz griff sich einen Stempel und hielt ihn Nova hin. „Du könntest ein bisschen mein Gesicht verzieren. Mit so einem schicken Stempel auf der Stirn geben mich meine Eltern bestimmt zur Adoption frei“, scherzte er, aber es klang irgendwie traurig.
„Dabei bist du so …“, sagte Nova verträumt. Perfekt! Klug! Nett! Lustig! Sportlich! Beliebt! *Süß!* Welche Eltern würden sich nicht über so einen Sohn freuen?
„… so was? Normal?“, dachte Fitz laut nach.
„Du bist doch nicht normal!“, platzte es aus Nova heraus. Prompt fingen ihre Wangen an zu glühen. „Du bist … nett und … hilfsbereit“, murmelte sie leise. „Einfach Fitz eben.“
„Einfach Fitz“, wiederholte er und grinste.
Novas Kopf fühlte sich an wie ein kochender Teekessel. Bestimmt kamen ihr gleich Dampfwölkchen zu den Ohren heraus. Warum hatte sie das denn gerade laut gesagt? Wie peinlich!
Fitz legte den Stempel wieder weg. „Meine Eltern sind sehr stolz auf Viola, weil sie so ehrgeizig ist. Meine Noten sind zwar auch okay, aber eben nur *okay.* Ihrer Meinung nach sollte ich weniger Zeit mit Kicken verbringen und mehr

lernen.“ Fitz machte eine Pause und seufzte. „Zu Hause geht es immer nur um gute Noten und Erfolg und nie um Sachen, die *mir* Spaß machen. Tja, und mein liebes Schwesterlein ist nun mal in allem die Beste.“

Wie bitte? Was? Nova traute ihren Ohren kaum. Viola – die Beste? Im Doofsein vielleicht.

„Und wie ist es bei dir so?“, fragte Fitz.

Nova überlegte kurz, was sie darauf antworten könnte, um Fitz zu beeindrucken. Dann entschied sie sich für die Wahrheit. „Meine Eltern sind sehr eingespannt mit ihrer Arbeit“, erzählte sie. „Das macht mich manchmal echt traurig. Wenn's drauf ankommt, sind sie für mich da, das schon, aber irgendwie ticken wir trotzdem total verschieden. Für meine Eltern bedeutet Spaß, Werwölfe, Vampire und Geister zu erforschen, aber …“ Nova verstummte.

„Aber?“, hakte Fitz nach.

„Ich habe einen Wellensittich, Wally“, sagte Nova. „Der ist sehr schlau, glaube ich zumindest. Meine Eltern haben ihn mir geschenkt, als ich acht war und unbedingt ein Haustier wollte. Hm … so egal bin ich ihnen vielleicht doch nicht …“

„Ganz sicher nicht“, erwiderte Fitz und lächelte Nova an.

Mit einem blubbernden Glücksgefühl im Bauch ging Nova neben Fitz her. Er fragte sie weiter nach Wally aus, nach ih-

rem Lieblingsfach – Mathe, na logo! (bei Fitz war es natürlich Sport) –, und dann erzählte Fitz von ein paar lustigen MyFace-Videos, die ihm sein bester Freund Leo neulich gezeigt hatte. *Schwups!* – liefen sie schon eine zweite Runde.
„Sollen wir uns was zu trinken holen?“, fragte Fitz.
„Oh ja“, sagte Nova. „Eine Limo wäre super.“ Sie hatte vor lauter Herzklopfen gar nicht gemerkt, wie durstig sie war. Leider hatte sie auch kurz vergessen, *wer* am Getränkestand bediente.
„Was macht *ihr* denn hier?“, fragte Viola fassungslos und rieb sich die rechte Schläfe, als würde es ihr schlimme Kopfschmerzen bereiten, Nova zu sehen. „Hat Supernova sich verlaufen? Der Stand für die Loser ist da hinten.“ Sie zeigte auf den Kuchenstand, an dem Fee gerade tapfer allein die Stellung hielt. Die anderen Mädchen waren anscheinend mal wieder auf dem Klo.
Warum musste Viola immer jeden schönen Moment kaputt machen?
„Lass deine schlechte Laune an jemand anderem aus“, erwiderte Fitz ungerührt und sah seine Schwester grimmig an. „Zwei Limo. *Bitte.*“
Während Viola schmollend zwei Becher füllte, begrüßte Fitz ein paar seiner Freunde und wandte Nova kurz den Rücken zu. Viola huschte hinter dem Tisch hervor und

baute sich wie eine Mauer zwischen ihrem Bruder und Nova auf. Sie musterte Nova verächtlich, wie sie es immer tat, dann holte sie Luft und fing an zu reden. Aber Nova hörte gar nicht hin. Nova hatte nur Augen und Ohren für Fitz. Und *Emma.* Denn Emma hatte Fitz gerade in ein Gespräch verwickelt. Ausgerechnet die! Violas rechte Hand! Violas perfekte Kopie.

Wenn Viola mit Emma und Caillie zusammenstand, hätte man fast meinen können, die drei wären Drillinge – die gleichen perfekt gestylten blonden Haare, die gleichen perfekt aufeinander abgestimmten Klamotten, der gleiche überhebliche Gesichtsausdruck. Nur was fieses Benehmen anging, war Viola einsame Spitze.

Nova blendete Violas Geläster weiter aus, um zu hören, was Emma sagte.

„Hey, Fitz“, säuselte Emma mit hauchdünner Stimme, die wohl verführerisch klingen sollte. „Du bist doch nicht bloß wegen der Limo hergekommen, oder?“

Fitz sah Emma an, als stünde er auf der Leitung. Skeptisch hob er eine Augenbraue.

„Bist du etwa eifersüchtig?“, bohrte sich Violas Sirenenstimme zurück in Novas Ohr. „Auf Emma und Fitz?“

Emmaundfitz? Niemals!

Nova starrte Viola eisig an.

„Für Fitz bist du doch nicht mehr als ein Wohltätigkeitsprojekt", schoss Viola den nächsten Giftpfeil ab. „Also verzieh dich und lass meinen Bruder in Ruhe!"
Nova dachte gar nicht daran. Violas Worte trafen sie immer noch unerwartet hart, aber die Zeiten, in denen sie sich von ihr hatte einschüchtern lassen, waren endgültig vorbei. Wenn man gegen eine magisch-böse Doppelgängerin wie Avon ankam, dann auch gegen eine fiese Hexe wie Viola Alcott.
„Nein", sagte Nova schlicht. Gemeinheiten überließ sie anderen. Denn wenn Nova nach der Sache mit Avon eines gelernt hatte, dann das: Gegen das Böse kam man nicht an, indem man selbst böse war. Und darum musste Nova jetzt ihrem Nachnamen auch alle Ehre machen und einfach *stark* bleiben. Sie sah stur durch Viola hindurch, als hätte die sich in Luft aufgelöst.
Emma probierte unterdessen ihren schönsten Augenaufschlag. „Hast du dir schon das Schulfest angesehen?", flötete sie. *Blinzelblinzel.* „Ich noch nicht." *Blinzelblinzel.*
„Hast du was im Auge?", fragte Fitz.
Emma schnaubte frustriert, doch sie schaltete schnell. „Aua! Ja! Kannst du mal nachsehen? Bitte, Fitz!" Sie beugte sich zu ihm vor. Herrje! War das ihr Ernst?
Hilflos warf Fitz einen Blick über die Schulter zu Nova.

Er hatte sie also nicht vergessen. Wieso hatte Nova dann plötzlich dieses drückende Gefühl in der Brust? Sie machte einen Schritt zur Seite, um an Viola vorbeizukommen, doch Viola hielt sie am Arm fest. „Bei Verliebten mischt man sich nicht ein“, flüsterte sie Nova ins Ohr. „Sieht doch jeder Blinde, dass die zwei füreinander bestimmt sind.“

Nova war kurz vorm Platzen. Ruppig befreite sie sich aus Violas Griff. „Du tust mir leid, Viola“, sagte sie. „Wie kannst du überhaupt noch in den Spiegel schauen? Alles, was zurückblickt, ist böse.“

Viola machte große Augen und einen Herzschlag lang sahen sich die Mädchen stumm an. Aber Viola Alcott war noch nie auf den Mund gefallen, schon gar nicht, wenn sie wütend war.

„*Böse?*“ Violas Mundwinkel zuckten. Dann legte sich ein spöttisches Lächeln auf ihre Lippen. „Du, liebe Supernova, hast überhaupt keine Ahnung, *wie böse* ich sein kann, wenn man mir in die Quere kommt.“ Sie hob drohend den Zeigefinger. Nova wich erschrocken zurück – und stieß gegen Miss Moore.

Die Lehrerin sah die Mädchen fragend an. „Alles okay bei Ihnen?“

„Alles bestens“, sagte Viola zuckersüß.

Nova sagte gar nichts.

Miss Moore seufzte leise und rückte ihre Brille zurecht. „Miss Alcott, würden Sie vielleicht noch ein paar Broschüren an unsere Gäste verteilen?“ Es klang weniger nach einer Frage als nach einer Aufforderung. Sie drückte Viola einen Stapel Heftchen in die Hand. „Der Eingangsbereich der Turnhalle würde sich dafür bestens eignen!“

„Aber sicher, Miss Moore“, flötete Viola zwischen zusammengebissenen Zähnen.

Miss Moore war eine wahre Retterin!

„Und was ist mit Ihnen, Miss Stark?“, fragte die Lehrerin.

„Ich mache gerade Pause“, antwortete Nova wahrheitsgemäß.

Bildete sich Nova das nur ein oder schielte Miss Moore in diesem Augenblick zu Fitz hinüber? „Dann genießen Sie mal Ihre Pause.“

Nova nickte artig. Leichter gesagt als getan, dachte sie.

Miss Moore musterte Nova eindringlich.

„Ist … ist sonst noch etwas, Miss Moore?“, fragte Nova unsicher.

„Nein, nein“, sagte Miss Moore knapp und zog weiter.

„Emma, da ist nichts in deinem Auge“, sagte Fitz.

„Ich glaube, es war das andere Auge! Bitte schau doch noch mal!“ Ohne Vorwarnung griff Emma nach dem Ärmel von Fitz’ Jackett und zog ihn näher zu sich heran.

Alter Falter! Dieses Mädchen hatte eindeutig zu viele schlechte Schnulzen gesehen!

In Nova brodelte es inzwischen gewaltig. Sie hatte doch nur etwas Zeit mit Fitz verbringen wollen! Viola, Emma … warum wollten diese Mädchen immerzu nur Streit? Das war so unfair! Nova ballte die Hände zu Fäusten und atmete laut aus, und – *peng!* – zerplatzte der Plastikbecher mit Limo in Emmas Hand.

Emma quietschte, als die Limo auf ihre Schuluniform und ihre Haare spritzte wie ein schrecklich süßer Regenschauer.

Fitz schüttelte sich verdutzt.

Was war *das* denn? So eine Sauerei!

Emma stürmte davon. Fitz und seine Freunde fingen an zu lachen. Und Nova? Die stand ungläubig daneben.

„Voll cool!“, rief jemand. „Das ging ab!“

„Ja, *voll* cool“, zischte Viola. „Und ich darf den Mist jetzt aufwischen.“

Fitz drehte sich zu Nova um. „Lass uns abhauen“, sagte er hastig.

Ehe Nova den Mund wieder zuklappen konnte, hatte Fitz sie schon bei der Hand gefasst und mit sich gezogen. Ein Kribbeln schoss Novas Arm hinauf. Hand in Hand mit Fitz! Seine Finger, verschlungen mit ihren, und … oh, er hatte sie schon wieder losgelassen. Schade.

Draußen angekommen fuhr sich Fitz durch sein Wuschelhaar. Jetzt hatte er eine richtige Sturmfrisur.
„Tut mir leid, dass du Violas Frust abbekommen hast", sagte er geknickt. „Viola und ich streiten uns schon die ganze Woche. Wegen dem Freizeit-Wochenende. Ich will da total gerne hin, aber sie hat Mum und Dad eingeredet, wir würden da nur Blödsinn anstellen. Deswegen hätten unsere Eltern mich fast nicht mitfahren lassen. Keine Ahnung, was Viola sich manchmal so denkt."
Hä? Freizeit-Wochenende? Wovon redete Fitz?
Er zog ein gefaltetes Blatt Papier aus seiner Hosentasche. „Am besten werfe ich meine Anmeldung gleich in den Kasten, ehe meine Schwester mir noch mal in die Quere kommt. Sie ist so eine krasse Nervensäge!"
Nova sah Fitz immer noch verständnislos an.
„Oh, sorry." Fitz raufte sich wieder die Haare. „Viola macht mich nur manchmal so wütend."
„Du, Fitz … Was genau ist das denn für ein Wochenende?", wagte sich Nova schließlich schüchtern zu fragen.
„Wie, das hast du gar nicht mitbekommen? Das ist doch die Belohnung für unseren Einsatz heute!", rief er begeistert. „Die Schule lädt alle Schüler, die heute mitgeholfen haben, auf einen Ausflug ein! Zwei Tage campen, mitten in der Wildnis! Es gibt sogar Wildwasser-Rafting!"

„Oh“, sagte Nova bloß und ihre Gedanken ratterten. Dann fiel ihr Blick auf den Zettel in Fitz’ Hand. Sie musste sich unbedingt so einen Wisch besorgen! Und Fee auch!

„Du kommst doch mit, oder?“, fragte Fitz, als könnte er Gedanken lesen.

„Ja, klar!“, sagte Nova wie aus der Pistole geschossen und strahlte mit der Sonne um die Wette.

Ein Teil der Sportanlagen draußen war abgesperrt. Hier gab es noch mehr Stände, an denen man Spiele machen konnte. Eine Mutter warf gerade mit ihrer Tochter Dartpfeile auf Luftballons und zwei Jungs wollten ihr Geschick beim Apfelfischen beweisen.

Fitz zeigte auf einen Stand, an dem man Dosen abwerfen konnte. „Das würde ich gerne probieren! Bist du dabei?“

„Okay. Aber nimm dich vor meinen Wurfkünsten in Acht“, sagte Nova lachend.

„Stimmt, da war ja was …“ Fitz zwinkerte ihr zu.

Kurz darauf warfen Nova und Fitz etliche Bälle, bis keines der Märkchen mehr übrig war, die Fitz von seinem Stand besorgt hatte. Es machte riesig Spaß! Ein paar Leute blieben sogar stehen und feuerten am Ende Fitz an, den aktuellen Rekord zu knacken, den jemand aus der Oberstufe aufgestellt hatte. Doch die letzte Dose wollte einfach nicht umfallen.

Nova war trotzdem beeindruckt.
Als Fitz seine Punkte gegen einen Gewinn einlösen durfte, entschied er sich für einen Schlüsselanhänger, an dem ein kleiner Fußball hing. „Der gefällt mir von allen Sachen am besten“, sagte er und lächelte.
„Der Fußball passt auch super zu dir“, sagte Nova.
Plötzlich hielt Fitz ihr den Schlüsselanhänger hin. „Möchtest du ihn vielleicht haben?“
Hatte Fitz sie gerade gefragt, ob sie ein Geschenk von ihm haben wollte? Oh Gott, ja!
„Wirklich?“, fragte Nova überwältigt.
„Ist doch ein schönes Andenken, oder?“
Nova nickte nur und streckte die offene Hand aus. Fitz ließ den Schlüsselanhänger sanft hineingleiten. Dann sah er Nova so lange in die Augen, dass ihr die Knie weich wurden.
„Vielen Dank“, flüsterte sie und schloss die Finger um ihren neu gewonnenen Schatz.

***

Als Nova zurück zum Kuchenstand kam, löcherte Fee sie sofort mit Fragen. Wie eine echte beste Freundin wollte sie alles ganz genau wissen. Mit heißen Wangen erzählte Nova

Fee jedes noch so kleine Detail, und dann holte sie den Schlüsselanhänger hervor.
„Sieh mal, den hat Fitz mir geschenkt", flüsterte Nova.
„Wow!", staunte Fee. „Das ist aber süß von ihm. Voll cool!"
Nova strich behutsam mit den Fingern über den kleinen Fußball und ließ ihn wieder in der Rocktasche verschwinden.

„Fee, wir müssen uns unbedingt für dieses Freizeit-Wochenende anmelden!", fiel es Nova wieder ein. „Ich wusste überhaupt nichts davon! Du? Hast du deine Eltern schon gefragt, ob du mitdarfst?"
Fee schüttelte den Kopf. „Ich kann leider nicht. Die Pflicht ruft!"
Nova runzelte die Stirn. „Was denn für eine Pflicht?"
Fee machte eine ernste Miene. „Alle sieben Jahre schlüpfen sieben Mondlichtwürmer am siebten Mond des Jahres, also genau an dem Wochenende, wo das Camp stattfindet. Prioritäten, Nova!" Fee senkte verschwörerisch die Stimme. „Ich habe extra ein paar alte Bananenschalen gesammelt, damit ich einen fangen kann."
Igitt! Würmer und vergammelte Bananen! Nova schüttelte sich.
„Wir könnten zusammen einen fangen!", schlug Fee begeistert vor.

„Fee“, flüsterte Nova eindringlich, „ich *muss* da hin! Fitz fährt auch mit!“

„Ach so, na klar!“ Fee nickte eifrig.

Ein Wochenende mit Fitz war besser als Mathe-Knobelaufgaben, Eiscreme und Weihnachten zusammen! Aber Nova konnte sich trotzdem noch nicht so richtig freuen.

„Und wenn meine Eltern es mir nicht erlauben?“, sagte Nova bekümmert. „Die interessiert doch nur ihre Arbeit. Wenn ich mich nicht höchstpersönlich in den Geist von Elaine Carmody verwandle, hören sie mir bestimmt gar nicht richtig zu.“

„Ach Quatsch! Frag deine Eltern einfach gleich heute Abend“, schlug Fee vor und lächelte Nova aufmunternd zu. „Am besten sagst du ihnen irgendwas Nettes, und wenn dann gute Stimmung herrscht, können sie gar nicht Nein sagen. Dann fahren sie dich bestimmt auch hin.“

„Sie müssen mich hinfahren?“, fragte Nova erschrocken. „Oh, nein …“

„Der Zeltplatz ist irgendwo in der Pampa“, sagte Fee. „Da kommt man nicht mit dem Bus hin.“

„Fee, ich bin verloren!“, jammerte Nova. „Das erlauben mir meine Eltern nie! Oder sie haben wieder irgendwelche anderen wichtigen Termine.“

„Sag niemals nie!“, erwiderte Fee. „Zu Violas Party haben

sie dich auch gehen lassen, obwohl sie zuerst dagegen waren. Kopf hoch, das klappt schon!“

Wenn es drauf ankam, waren ihre Eltern für sie da, hatte Nova Fitz erzählt. Und das Freizeit-Wochenende war Nova sehr wichtig. Das durften sie ihr gar nicht verbieten! Vielleicht kam Fee am Ende ja doch mit, und ihre Mutter, Mrs Banks, konnte die Mädchen fahren …

Noch war nichts verloren. Nova tastete nach dem Schlüsselanhänger in ihrer Rocktasche. Bestimmt würde er ihr Glück bringen.

***

Nachdem fast alle Gäste gegangen waren und Nova und Fee den Kuchenstand aufgeräumt hatten, holten sie sich noch einen Crêpe und setzten sich damit auf eine Bank im Hof, um die letzten Sonnenstrahlen zu genießen. Fee war allerdings mehr mit ihrem Handy beschäftigt.

„Was machst du denn da?“, fragte Nova.

„Es gibt neue Kommentare auf meinem Blog“, antwortete Fee geistesabwesend.

Auf ihrem Blog *Fee-tastisch* hielt Fee sämtliche News zu ihren paranormalen Sichtungen fest und informierte die Leser über ihre unheimlichen oder gar magischen Erfah-

rungen. Nova war damals eher durch Zufall auf Fees Blog gestoßen und hatte dort Hilfe – und eine beste Freundin – gefunden.
„OhmeinGottohmeinGottohmeinGott!“, quietschte Fee plötzlich. „Der Großmeister ist in der Stadt! Stell dir vor, hier, in Richmond!“
„Der was?“, fragte Nova verwirrt.
„Die Info ist endlos viele Koboldtaler wert!“
„Kannst du mich bitte einweihen, Fee?“
„Da schreibt jemand, dass der Herr der okkulten Artefakte morgen *höchstpersönlich* bei dem Vortrag am *Darkwood Institut* erscheinen wird!“ Fee schaltete sofort in den Fan-Girl-Modus. „SIRFINLEYFOX!“
Nova verstand nur Bahnhof.
„Ich fasse es nicht! Morgen werde ich ihn live sehen!“, kreischte Fee.
„Den Sifiniox?“
Fee riss die Augen weit auf. „SIR FINLEY FOX!“
Das klang schon eher nach einem Namen …
„Du kennst ihn nicht?“, fragte Fee entsetzt.
„Sollte ich das denn?“, fragte Nova irritiert.
Jetzt zog Fee scharf die Luft ein. „Nova!“
„Fox … so wie Fuchs?“
„Du wirst begeistert von ihm sein!“, rief Fee euphorisch.

„Er ist mein ganz, ganz großes Vorbild! Ein wahrer Experte in Sachen Magie! Oh, ich freu mich so auf morgen!"
Novas Begeisterung hielt sich in Grenzen, aber sie biss sich auf die Zunge, um Fee nicht die Vorfreude zu verderben.
Wenig später kam Mrs Banks, um ihre Tochter abzuholen. Die Mädchen verabschiedeten sich und Nova radelte schnell wie der Blitz nach Hause. Schließlich hatte sie etwas *sehr Dringendes* mit ihren Eltern zu besprechen!

4

Zu Hause angekommen schob Nova ihr Fahrrad durch den Garten zum Schuppen. Es war ganz schön windig geworden und die Zweige der umstehenden Bäume ächzten unter den kräftigen Böen. Nova fröstelte. Sie stellte ihr Rad ab und schloss die Schuppentür. *Fauch!* Nova fuhr herum und strauchelte. *Fauch!*

Eine schwarze Katze! Sie saß auf der Schaukel, die im alten, knorrigen Apfelbaum hing. Als kleines Mädchen hatte Nova jeden Tag darauf gesessen, im Sommer Eis gegessen und ihrem Vater dabei zugesehen, wie er mit dem Rasenmäher kämpfte. Nova starrte die Katze finster an. Das war ihre Schaukel!

„Schhhh!“, machte Nova laut. „Du freches Ding! Weg da!“

Die Katze machte einen Buckel und sträubte das Fell. *Fauch!*

„Nova, bist du das?“, hörte sie ihre Mutter durch ein offenes Fenster rufen.

„Jaaa!“, rief Nova zurück und starrte weiter die Katze an.

Dieses Viech war ihr unheimlich, seit es ihr vor ein paar Wochen zum ersten Mal über den Weg gelaufen war.

„Es gibt gleich Essen, kommst du rein?"

„Sofort!" Nova seufzte genervt. „Dann bleib doch sitzen!", zischte sie die Katze an.

Sie stapfte ins Haus und lief schnurstracks ins Badezimmer, um sich die Hände zu waschen und ihre Schuluniform gegen bequeme Jeans und einen Pullover zu tauschen. Dann lief sie hinunter in die Küche.

„Hallo, Schatz", begrüßte ihr Vater sie. „Wie war euer Schulfest?"

„Ganz cool", sagte Nova, doch weiter kam sie nicht, denn Mr und Mrs Stark schnatterten schon wieder über ihr ultimatives Lieblingsthema: den Todestag von Elaine Carmody. Nova tastete nach dem Schlüsselanhänger von Fitz, den sie sich in die Tasche ihres Kapuzenpullovers gesteckt hatte, und atmete tief durch. Dann deckte sie brav den Tisch. Durchhalten!

„Was gibt es denn heute? Das duftet herrlich!", sagte Nova zu ihrer Mutter, weil sie sich an Fees Rat erinnert hatte: etwas Nettes sagen. Kompliment Nummer 1? Abgehakt!

„Kohlrabi-Spinat-Suppe", antwortete Mr Stark für seine Frau. „Sehr gesund."

„Oh. Lecker", sagte Nova lahm.

Schnell, noch ein Kompliment!

„Deine Krawatte ist auch echt …“ Nova suchte nach einem passenden Wort. Das Blumenmuster auf der Krawatte sah scheußlich aus. Puh! „… schön bunt.“

„Danke, Schatz. Ich hätte heute lieber die mit den Reißzähnen getragen, aber ich habe sie nicht gefunden“, meinte ihr Vater. „Die muss ich unbedingt suchen.“

Eine Reißzahn-Krawatte? Wo bekam ihr Vater so was nur her? Ob man Viola in den Kleiderschrank ihres Vaters sperren könnte, damit die selbst ernannte Mode-Queen vor Schock ins Koma fiel? Nova kicherte. Lustig wäre es!

„Ich kann dir gerne suchen helfen“, schlug Nova eifrig vor. In diesem Moment piepte das Handy ihres Vaters.

„Monty, jetzt steck doch mal das Ding weg!“, sagte Mrs Stark. Sie stellte den Suppentopf auf den Tisch und seufzte dabei.

„Es kommen immer mehr Interview-Anfragen rein“, entschuldigte sich Mr Stark. „Seit der Homestory ist meine Serie beliebter denn je …“ Der Sender, für den Mr Stark arbeitete, hatte vor Kurzem eine Sonderepisode von *MMM* gedreht – bei den Starks zu Hause! Nova dachte mit gemischten Gefühlen daran zurück. „Außerdem melden sich immer mehr Leute zu der Jubiläumsführung am Montag an“, erzählte ihr Vater munter weiter.

„Was denn für eine Jubiläumsführung?“, fragte Nova panisch.

„Haben wir dir das gar nicht erzählt?“, fragte Novas Vater verwirrt. „Zum 100. Todestag von Elaine Carmody veranstalten wir eine öffentliche Führung durch ihr Haus.“

„Du meinst, durch *unser* Haus“, brummte Nova. In dem *ich* zufällig auch wohne, dachte sie bockig.

„Genau“, sagte ihr Vater.

„Lasst es euch schmecken!“, rief Mrs Stark.

Nova war endgültig der Appetit vergangen. Warum besprachen ihre Eltern so etwas Wichtiges nicht vorher mit ihr? Doch sie durfte sich jetzt nicht von ihrem ursprünglichen Plan abbringen lassen – Komplimente verteilen –, egal wie sehr sie sich mal wieder über ihre Eltern ärgerte. Wie ihr Tag gewesen war, schien an diesem Tisch nämlich niemanden so richtig zu interessieren.

Schön war es!, dachte Nova. Fee und ich waren albern! Fitz, der tollste Junge, den ich kenne, hat mir was geschenkt!

„Schmeckt superlecker, die Suppe“, schwindelte Nova, obwohl die Suppe nach alten Socken roch und auch so schmeckte, und nahm sich sogar noch eine zweite Portion.

„Morgen müssen wir um sieben aufstehen und dann ab zum Institut“, verkündete Novas Mutter zwischen zwei Löffeln Suppe. „Alles, was ich für den Vortrag brauche, habe ich schon ins Auto gepackt. Fehlt nur noch mein Script – zur Sicherheit. Ich spreche natürlich frei."

„Nova, vergiss nicht, den Wecker zu stellen", mischte sich Mr Stark ein.

An einem Sonntag um sieben aufstehen. Wuhu! Aber halt! Einen Lichtblick gab es!

„Mum, ist es okay, wenn Fee mitkommt? Sie will so gerne dabei sein, wenn du deinen superinteressanten Vortrag hältst."

„Oh", machte Mrs Stark geschmeichelt. „Wenn Felicitas das so unbedingt möchte, würde ich mich auch freuen. Wir holen sie dann morgen einfach kurz nach acht ab."

„Das klingt gut", sagte Nova dankbar. Dann legte sie den Suppenlöffel zur Seite und zog das Anmeldeformular für das Freizeitcamp aus der Tasche ihres Pullovers. Natürlich hatte sie sich gleich nach dem Rundgang mit Fitz auch eins besorgt. „Mum … Dad … Ich wollte euch mal was fragen …" Jetzt oder nie! Nova holte tief Luft. „Da findet bald so ein Freizeit-Wochenende …"

Riiiiiing! Die Türklingel unterbrach sie.

„Ich gehe schon!", rief Mr Stark sofort. Er sprang auf und verschwand im Flur. Nova hörte, wie er sich mit der Nachbarin unterhielt. Kurz darauf kam er mit einem kleinen Pappkarton zurück und stellte ihn auf dem Esstisch ab –

genau auf Novas Anmeldeformular. Jetzt war auch Novas Mutter auf den Beinen.

Mr Stark riss den Karton auf. „Das sind unsere EMF-Geräte!“, jubelte er.

„Die müssen wir gleich testen!“, rief Mrs Stark.

Nova musste nicht fragen, wovon ihre Eltern plötzlich so begeistert waren. Es ließ sich nicht vermeiden, dass sie hin

und wieder ein paar Dinge aufschnappte, wenn Mr und Mrs Stark sich über ihre Arbeit unterhielten. EMF stand für „Elektromagnetische Felder“. Mit diesen Geräten, die aussahen wie Funkgeräte mit krummen Antennen und zu vielen Knöpfen, konnte man angeblich die Schwingungen von Geistern wahrnehmen. Die Teile gaben dann ein monotones Piepen von sich.

Jedes Jahr bestellten ihre Eltern die neuesten Modelle, und jedes Jahr verteilten sie zum Todestag von Elaine Carmody einige davon im Haus, in der Hoffnung, das Erscheinen ihres Geistes an diesem besonderen Tag aufzeichnen zu können. Bisher war noch nie etwas passiert.

Für Nova war die Sache glasklar: Die EMF-Geräte schlugen nicht an, weil es keine Geister gab, basta!

Mitsamt ihren neuen Schätzen stürmten Mr und Mrs Stark ohne ein weiteres Wort aus der Küche. So viel zu der Regel, dass man nicht eher vom Tisch aufstand, bis alle aufgegessen hatten. Solche Regeln galten wohl nur für Dreizehnjährige, dachte Nova niedergeschlagen.

Mürrisch stieß sie den nun leeren Karton vom Tisch, schnappte sich ihr Formular und klemmte es mit einem Magnet an den Kühlschrank. Dort konnte man es gar nicht übersehen. Dann nahm sie sich eine Banane aus dem Obstkorb auf dem Küchentresen und ging schnurstracks hoch in ihr Zimmer. Den Tisch abräumen? Püh! Heute rührte sie keinen Finger mehr!

Nova liebte ihr kleines Reich unterm Dach mit den schiefen Winkeln und der Dachschräge. War der Rest des Hauses chaotisch und mit antikem Plunder vollgestopft, herrschte hier oben wohltuende Ordnung. Nova legte viel Wert darauf, dass nichts liegen blieb und ihr Rückzugsort sauber und übersichtlich war. Wally war da anscheinend ihrer Meinung, denn als Nova einmal ihre Klamotten auf dem Boden liegen gelassen hatte, hatte ihr Wellensittich sich strikt geweigert, seine übliche Runde zu fliegen, und laut krakeelend auf seiner Stange im Käfig gehockt. Wenigstens einer, der sie verstand!

Nova setzte sich aufs Bett. Während sie die Banane aß, schrieb sie Fee eine Nachricht, um ihr Bescheid zu geben, dass die Starks sie morgen früh abholen würden. Fee schickte tausend Smileys zurück.

Nova warf die Bananenschale in den Müll und setzte sich auf den Schreibtischstuhl vor Wallys Käfig. Eine Nova-Wally-Therapiesitzung war nach diesem Abendessen überfällig.
„Was mache ich denn jetzt?“, fragte Nova ihren Wellensittich betrübt.
Wally krächzte.

„Ja, positiv denken. Schon klar.“
Wally putzte sich das Gefieder und steckte dabei den Kopf unter einen Flügel. Für Nova sah es so aus, als hielte er sich mitfühlend die Augen zu. Der treue Vogel!
„Nein, so schlimm war der Tag nun auch wieder nicht“, erzählte sie weiter. „Ich zeig dir was!“ Nova fischte den Schlüsselanhänger aus ihrer Pullovertasche und hielt ihn Wally hin. „Guck mal, der ist von *Fitz*!“
Eine warme Welle Glück schwappte über Nova hinweg. All ihre Gedanken wurden zuckerwatteweich, als sie an den Moment zurückdachte, in dem Fitz ihr den Anhänger geschenkt hatte.
„Weißt du was, Wally? Zur Feier des Tages darfst du heute eine Extrarunde fliegen!“ Nova öffnete Wallys Käfig. Wally freute sich und flatterte sofort ins Zimmer.
Lächelnd beobachtete Nova, wie Wally munter durch den Raum flog. Dann ging sie ins Bad, um sich bettfertig zu ma-

chen. Als sie in ihr Zimmer zurückkam, saß Wally wieder brav auf seiner Stange. Nova schloss die Käfigtür, schaltete das Licht aus und kuschelte sich in ihr weiches Bett. Ihre Eltern waren eben noch in den Garten gestürmt, um ein EMF neben dem Grill aufzustellen. Als ob eine Geisterschriftstellerin sich *da* wohlfühlen würde!

Nova seufzte und hielt Fitz' Anhänger fest umklammert. Morgen war ein neuer Tag, und morgen würden ihre Eltern das Anmeldeformular unterschreiben, ganz sicher! Mit dem Gedanken schloss Nova die Augen und schlief ein.

Wally flatterte durch ihre Träume und zwitscherte darin ununterbrochen auf Mr und Mrs Stark ein, sie sollten das Anmeldeformular unterschreiben, weil Nova doch die beste Tochter der Welt war! Er pickte Novas Vater so lange auf dem Kopf herum, bis der einen Stift zückte.

Doch plötzlich verstummte Wally und um ihn herum wurde alles düster und trostlos, so als hätte jemand einen schwarzen Schleier über ein buntes Bild geworfen. Kälte umfing Novas Herz. Wally und ihr Vater waren verschwunden. Stattdessen erblickte Nova nun die gezackten Umrisse eines alten Gemäuers. Ein Schloss? Wo war Nova gelandet? Was suchte sie hier an diesem dunklen, dunklen Ort? Er schien sie magisch anzuziehen …

Dann veränderte sich der Traum abermals, und Nova war plötzlich auf dem Jahrmarkt, der vor den Frühlingsferien in Richmond seine Zelte aufgeschlagen hatte. Sie stand im Spiegelkabinett. Oh Himmel! Bloß keine Spiegel! Bitte keine Spiegel! Von allen Seiten blickte sie ihr eigenes Spiegelbild an – doch in einem der Zerrspiegel sah sie plötzlich noch ein anderes Gesicht. Das Gesicht von Avon, ihrem bösen, bösen Zwilling!

Nova hielt den Atem an. Sie war ihre Doppelgängerin doch gerade erst losgeworden! Kalte Angst kroch in ihr hoch: War Avon etwa zurückgekehrt? Und als hätte die Avon im Spiegel ihre Gedanken gelesen, öffnete sie den Mund und verzog ihn zu einem hämischen, durch und durch bösen Grinsen. *„Es kann nur eine geben!“*, hallte es in Novas Kopf wider.

Plötzlich schoss eine Hand aus dem Spiegel und umklammerte Novas Handgelenk. Nova war vor Entsetzen wie erstarrt. Sie wagte es nicht, zu atmen. Nein, nein, nein!

„Lass los, Avon!“, schrie Nova panisch.

Der Griff um ihr Handgelenk wurde fester.

„Lass los!“

„… aufwachen, Nova …“

Um Nova begann sich alles zu drehen. Dann wurde sie durch ein starkes Rütteln unsanft aus ihrem fürchterlichen

Traum gerissen. Ihre Mutter saß an ihrem Bett und sah sie besorgt an.
„Du hast im Schlaf geschrien“, sagte Mrs Stark und strich Nova übers Haar. „Was für ein Schreck … Aber es war nur ein Traum, mein Schatz!“
„Da war … ich dachte …“, japste Nova atemlos.
„Nur ein Traum“, wiederholte Mrs Stark und nahm Nova in den Arm.
Nova schloss ängstlich die Augen und schmiegte sich an ihre Mutter. Nur ein Traum? Oder doch eine böse Vorahnung?

5

NOVA fühlte sich noch immer etwas zittrig, als sie am Morgen mit ihrem Vater am Frühstückstisch saß und eine Schüssel Cornflakes aß. Die Flocken waren schon ganz matschig geworden, weil sie über den Traum der vergangenen Nacht nachgrübelte. Wie das mit den meisten Träumen so war, erinnerte sich Nova nicht mehr genau an alles. Aber das leere, grausige Gefühl war geblieben. Gerade eben beim Haarekämmen im Bad hatte sie bei jedem Blick in den Spiegel an Avon denken müssen. Nicht auszuhalten! Sie schob ihre Schüssel weg.

„Du hast ja fast gar nichts gegessen", sagte Mr Stark besorgt. „Frühstück ist die wichtigste Mahlzeit des Tages."

Novas Vater verschlang schon die dritte Scheibe Toast mit Himbeermarmelade. Ihre Mutter hatte bereits gefrühstückt und sich dann ins Wohnzimmer zurückgezogen, um ein letztes Mal ihre Notizen für den Vortrag durchzugehen.

Deprimiert senkte Nova den Blick. „Dieser blöde Albtraum …“
„Ob das wirklich ein Albtraum war?“ Mr Stark sah Nova nachdenklich an. „Oder doch ein *Pavor Nocturnus*?“
„Ein was?“, fragte Nova.
„*Pavor Nocturnus*, der Nachtschreck! Er schleicht sich in die Träume von kleinen Kindern, um Energie aus ihren Ängsten und Sorgen zu ziehen!“
„Ich bin kein kleines Kind!“, protestierte Nova beleidigt. Doch ihr Vater ging gar nicht darauf ein. Stattdessen fing er an sich mit der Serviette einen Klecks Marmelade von der Krawatte zu wischen, die mit kleinen Reißzähnen bedruckt war. Das scheußliche Ding war augenscheinlich wieder aufgetaucht. „Vielleicht denken die Leute, es ist Blut …“, murmelte Mr Stark vor sich hin. Er zuckte die Achseln und butterte sich einen vierten Toast.
Nova schaufelte tapfer noch ein paar Cornflakes in sich hinein, vor allem, damit sie den Mund voll hatte und nichts mehr sagen musste. Denn Mr Stark hatte schon die nächste unsinnige Idee. „Wir sollten deine Chakrapunkte schließen. Eine Wäscheklammer am Ohr soll dabei wahre Wunder wirken.“ Was waren denn nun wieder Chakrapunkte? Hatte Fee nicht auch schon mal davon gefaselt? Wie ein Lehrer hob Mr Stark den Zeigefinger. „Am besten

eine Wäscheklammer an jedes Ohr – und schon werden die Chakrapunkte blockiert und der Pavor Nocturnus lässt dich in Frieden.“

Nova wollte sich das nicht mal vorstellen. Wäscheklammern an den Ohren? Autsch! Andererseits: Könnte sie so die Gedanken an Avon loswerden, würde sie sich jederzeit einen ganzen Korb Wäscheklammern an die Ohren klemmen!

Ach, wenn es Wünsche doch nur in Tüten im Supermarkt zu kaufen gäbe …

Vater und Tochter begannen gemeinsam, den Frühstückstisch abzuräumen. Nova wollte gerade die Milch und die Marmelade in den Kühlschrank stellen, als ihr das Anmeldeformular ins Auge fiel.

„Dad, ich brauche eine Unterschrift von dir“, sagte Nova geradeheraus. Heute würde es keine Ausflüchte geben!

Mr Stark kämpfte schon wieder mit seiner Krawatte.

Nova verdrehte die Augen. Machten scheußliche Krawatten jetzt schon taub? „Daaaaad!“, rief sie. „Hör mir doch mal zu!“

Lautes Hupen.

„Was zum blutigen Reißzahn … Rebecca!“, fluchte Mr Stark erschrocken.

Nova folgte seinem Blick zum Küchenfenster. Anscheinend

hatte Mrs Stark bereits den Wagen gestartet und wartete mit laufendem Motor in der Einfahrt.

„Deine Mum hat mir gestern Abend schon gedroht, dass sie ohne uns fährt, wenn wir trödeln.“ Mr Stark seufzte. „Sie meinte das wohl wirklich ernst. Schnell, Nova! Wir wollen doch mit!“

Von *Wollen* konnte keine Rede sein.

Und schon wieder keine Unterschrift für das Freizeit-Wochenende. Nova konnte sich ein Lachen trotzdem nicht verkneifen, als ihr Vater im Flur über seine Schuhe stolperte und sich den Mantel falsch herum anzog. Immerhin wusste sie spätestens jetzt, von wem sie das Tollpatsch-Gen geerbt hatte.

***

Das *Darkwood Institut für Grenzwissenschaften* lag außerhalb der Stadt und war eine eindrucksvolle Ansammlung alter Gemäuer. In die verwitterte Backsteinfassade waren riesige Fenster eingelassen, die in der Morgensonne glänzten. Mit seinen hohen Zinnen und Türmen war das Hauptgebäude schon aus einiger Entfernung zu sehen.

Auf der Fahrt dorthin erzählte Nova Fee im Flüsterton von ihrem letzten Albtraum.

„Träume!“, seufzte Fee. „Wenn alles, was ich träume, wahr werden würde … dann hätte ich ein Regenbogenhuhn als Haustier und es gäbe jeden Tag Eiscreme zum Frühstück.“
Nova kicherte. Ein Regenbogenhuhn! Davon hatte sie ja noch nie gehört! Ob es dann auch Gewitterkrähen gab? Sie wollte Fee gerade fragen, aber da waren sie auch schon am Ziel.

Mrs Stark hielt auf dem Parkplatz für Mitarbeiter, direkt vor dem Haupteingang. Fee sprang sofort aus dem Auto und erkundete die Umgebung. Nova hatte es nicht so eilig, auszusteigen.
„Wahnsinn!“, rief Fee. „Das sieht ja aus wie ein Schloss!“
Wie ein Schloss? Das weckte bei Nova eine verschwommene Erinnerung. Seltsam …
Fee zückte ihr Handy und schoss Fotos. „Darüber werde ich auf meinem Blog berichten!“ Fee war ganz aus dem Häuschen. „In diesen heiligen Hallen wimmelt es bestimmt nur so von spannenden Geschichten! Ach, am liebsten würde ich gleich hier einziehen!“
„Das fänden deine Eltern bestimmt toll“, zog Nova Fee auf.
„Wir können ja Elterntausch machen“, schlug Fee vor und streckte frech die Zunge raus. „Meinst du, hier gibt es auch einen Kerker? Kerker bedeuten immer viele Geister!“

„Das will ich gar nicht so genau wissen“, entgegnete Nova. „Kerker sind doch voll unheimlich!“
„Guck mal, der Turm da!“, rief Fee. „Boah, ist der hoch! Also wenn ich ein Geist wäre, würde ich da oben einziehen.“
Nova sah zu dem Turm empor, auf den Fee deutete. Ihr wurde ganz schwindelig.
Novas Eltern stießen zu den Mädchen. Besonders Novas Mutter war ganz ergriffen von Fees Neugier. „Wie schön, dass es dir hier so gut gefällt“, sagte Mrs Stark glücklich. „Wollen wir noch eine kleine Runde drehen? Dann kann ich dir ein paar spannende Geschichten erzählen. Etwas Zeit haben wir noch.“
„Au ja!“, freute sich Fee.
Nova hatte schon befürchtet, dass sie heute mehr als nur *einen* Vortrag hören würde. Aber solange Fee Spaß hatte – einfach auf Durchzug schalten und an was Schönes denken! Zum Beispiel an Fitz’ blaue Funkelsternaugen. Oder Fitz’ Wuschelhaare, die glänzten wie pures Gold. Oder Fitz’ melodische Stimme … Und so tagtraumfitzte sich Nova durch die Gänge des *Darkwood Instituts*, durch die ihre Mutter sie führte.
Irgendwann kamen sie zu einer Art Ahnengalerie. „Diese Gemälde zeigen alle ehemaligen Leiter des Instituts“, er-

klärte Novas Mutter. „Besonders stolz bin ich darauf, als eine der wenigen Frauen hier zu arbeiten“, fuhr sie kämpferisch fort. „Wir können nämlich genauso gute Wissenschaftler sein wie Männer!“ Sie ließ den Blick versonnen über die Gemälde schweifen. „Eines Tages hängt hier auch ein Bild von mir.“

„Das ist so cool“, sagte Fee.

„Da hinten ist der Saal, in dem der Vortrag stattfindet.“ Mrs Stark zeigte ans andere Ende des Flurs. Sie gab Mr Stark ein Küsschen auf die Wange. „Ich habe euch natürlich Plätze in der ersten Reihe reserviert. Geht schon mal rein, ich muss mich noch kurz frisch machen.“

„Viel Glück, Mum“, sagte Nova.

„Danke, mein Schatz, das kann ich brauchen. Ich bin ja so aufgeregt!“

„Viel Erfolg, Liebling!“, sagte Mr Stark und Mrs Stark eilte davon. „Dann lasst uns mal unsere Plätze suchen, Kinder. Mir nach!“

Fee hakte sich bei Nova unter und gemeinsam folgten sie Mr Stark.

Der prächtige Saal versetzte selbst Nova in Staunen. Hier passten locker zweihundert Leute rein! Kein Wunder, dass ihre Mutter so nervös war! Die hohe, gewölbte Decke war mit schmuckvollen Malereien verziert und links und rechts

von der großen Bühne hingen rote, schwere Samtvorhänge wie in einem Theater.
Nova, Fee und Mr Stark nahmen auf ihren reservierten Stühlen in der ersten Reihe Platz.
„Ich liebe es hier jetzt schon!", flüsterte Fee ehrfürchtig. Ihre Augen glänzten. „Was für ein majestätischer Ort! Komm, wir schießen ein Erinnerungsfoto!" Fee hielt ihr Handy hoch und lehnte sich zu Nova herüber. „Sag: Carmodyyyyyyyyyyyyyy!"
Nova grinste in die Kamera und Fee machte mit der freien Hand das Peace-Zeichen.
Der Saal füllte sich, und als auch die letzten Gäste Platz genommen hatten, wurde es dunkel und ein Scheinwerfer erleuchtete die Bühne.
„Ob Sir Finley Fox wirklich gekommen ist?", flüsterte Fee Nova ins Ohr und ließ den Blick über die Menge schweifen. „Ich habe ihn jedenfalls noch nirgends entdecken können."
Gerade als Nova fragen wollte, wie dieser geheimnisvolle Mr Fox denn überhaupt aussah, trat ihre Mutter ans Mikrofon und lächelte ins Publikum. Applaus brandete auf.
Nova war schwer beeindruckt. All diese Menschen wollten ihre Mutter sehen!
Mit ruhiger Stimme sprach Mrs Stark ins Mikrofon. Von Aufregung keine Spur! „Wen fasziniert sie nicht – die mys-

teriöse Elaine Carmody! Einige ihrer Werke stehen noch heute, hundert Jahre nach ihrem Tod, auf den Bestsellerlisten. Dabei war sie weit mehr als nur eine begnadete Schriftstellerin …"

Stirnrunzelnd dachte Nova an die Kisten voller Romane in ihrem Zimmer. Lauter Liebesschnulzen. Da las sie doch dreimal lieber in ihrem Mathebuch!

„Elaine Carmody hatte ein feines Gespür für das Sinnliche", fuhr Novas Mum feierlich fort, „aber vor allem für das *Übersinnliche.* Und aus ebendiesem Grund sind wir heute hier versammelt – um den Rätseln, die uns Elaine hinterlassen hat, auf den Grund zu gehen."

Auf die Leinwand, die hinter Novas Mum hing, wurde ein Bild vom ehemaligen Wohnsitz der Schriftstellerin geworfen.

„Elaine Carmody lebte sehr einsam und zurückgezogen. Ihr Haus verließ sie so gut wie nie. Selbst nach der Veröffentlichung ihres ersten Romans, der nahezu über Nacht zum Riesenerfolg wurde, sprach sie nur höchst selten mit Reportern und mied das Rampenlicht. Doch das machte sie für die Menschen nur noch faszinierender. Und ihr viel zu früher, plötzlicher Tod gibt uns bis heute Rätsel auf. War es ein Unfall? Oder doch Mord?" Mrs Stark machte eine dramatische Pause.

Nova unterdrückte ein Gähnen und rutschte tiefer in ihren Sitz. Diese Story kannte sie inzwischen in- und auswendig. „Viele Jahre nach Elaine Carmodys Tod stolperte ein Parapsychologe bei Recherchen über die Tagebuchaufzeichnungen eines Zeitgenossen von Elaine“, erzählte Mrs Stark weiter. „Diesen Aufzeichnungen nach soll Elaine Carmody ein sehr wertvolles Amulett in ihrem Besitz gehabt haben. Die wenigen Bilder, die von Elaine Carmody existieren, sind leider von äußerst bescheidener Qualität. Aber sie belegen, dass die Schriftstellerin bei öffentlichen Auftritten stets dieselbe Kette um den Hals trug.“ Ein Raunen ging durch den Saal. „Besagter Parapsychologe war sich sicher, dass sich an der Kette ein Anhänger befand, den Elaine jedoch stets unter ihrer Kleidung verbarg. Bei diesem Anhänger soll es sich um ebenjenes wertvolle Amulett gehandelt haben.“

Okay, dann hatte die verrückte Buchlady eben einen fetten Klunker um den Hals getragen. Das war doch nichts Besonderes! Doch Nova wurde eines Besseren belehrt …

„Das Carmody-Amulett soll eines der stärksten magischen Artefakte aller Zeiten sein. Experten zufolge besitzt es die Macht, *Herzenswünsche* wahr werden zu lassen.“ Das Raunen in den Zuhörerreihen wurde lauter. „Hat Elaine Carmody das Amulett womöglich dazu benutzt, als Schriftstellerin Ruhm und Reichtum zu erlangen? Waren ihre

Werke in Wahrheit das Werk mächtiger Magie? Und wurde sie möglicherweise *ermordet*, weil eine dunkle Seele das Schmuckstück in ihren Besitz bringen wollte?“ Inzwischen herrschte im Saal ein regelrechter Aufruhr.

Aber Mrs Stark war eine tolle Rednerin und hatte ihr Publikum schnell wieder in ihren Bann gezogen. Bis zum Schluss hingen alle Zuhörer im Saal an ihren Lippen.

„Sie dürfen nun gern Ihre Fragen stellen“, sagte Mrs Stark, als sie am Ende ihres Vortrags angelangt war.

Dutzende Hände schossen in die Höhe.

„Wo ist das Carmody-Amulett heute?“, rief jemand.

Novas Mutter machte ein bedauerndes Gesicht. „Das Amulett gilt seit Elaines Tod als verschollen.“

Mit einem Mal war im Saal die Hölle los. Leute sprangen von ihren Sitzplätzen auf, redeten wild durcheinander und bestürmten Mrs Stark mit Fragen.

Die letzte Frage durfte Fee stellen.

„Wieso wurde das Amulett nicht gefunden, wenn doch ein Haufen der berühmtesten Parawissenschaftler danach gesucht hat?“

„Tja, wer weiß … Vielleicht braucht es dafür ja eine *wahre* Expertin für Magie.“ Mrs Stark zwinkerte Fee zu.

Fee wurde rot vor Stolz und ließ sich glücklich in ihren Stuhl zurücksinken.

„Wieso lernen wir so was eigentlich nicht in der Schule, Fee?“, fragte Nova grinsend.

„Weil dann niemand mehr zur Schule gehen würde!“, flüsterte Fee selig lächelnd. „Wozu sollten wir uns denn noch mit Lernen oder Hausaufgaben rumschlagen, wenn wir wüssten, dass wir einfach nur einen magischen Klunker bräuchten, um reich und berühmt zu werden?“

6

NACH dem Vortrag machten Nova, Fee und Mr Stark einen Abstecher in die kleine Cafeteria des Instituts. Sie kauften einen Kaffee für Mrs Stark und Schokoriegel für Nova und Fee. Auf dem Weg zurück zum Foyer trafen sie wieder auf Novas Mutter. Sie hatte sich zuvor noch um einige ihrer Vortragsgäste gekümmert. Gerade verabschiedete sie eine ältere Dame.

„Das war die Leiterin eines Instituts in New York“, sagte Novas Mutter. „Sie ist extra wegen meines Vortrags angereist und hat mir ein großes Lob ausgesprochen. Es ist lange her, dass der Saal so voll war. Ich bin ja so froh! Wie hat es euch gefallen?“

Mr Stark gab seiner Frau einen Kuss auf die Wange. „Es war großartig, Rebecca! Wir haben dir zur Stärkung einen Kaffee geholt.“

„Danke, Monty, du kennst mich zu gut“, sagte Mrs Stark.

„Sie haben so gerockt!“, rief Fee.

„Es war …“ Nova zögerte. Einerseits war sie wirklich stolz auf ihre Mum, andererseits war sie immer noch gekränkt, weil ihre Mutter sie in letzter Zeit so oft hatte hängen lassen. Aber dann gab sie sich einen Ruck. „War echt super, Mum.“

Mrs Stark strahlte über das ganze Gesicht. „Damit macht ihr mir eine große Freude!“

„Mir schwirrt ganz schön der Kopf“, murmelte Fee.

Nova reichte ihr grinsend ihren Schokoriegel. „Hier, du kannst meinen auch noch haben. Ich glaube, du brauchst den jetzt nötiger als ich.“

Kaum hatte Fee den Riegel verputzt, verfiel sie wieder ins Grübeln und fing an neue Theorien zu spinnen. „Vielleicht hat Elaine Carmody das Amulett ja zerstört“, überlegte sie laut.

„Magische Artefakte kann man nicht einfach so zerstören, insbesondere wenn es sich um Wunschmagie handelt“, erklärte Novas Mutter freundlich. „Das erfordert viel Erfahrung … und eine gewisse Portion Leichtsinn.“

„Das hätte ich selbst nicht treffender formulieren können, Rebecca!“

Nova wirbelte herum. Hinter ihnen stand ein Mann in einem eleganten, schwarzen Anzug. Er lächelte ein strahlendes Zahnpastalächeln.

„Oh Gott!“, kreischte Fee schrill. Nova hielt sich die Ohren zu. „SIR FINLEY FOX!“

„Ganz recht, meine Liebe. Der Jäger der okkulten Artefakte!“, erwiderte der groß gewachsene, hagere Mann.

Nova musterte ihn skeptisch. Jemand, der wie aus dem Nichts auftauchte, war ihr nicht ganz geheuer.

Sir Finley Fox fuhr sich durch sein rotbraunes Haar. Mit

seinem spitzen Gesicht und seinen großen Ohren erinnerte er Nova tatsächlich an einen Fuchs.

„Finley … ich glaube es ja nicht“, hörte Nova ihren Vater murmeln. „Du bist tatsächlich gekommen. Ich dachte, das wären nur Gerüchte …“

Auch Novas Mutter schien einigermaßen perplex.

Fee verfiel kurzzeitig in Schnappatmung und kniff Nova nun schon zum dritten Mal in den Arm. Aua! Das gab einen blauen Fleck!

„Sirfinleyfox …“, nuschelte Fee überwältigt. Vor Aufregung kam mal wieder nur Buchstabensalat aus ihrem Mund.

„Monty, alter Kamerad!“, begrüßte Sir Fox Novas Vater. „Du hast dich kein bisschen verändert.“

„Du dich dafür umso mehr“, erwiderte Mr Stark steif. „Was machst du hier?“

„Was ich hier mache? Das liegt ja wohl auf der Hand! Ich habe dem Vortrag deiner reizenden Gattin gelauscht. Rebecca, meine Liebe!“ Ehe Novas Mutter protestieren konnte, ergriff Sir Fox ihre Hand und gab ihr einen Handkuss. „Welch ein Vergnügen! Du bist so schön wie eh und je!“

„Boah, was für ein Schleimer!“, zischte Nova Fee zu, aber die hatte nur Augen und Ohren für Sir Finley Fox.

„Natürlich bin ich auch wegen des sagenumwobenen Carmody-Amuletts gekommen!“, fuhr Sir Fox fort. „Ich werde es finden – so wie ich in Ägypten den seltenen Dimensionenkristall gefunden habe oder das Dämonenauge des Raja in Indien oder die Münze der Sterne in Italien! Es ist meine Bestimmung!“

Nova runzelte die Stirn. Der Typ hatte ja ein Wahnsinnsselbstbewusstsein!

Sir Fox machte eine ausladende Geste mit der linken Hand. „Wenn es am hoffnungslosesten erscheint, dann bin ich zur Stelle! Sir Fox – Artefakt-Jäger der Extraklasse! Ich erinnere mich auch noch gut an meine letzte Expedition in Australien“, erzählte er in höchst dramatischem Ton weiter. „Mein Team und ich befanden uns in einem gigantischen Höhlensystem. Tage- und nächtelang irrten wir darin herum. Wir waren mit den Kräften völlig am Ende. Ein Kollege nach dem anderen gab auf und verließ die Höhle. Irgendwann war mir klar, dass ich die Mission allein beenden muss. Aufgeben kam nicht infrage! Irgendwo dort unten vermutete man die Seelenvase des dunklen Alchemisten Mo Door, in die er angeblich Abertausende Seelen eingesperrt hatte. Ich musste die Seelen befreien!“

„Und ist es Ihnen gelungen?“, fragte Fee atemlos. „Erzählen Sie weiter!“

„Selbstverständlich!“, sagte Sir Fox und reckte das Kinn empor. „Ich könnte Geschichten über Geschichten zum Besten geben … aber ein Abenteurer wie ich sollte ein paar seiner Geheimnisse für sich behalten, nicht wahr? Wo bliebe sonst die Spannung?“

Nova wurde ganz starr, als Sir Fox sie plötzlich ansah und listig lächelte.

„Und diese entzückende junge Dame ist eure Tochter?“, fragte er interessiert. „Oh, Monty, sie hat deine Augen!“ Dann wanderte sein Blick zu Fee. „*Zwei* Töchter?“

Mr Stark baute sich vor den Mädchen auf. „Das sind meine Tochter Nova und ihre beste Freundin Felicitas“, stellte er Nova und Fee widerwillig vor.

Sir Finley Fox strahlte die Mädchen an. „Junge Menschen, die in die Fußstapfen ihrer Vorbilder treten wollen, was?“ Er zwinkerte Nova zu.

Nova wusste nicht, was sie sagen sollte, aber das übernahm Fee liebend gern. Sie schnappte sich die Hand von Sir Fox und schüttelte sie übereifrig. „Mr Fox, Sir, es ist mir eine

Ehre, Sie endlich persönlich kennenzulernen!", sprudelte es aus Fee heraus.

„Welch ein Temperament! Das gefällt mir!", lachte Sir Fox.

„Ich habe so viel über Sie gelesen!", plapperte Fee weiter. „Ich kenne Ihren Lebenslauf in- und auswendig! Sie waren mal Parawissenschaftler, genau wie Novas Mum, aber dann haben Sie Ihren Job an den Nagel gehängt, um magische Artefakte zu sammeln. Das ist wahnsinnig cool! Dürfte ich vielleicht ein Autogramm haben?"

„Natürlich", antwortete Sir Fox, zog prompt eine Autogrammkarte aus seiner Anzugtasche und signierte sie für Fee. Autogrammkarten und Stifte in den Anzugtaschen? Der Typ war ja fast so schlimm wie Mr Stark!

„Besuch doch mal meine Internetseite, Felicitas!", schlug Sir Fox vor. „Für meine Fans ein Muss!"

„Danke! Das werde ich!" Fee nahm die Autogrammkarte an sich. „Übrigens habe ich einen eigenen Blog, da dreht sich alles um Magie!", fügte sie stolz hinzu.

„Toll!", sagte Sir Fox und fragte an Nova gewandt: „Und du? Bist du dem Magischen auch so verfallen wie deine Freundin?"

„Ähm … also ehrlich gesagt …", begann Nova.

„Nova ist übrigens ein sehr schöner Name", warf Sir Fox ein.

„Danke“, antwortete Nova höflich. Uff! Mit Leuten in ihrem Alter zu reden war schon schwer. Aber mit Erwachsenen – schier unmöglich! Vor allem, wenn sie verrückte Wissenschaftler oder Magische-Arte-Dingsbums-Jäger waren.

„Ich nehme an, du schaust die Serie deines Vaters regelmäßig, Nova?“, fragte Sir Fox. „Als seine Tochter bist du doch sicher sein größter Fan!“

Da! Schon ging das Geister-, Vampir- und Magiegerede los!

„Nur wenn ich Zeit habe“, sagte Nova knapp.

Sir Fox strich sich nachdenklich über die Manschettenknöpfe seines linken Ärmels. „Dein Vater und ich waren im Studium enge Freunde. So wie du und Felicitas. Unzertrennlich“, schwelgte er in Erinnerungen. „Gemeinsam hatten wir auch die großartige Idee für *Mysteriöse Mysterien*. Mir war sofort klar, dass das der Hit werden würde.“

„Oh, das wusste ich noch gar nicht“, sagte Nova.

„Die wenigsten wissen das“, sagte Sir Fox energisch.

Huch! Täuschte Nova sich oder klang Sir Fox gerade ein bisschen eingeschnappt? Nova blinzelte irritiert. Doch Fox lächelte unbeirrt weiter. „Schnee von gestern.“ Er winkte ab. „Aber erzähl doch mal von dir, Nova. Was sind deine Lieblingsfächer?“

Nova sah Fox mit großen Augen an. *Erzähl doch mal von dir, Nova …* Wann hatten ihre Eltern das das letzte Mal zu ihr gesagt? Bei denen hieß es immer nur: Nova, räum dein Zimmer auf! Nova, gieß die Blumen! Nova, geh nicht so spät ins Bett!
„Ich mag Mathe“, erzählte Nova schüchtern.
„Das wundert mich nicht!“, rief Fox begeistert. „Mathe ist nichts für Dummköpfe. Und du scheinst ein kluges Mädchen zu sein.“ Sir Fox setzte noch einen drauf: „Ich wette, du löst jede Aufgabe in null Komma nichts!“
Wie sympathisch! Wieso hatten ihre Eltern ihr diesen alten Freund nicht schon früher vorgestellt?
„In Mathe bin ich die Beste“, sagte Nova stolz.
Fee nickte zustimmend. „Nova ist ein richtiges Mathe-Ass!“
„Das ist beeindruckend“, sagte Sir Fox anerkennend. „Und, Nova, wie wohnt es sich so im Haus einer Schriftstellerlegende? In einem Haus voller Geheimnisse?“
„Ähm …“, begann Nova und schaute zu ihren Eltern hinüber, die merkwürdig stumm blieben. „Ich habe das Zimmer unter dem Dach, da ist es schön ruhig“, antwortete Nova dann höflich.
„Ah! Das war Elaine Carmodys Schreibstube“, sagte Sir Fox. „Sie liebte die Stille dort oben, fernab der Welt und irdischer Einflüsse.“

„Ja, ich weiß." Nova verdrehte genervt die Augen. „Irgendwelcher alter Krempel von ihr steht immer noch bei mir rum."

„Tatsächlich?", sagte Fox interessiert. „Aber ich verstehe schon – die ganzen alten Geschichten müssen dich unfassbar langweilen." Sir Fox lachte.

„*Ihre* Geschichten klingen gar nicht langweilig!", rief Fee. „Sie haben viel erlebt."

„Ihr würdet auch gerne was von der Welt sehen, oder?", fragte Sir Fox. „Richmond ist ja wirklich ein verschlafenes Nest."

Nova wollte gerade antworten, da mischte sich ihr Vater nun doch ein: „Finley, was setzt du den Mädchen für Flausen in den Kopf?"

„Aber nicht doch, Monty. Wir plaudern doch nur ein bisschen", sagte Sir Fox beschwichtigend. „*Ich* war nie derjenige mit Flausen im Kopf. Das warst ja wohl eher du … Ich könnte deiner Tochter Geschichten erzählen … Aber wir sollten die Vergangenheit lieber ruhen lassen."

„Dann sind wir uns ja einig", sagte Mr Stark zerknirscht. „Wir müssen jetzt gehen."

„Gehen? Jetzt schon?", sagte Fee enttäuscht.

„Können wir nicht noch bleiben?", quengelte auch Nova.

Nun meldete sich Mrs Stark zu Wort: „Es tut mir leid, ihr

zwei, aber ich habe plötzlich schreckliche Kopfschmerzen. Dafür halten wir unterwegs noch mal an der Eisdiele, einverstanden?"
„Und wer als Erstes beim Auto ist, bekommt eine Extrakugel!", übertrumpfte Mr Stark seine Frau.
„Es war nett, dich wiederzusehen, Finley", sagte Mrs Stark. „Komm, Monty." Novas Mutter scheuchte ihren Mann und die Mädchen zum Ausgang.
„Eine Frage noch, Rebecca!", rief Sir Fox ihr nach. „Das Amulett ist wirklich verschollen?"
„Seit Elaines Tod", antwortete Mrs Stark. „Aber das sagte ich ja bereits."
„Verstehe." Und wieder huschte dieses listige Lächeln über Sir Fox' Lippen. „Es war ganz reizend, eure Tochter und ihre Freundin kennenzulernen! Mach's gut, Nova. Auf Wiedersehen, Felicitas!"
Fee winkte und sauste ohne Vorwarnung los. „Ich werde Erste!", rief sie.
Hastig lief Nova ihr hinterher. „Denkst du!"
Lachend erreichten die Mädchen fast zeitgleich den Wagen der Starks.
„Dann gibt es wohl für uns beide eine Extrakugel!", sagte Fee.
Nova und Fee klatschten sich zufrieden ab.

Vor der Abfahrt blickte Nova noch ein letztes Mal zum *Darkwood Institut.*

Coole Erwachsene waren eine aussterbende Art. Aber es gab sie noch! Und Sir Finley Fox gehörte auf jeden Fall dazu.

7

ELAINE CARMODY! Wenn Fee diesen Namen noch einmal so aussprach, als wäre er das achte Weltwunder, würde Nova aus dem Fenster steigen und die Regenrinne hinunterrutschen. Ihre Eltern hatten Fee noch zu ihnen nach Hause eingeladen und Nova hatte sich auf Beste-Freundinnen-Zeit gefreut. Ein bisschen quatschen und rumalbern und vielleicht noch ein Brettspiel spielen.

Doch Fee klebte die ganze Zeit nur an ihrem Handy und recherchierte im Internet über das Carmody-Amulett. „Wo könnte das Amulett nur sein?“, überlegte sie zum tausendsten Mal.

Für jedes „Carmody“ ein Pfund und Nova wäre reich! Langsam bekam sie schlechte Laune, dabei wollte sie gar nicht böse auf Fee sein. Es war ja total schön, dass sie heute mitgekommen war. Ohne Fee wäre der Tag nur halb so lustig gewesen. Aber dass nun auch noch ihre beste Freundin ständig von verwunschenen Amuletten sprach … puh!

Nova stand am Fenster und starrte auf die Straße hinunter. Fee plapperte weiter, aber Nova hörte nicht mehr zu. Auf dem Gehweg stand ein braunhaariges Mädchen. Täuschte Nova sich oder sah es zu ihrem Fenster hinauf? Nova kniff die Augen zusammen. Ja, wirklich! Ihr Herz schlug schneller. War das etwa … Avon? Doch da lief das Mädchen weiter. Sie hatte nur auf einen kleinen Jungen gewartet, der einen Karren voller Zeitungen zog. Gemeinsam gingen sie zum nächsten Haus und teilten weiter Zeitungen aus. Nova rieb sich die Augen und drehte sich wieder zu Fee um.

„Ich werde noch verrückt“, murmelte Nova.

Fee sah kurz auf. „Weißt du, *was* verrückt ist? Wie viele Klicks die Website von Finley Fox hat! Die checke ich gerade ab!“ Fee starrte wieder gebannt aufs Handy. „Von dem kann ich so viel lernen … Ob er das Carmody-Amulett aufspüren kann?“, grübelte Fee nach. „Als Jäger okkulter Artefakte hat er mir natürlich einiges voraus … Vielleicht könnten wir ja gemeinsam …“

Nova stöhnte. Beste Freundinnen konnten sich alles sagen. Sie musste endlich den Mund aufmachen. Nova räusperte sich laut. „Fee, können wir zur Abwechslung mal über was anderes reden?“

Fee schrak hoch. „Oh Nova, sorry! Ich bin so ein Schussel!

Manchmal vergesse ich die Welt um mich herum, wenn ich für einen Fall recherchiere."
„Was du nicht sagst!" Nova streckte Fee die Zunge raus.
„So wie du, wenn du Fitz anschmachtest", zog Fee Nova liebevoll auf. „*Schwups* – ist alles andere vergessen. Apropos Fitz! Was ist eigentlich mit dem Freizeit-Wochenende? Haben dir deine Eltern die Erlaubnis gegeben?" Fee wartete Novas Antwort gar nicht ab. „Stell dir vor, du fällst aus dem Boot und Fitz muss dich retten und Mund-zu-Mund-Beatmung machen! Hoffentlich isst er vorher keinen Knoblauch oder so!"
Nova lächelte gequält. „Das wird nicht passieren, Fee …"
„Sag bloß, du hast die Unterschrift von deinen Eltern immer noch nicht?", fragte Fee ungläubig.
Nova ließ den Kopf hängen. „Sie hören mir einfach nicht zu."
„Dann sorge ich eben dafür, dass sie dir zuhören!", verkündete Fee kämpferisch. „Los, komm, wir gehen jetzt zusammen runter und fragen sie!"
Ehe Nova etwas erwidern konnte, war Fee vom Bett aufgesprungen und wie ein Wirbelwind zur Tür hinausgefegt. Nova hörte die knarrenden Stufen, als Fee die Treppe hinuntersauste.
„Fee, warte!", rief Nova erschrocken.

Das konnte niemals gut gehen! Oder doch? Fee konnte echt überzeugend sein. Hastig lief Nova ihrer Freundin hinterher.

Fee war schon unten angekommen und bog gerade Richtung Wohnzimmer ab, als Nova über eine Teppichfalte stolperte und auf die Nase fiel. Man sollte dieses Haus tollpatschsicher machen! Sie rappelte sich hastig auf und eilte ins Wohnzimmer.

Ihre Eltern saßen auf dem Sofa und unterhielten sich angeregt. Vor ihnen standen zwei dampfende Teetassen.

„Ich weiß wirklich nicht, was Finley in Richmond zu suchen hat“, sagte Mr Stark gerade.

„Du hast ihn doch gehört. Er will das Wunsch-Amulett finden“, erwiderte Mrs Stark. „Monty, denkst du vielleicht, er … oh.“ Mrs Stark hielt inne, als sie die Mädchen bemerkte. „Na, ihr zwei? Möchtet ihr uns etwas Gesellschaft leisten? Es gibt Matcha-Tee und Wirsing-Chia-Cracker …“

„Örgs“, entfuhr es Nova.

„Ähm, nein danke“, sagte Fee rasch. „Wir hätten nur mal eine Frage!“

Novas Eltern sahen Fee überrascht an.

„Es geht um eine wirklich wichtige Angelegenheit“, fuhr Fee geschäftig fort und nickte dabei wie ein Wackeldackel. „Also, was wir fragen wollten … Oh, ist das etwa ein *EMF*

5000?“ Fee starrte mit offenem Mund auf das Gerät, das auf dem Tisch stand. „Woah, wie cool!“

„Möchtest du es dir genauer ansehen?“, fragte Mr Stark sofort. „Es ist das ganz neue Modell von *GhostInc.*! Funktioniert ohne Batterien und hat eine sehr lange Laufzeit!“

Fee kniete sich ehrfürchtig vor den Couchtisch und bestaunte das EMF von allen Seiten. „Oh mein Gott!“, kreischte sie. „So eins will ich zum Geburtstag!“

„Ist nicht ganz billig, das gute Stück“, sagte Mr Stark, „aber dafür bekommt man eine *Spirit-Cam S8 plus* gratis dazu. Die arbeitet mit spezieller Linse, für perfekte Geisterfotos!“

„Wahnsinn“, hauchte Fee.

Nova verstand nur Bahnhof und verschränkte die Arme vor der Brust. Na super! Und was war jetzt mit dem Freizeit-Camp?

„Was wolltet ihr uns denn nun eigentlich fragen?“, wollte Mrs Stark wissen und sah Nova an.

Da war sie! Novas Chance! Jetzt aber! Sie öffnete den Mund – und das Telefon klingelte. Das war echt wie im Irrenhaus hier!

Mrs Stark nahm ab, hielt eine Hand über den Hörer und flüsterte in Novas Richtung: „Das ist leider wichtig.“

Nova schüttelte ungläubig den Kopf und schlurfte in die Küche. Sie goss sich ein Glas Saft ein, trank es in einem

Zug leer und knallte das Glas auf den Tisch. Bockmist aber auch!

Kurz darauf kam Fee in die Küche und sah Nova schuldbewusst an. „Tut mir leid. Ich bin so doof!“, schalt sie sich und schlug sich die Hand gegen die Stirn. „Ich hatte wirklich ganz fest vor, nach der Unterschrift zu fragen.“

„Schon okay“, sagte Nova. „Ich nehme einfach die Zeitmaschine im Keller, reise in die Zukunft und lasse das Formular von meinem achtzehnjährigen Ich unterschreiben. Das ist leichter, als eine ruhige Minute mit meinen Eltern zu finden, solange dieser Carmody-Wahnsinn tobt.“

„In eurem Keller steht eine *Zeitmaschine*?“, fragte Fee fassungslos.

Nova zog eine Grimasse. „Was denkst du denn?“

„Du hast manchmal echt ulkige Ideen“, sagte Fee belustigt. Dann wurde sie wieder ernst. „Hey, sei nicht böse, ja?“

„Nein, nein“, sagte Nova matt, „ich verstehe ja, wie aufregend das alles für dich sein muss … mit dem Amulett und so …“

„Ob ich echt eine Chance habe, es zu finden?“, fragte Fee hoffnungsvoll.

Nova sah Fee verschwörerisch an. „Wenn nicht die *fabulöse Fee* – wer dann?“

***

Nachdem Fee gegangen war, weil sie dringend noch Hausaufgaben erledigen musste, saßen die Starks beim Abendessen. Es gab Brokkoli-Auflauf, Novas Leibspeise – sollte sie jemals von Aliens entführt werden, die ihre Geschmacksnerven umpolten. Nova hatte schon so viel Salz auf ihren Teller gestreut, dass ihre Portion inzwischen endgültig ungenießbar geworden war. Was würde sie jetzt für eine Pizza geben! Hatte ihre Mutter sich diese Woche etwa zum Ziel gesetzt, Nova zu vergiften? Erst diese komische Kohlrabi-Spinat-Suppe und jetzt das …

Hungrig schielte Nova zu ihrem Nachtisch. Vanillepudding mit Erdbeersoße! Bei den Starks wurde immer Pudding geschlemmt, wenn es etwas zu feiern gab – so wie heute den erfolgreichen Vortrag von Novas Mutter. Dabei hatten ihre Eltern schon Eis für alle spendiert! Ein echter Ausnahmezustand!

„Schmeckt das gut!“, sagte Mr Stark und schmatzte genüsslich. „Übrigens habe ich mir überlegt, dem Sender eine Sonderepisode über das Carmody-Amulett vorzuschlagen. Ist zwar sehr kurzfristig, aber das Interesse von allen Seiten ist riesig. Was meinst du, Rebecca?“

„So eine Art Carmody-Special?“, hakte Mrs Stark nach.

„Genau“, sagte Mr Stark. „Dafür könnte ich auch dich interviewen, mein Schatz. Na, wie wäre das?“

„Damit würden wir uns aber viel Arbeit aufhalsen und wären noch seltener zu Hause“, gab Mrs Stark zu bedenken. „Nova, was sagst du denn dazu?“

Nova zuckte mit den Achseln. „Mir egal.“ Als würden ihre Eltern tatsächlich etwas absagen, nur weil es viel Arbeit bedeutete! Außerdem überlegte sie gerade fieberhaft, wie sie das Thema auf ihr Freizeit-Camp lenken konnte. Missmutig starrte sie auf den versalzenen Brokkoli-Matschberg auf ihrem Teller. Sie brauchte endlich diese Unterschrift!

„So eine Sonderfolge wäre sicher gute Werbung für das *Darkwood Institut*“, fuhr Mrs Stark fort. „Vielleicht kann ich so ein paar neue Sponsoren finden. Dann hätte ich mehr Geld zur Verfügung und bräuchte nicht für jedes neue Forschungsprojekt die Erlaubnis von ganz oben.“

„Manchmal braucht man aber die Erlaubnis von *ganz oben*“, warf Nova blitzschnell ein. „Bei *wichtigen* Dingen.“ Doch weiter kam sie nicht.

„Ich finde, du solltest dem Sender deine Idee vorschlagen, Monty“, sagte Mrs Stark.

Hallo? Erde an Eltern!

„Mum, Dad, ich muss euch was Wichtiges fragen! Was *Überlebenswichtiges*! Ich muss …“

„Erst mal musst du deinen Auflauf essen“, tadelte ihre Mutter sie. „Du hast ja kaum etwas angerührt, Nova. Du bist im Wachstum und brauchst Nährstoffe und Vitamine.“
„Vor allem bräuchte ich mal Eltern, die mir zuhören!“, entfuhr es Nova. Laut scharrend schob sie ihren Stuhl zurück, sprang auf und stürmte aus der Küche. Sie polterte extra laut die Treppe hoch und knallte ihre Zimmertür zu. Mrs Stark rief ihr noch etwas nach, aber Nova reagierte nicht.
Sie hatte eine irre Wut im Bauch.
Sie warf sich aufs Bett, schnappte sich ihr Handy und schrieb eine Nachricht an Fee.

Ich könnte PLATZEN vor Wut!

Oje, was ist passiert?

Was passiert ist?!? Meine Eltern sind passiert!!! Nie hören die mir zu! Was ich möchte, ist denen piepegal!

Oh no! Immer noch keine Unterschrift?

:(

Telefonieren?

Mag grad nicht reden.

Ok. Dann aber morgen Krisensitzung! Ich drück dich ganz fest! :-*

Danke. :-*

Nova seufzte und legte das Handy weg. Dann wanderte ihr Blick zu den Kartons voller Carmody-Gerümpel, die schon seit Ewigkeiten in der Ecke ihres Zimmers standen. Der Anblick ließ die Wut in ihr wieder hochkochen. Sollte ihretwegen doch die ganze Welt Elaine Carmody anbeten! Sie würde die Kartons keine Sekunde länger in ihrem Zimmer dulden! Das alles war ihr vollkommen schnuppe!

Sie sprang vom Bett, schnappte sich den kleineren der beiden Kartons und feuerte ihn in den Mülleimer.

Der zweite Karton war viel schwerer. Hundertpro voller Schundromane! Nova hatte große Mühe, ihn überhaupt hochzuheben. Aber die Wut verlieh ihr ungeahnte Kräfte und so schleppte sie den Karton in Richtung Müll. Vielleicht sollte sie ihn auch einfach die Treppe runterwerfen! Das gäbe ordentlich Krach! Aber wahrscheinlich würden ihre Eltern dann bloß mit diesen schwachsinnigen EMFs anrücken und Messungen durchführen, weil sie dachten, die Geisterschriftstellerin würde poltern und spuken.

Plötzlich kribbelte etwas auf Novas linkem Arm. Bäh, eine Spinne! Nova ließ vor Schreck den Karton los, das Ding krachte auf den Fußboden und fiel auseinander. Nun stand Nova in einem Haufen Bücher und anderem Plunder. Sie stöhnte frustriert auf.
„Verdammt aber auch!", fluchte sie.
Wally krächzte. Schimpfereien mochte er nicht. Nova warf ihm einen entschuldigenden Blick zu. Was war das bitte alles für Schrottzeugs?

„Sieh dir dieses Chaos an, Wally!", grummelte Nova. „Ich dachte, Elaine Carmody war Schriftstellerin und keine Trödelmarkttante!"
Nova begutachtete den Inhalt des Kartons: mehrere Romane, ein Paar bestickter Handschuhe in Cremeweiß, ein Kompass ohne Nadel, eine Brosche in Libellenform, unzählige blaue Steinchen, Federn, Porzellanscherben, eine verbeulte Münze und ein paar andere metallische Gegenstände, die aussahen wie … Weltraumschrott.
Diese Elaine Carmody musste verrückt gewesen sein. Nova malte sich aus, wie die Schriftstellerin, behangen mit dem ganzen Kram, an ihrer Schreibmaschine saß und über neuen Ideen brütete. Vielleicht waren all diese Gegenstände irgendwann einmal schön oder nützlich gewesen, doch jetzt waren sie nur noch eines: überflüssig! Nova stapelte

die Bücher übereinander und griff nach dem erstbesten Teil – dem Kompass. Sie zielte auf ihren Mülleimer, warf und – Treffer!

„Elaine Carmody, rutsch mir den Buckel runter!“, rief Nova triumphierend.

Schnell wurde ein kleines Spiel daraus: Nova warf etwas in den Müll und fluchte dabei nach Herzenslust. Armer Wally!

„Bestseller! Magie! Herzenswünsche! Dass ich nicht lache!“, rief sie.

Die Handschuhe landeten im Müll. Die Münze folgte.

„Ich sag dir was, Wally“, knurrte Nova und griff nach dem nächsten Stück – einer golden schimmernden Metallscheibe, in die eine Sonne eingraviert war. „Wenn ich mir etwas wünschen könnte, dann … dann würde ich mir wünschen …“ Nova umklammerte die Scheibe fester und holte zum Wurf aus. „… *dass meine Eltern verschwinden!* Ja, sie sollen einfach verschwinden! Ich brauche sie nicht!“ Zack – und weg! Doch die Scheibe prallte vom Rand des Mülleimers ab und landete irgendwo dahinter.

Bald war Novas Fußboden wieder schön leer, der Mülleimer dafür schön voll. Sie stellte ihn zusammen mit dem Bücherstapel vor ihre Tür. Aus den Augen, aus dem Sinn!

„Wir suchen dir morgen einen neuen Lieblingslandeplatz“,

versprach Nova ihrem Wellensittich. Wally krächzte bedrückt. Und dann ging Nova ohne Zähneputzen und Gutenachtsagen ins Bett.

8

BEIM ersten Weckerklingeln stieg Nova putzmunter aus dem Bett. Es war lange her, dass sie so gut geschlafen hatte. Die Entrümpelungsaktion am Vorabend hatte Wunder gewirkt! Nova fühlte sich, als wäre sie eine große Last losgeworden. Richtig befreit!

Fröhlich pfeifend legte sie ihre Schuluniform für später zurecht und ließ Wally fliegen. Dann ging sie ins Bad. Sie flocht sich zwei Zöpfe und steckte ein paar lose Strähnen mit ihren Lieblingshaarspangen fest – grüne Glitzerschleifen, die Fee ihr als Ersatz für ihre glitzrig grünen Ballerinas geschenkt hatte. Die hatte sie beim Antifluchzauber gegen Avon nämlich opfern müssen.

Heute blickte ihr im Spiegel nur ihr eigenes gut gelauntes Gesicht entgegen. Keine Avon!

Nachdem Wally wieder im Käfig saß, steuerte Nova mit knurrendem Magen die Küche an. Auf dem Weg hinunter fiel ihr auf, dass auf dem Boden verschiedenfarbige

Pfeile klebten, die in unterschiedliche Richtungen zeigten. Die Türen waren auch beschriftet worden und vor dem Durchgang von der Küche ins Wohnzimmer hing ein gelb-schwarz gestreiftes Absperrband.

Nanu? Das einzige Verbrechen, das in dieser Küche begangen wurde, war das permanent gesunde Essen, das ihre Mutter mit so viel Elan kochte. War etwa jemand eingebrochen und hatte den ganzen Brokkoli gestohlen? Das wäre lustig gewesen!

Doch dann fiel es Nova wieder ein: Heute war Montag. *Der* Montag. Der 100. Todestag von Elaine Carmody! Demnächst würden sich also irgendwelche Touristen durch ihr Haus wälzen. Wie hatte sie das nur vergessen können? Deshalb war es auch so still hier! Das war die Ruhe vor dem Sturm.

Schnell was essen und ab zur Schule!, dachte Nova. So kam sie vielleicht auch um die Standpauke herum, die ihre Eltern ihr sicher noch halten wollten, weil sie gestern so ausgeflippt war.

Nova nahm sich Schüssel, Löffel und die Frühstücksflocken, die sie so gerne mochte, und wollte sich gerade setzen, als ihr Blick auf etwas Glänzendes unter dem Tisch fiel. Blöde Neugier! Sie bückte sich. Nur eine olle Büroklammer. Nova richtete sich wieder auf, doch dabei verfing sich eine ihrer

Haarspangen an einem Bommel der bunten Tischdecke. Mist, sie hing fest! Zu allem Überfluss hörte sie auf einmal Stimmen im Flur. Laute Stimmen, die wirr durcheinanderplapperten. Das waren nicht ihre Eltern. Touristen? Oh nein! Jetzt schon?

Panisch schielte Nova an sich herunter. Sie trug den viel zu engen Pyjama mit den Teddybären, den ihre Tante ihr einmal zu Weihnachten geschenkt hatte. Die anderen Schlafsachen waren noch in der Wäsche gewesen.

Nova wollte verschwinden, vergaß dabei aber, dass sie immer noch festhing, und riss die Bommeldecke mitsamt Frühstück vom Tisch herunter. Sie versuchte noch etwas abzufangen und machte die wildesten Verrenkungen, aber sie war zu langsam. Die Müslischale zersprang, Milch spritzte in alle Richtungen und die Frühstücksflocken rieselten auf den Küchenboden.

Im nächsten Augenblick tauchten Dutzende fremde Leute in der Tür zur Küche auf. Sie schnatterten wild durcheinander, verstummten aber sofort, als sie Nova sahen – Nova, die in ihrem milchbespritzten Teddybären-Pyjama neben dem Tisch kniete und den Mund vor Schreck weit aufgerissen hatte. Novas Wangen glühten vor Scham.

Oh Gott, oh Gott, oh Gott! Wie peinlich!

Einer der Besucher knipste ein Foto. Der Blitz war so grell,

dass Nova geblendet das Gesicht verzog. Hastig stemmte sie sich vom Boden hoch.
„Hast du eine Erscheinung gesichtet?“, fragte jemand.
„Was ist denn hier los?“, fragte ein anderer.
„Der Geist von Elaine Carmody hat gewütet!“, rief jemand.
Auf einmal wollten alle ein Foto schießen. Nova flüchtete durch den Durchgang ins Wohnzimmer, wobei sie das Absperrband zerriss. Die Tischdecke flatterte hinter ihr her wie ein Superhelden-Cape. Wütend befreite sie sich von der Tischdecke. Ihr linker Zopf war völlig zerzaust. In Novas Augen brannten Tränen. Das war alles so demütigend!
Nova stürmte in ihr Zimmer, schloss die Tür ab und zog sich um. Sie würde nie wieder ein Wort mit ihren Eltern wechseln! Nie wieder! Mrs Banks würde sie bei sich aufnehmen müssen. Ende.
In Windeseile schnappte Nova sich ihren Rucksack, flüchtete aus dem Haus und sprintete zur Bushaltestelle. Coach Henderson wäre stolz gewesen. Bestzeit.
Nova grüßte den Busfahrer, als sie wenig später in den Bus stieg, und ging nach hinten durch, um sich neben ihre beste Freundin zu setzen. Wie immer hatte Fee Nova einen Platz frei gehalten. Fee sah ihr sofort an, dass etwas nicht stimm-

te, und Nova erzählte von ihrem fürchterlichen Morgen. Dabei hatte er doch so gut angefangen …

„Mach dir nichts draus“, sagte Fee tröstend. „Das sind *Erwachsene.* Die vergessen doch sowieso alles!“

„Und was ist mit dem Foto?“, fragte Nova besorgt.

„Ach, das ist bestimmt eh verwackelt. Letztens erst hat meine Mum ihren Ellbogen fotografiert, als sie die Blumen knipsen wollte, weil die Kamera im Selfie-Modus war. Erwachsene und Kameras? Klappt nie!“

Nova war wenig überzeugt. „Meinst du echt?“

Fee nickte heftig.

Erst jetzt fiel Nova auf, dass ihre Freundin heute noch schräger aussah als sonst. Sie trug die Haare offen, allerdings hatte die zerzauste schwarze Mähne auf ihrem Kopf nicht viel mit einer Frisur zu tun. Noch dazu hatte sich Fee wieder das dritte Auge auf die Stirn gemalt. Nova hatte gehofft, dass Fee diesen Unsinn eines Tages lassen würde, aber darauf konnte sie wohl lange warten. Angeblich öffnete das dritte Auge den Geist für das Übernatürliche und ermöglichte einem Dinge zu sehen, die normalen Augen verborgen blieben. Bei ihrem ersten Treffen in der Stadtbibliothek hatte Fee dank des dritten Auges Kobolde aufgespürt – behauptete Fee zumindest. Nova hatte keine Kobolde gesehen.

„Was ist denn mit deinen Haaren los?“, fragte Nova.
„Ich habe meine Bürste nicht gefunden“, erklärte Fee. „Bei uns zu Hause sind gerade die Schlotterschlinger los. Ich wollte Fallen aufstellen, aber Mum hat es mir verboten.“
„Schlotterschlinger?“, fragte Nova.
„Die verschlingen alles, was sie zwischen die Zähne kriegen“, erklärte Fee. „Mir fehlen auch noch drei Socken und seit vorgestern sind die Ersatzschlüssel für unser Auto verschwunden.“
„Aha“, machte Nova.
„Schlotterschlinger sind leider ziemlich winzig, nicht größer als ein Radiergummi, und sie sausen durch die Wände. Ich muss sie heute fangen.“
„Brauchst du Hilfe?“, fragte Nova.
„Danke, das ist lieb von dir, aber das muss ich leider allein machen. Schlotterschlinger sind sehr schreckhaft, weißt du?“
„Und wie genau fängt man die?“
„Mit Zitronenkaugummi. Da stehen die drauf. Das heißt, man muss ganz viele Kaugummis kauen und sie dann auf Mausefallen kleben.“
„Kaugummi?“, fragte Nova verdutzt. „Nicht dein Ernst!“
„*Zitronen*kaugummi“, verbesserte Fee sie.
„Und woher weißt du das alles?“

„Das steht in *Magische Wesen von A bis Z* von Miranda Norton. Es gibt ein ganzes Kapitel zu den Schlotterschlingern. Das sind tückische kleine Biester!“

„Was sagen denn deine Eltern dazu, wenn du überall Mausefallen mit Kaugummi aufstellst?“, fragte Nova.

Fee malte mit dem Finger etwas an die Fensterscheibe. „Die werden das gar nicht merken. Mum muss heute lan-

ge arbeiten und Dad hat meistens sowieso Tomaten auf den Augen.“ Dann wechselte Fee unvermittelt das Thema. „Übrigens habe ich mich gestern auch noch mal über Elaine Carmody schlaugemacht“, sagte sie.

Nova stöhnte auf. Nicht schon wieder!

„Bevor sie Romane schrieb, war sie Uhrmacherin“, erzählte Fee.

Der Bus ruckelte über ein Schlagloch in der Straße.

„Okay. Und hast du auch was über das Amulett gefunden?“ Novas Interesse hielt sich in Grenzen, aber sie wollte Fee in ihrem Eifer auch nicht ausbremsen.

„Nicht viel. Im Internet gibt es ein paar alte Fotos von Elaine Carmody. Alle echt ziemlich unscharf. Aber sie trug auf jedem Bild eine Kette – wie deine Mum gesagt hat. Leider kann man den Anhänger daran wirklich nicht erkennen.“

„Oh, wir sind da“, sagte Nova.

Der Bus hielt vor der Richmond School und die Mädchen

stiegen zusammen mit ihren Mitschülern aus. Der triste graue Himmel passte zu Novas Stimmung, doch zum Glück gab es etwas, was sie gleich aufheitern würde: die Doppelstunde Mathe bei ihrem Lieblingslehrer Mr Bennett. Zahlen, Formeln, Knobeln – juhu!
„Bis später, Fee!“, rief Nova.
„Bis zur Pause!“, verabschiedete sich Fee.

***

Nova hing der Magen schon in den Kniekehlen, als es endlich zur Lunchpause läutete. In den letzten Tagen hatte sie kaum etwas Vernünftiges gegessen. Heute gab es in der Cafeteria Makkaroni mit Käse und sie ließ sich gleich eine doppelte Portion geben. Fee staunte nicht schlecht über Novas voll beladenes Tablett.
Als beide ihr Essen samt Nachtisch und Getränk hatten, suchten sie sich einen freien Tisch.
„Unsere Fußballmannschaft spielt bald gegen ein richtig starkes Team aus der Nachbarstadt“, erzählte Fee beim Essen. „Ein paar Leute schließen schon Wetten ab, wer gewinnt.“
Nova interessierte sich neuerdings brennend für alles, was mit Fußball zu tun hatte. Sie war zwar kein Sport-Ass, aber

mit Fußballregeln kannte sie sich inzwischen richtig gut aus. Woran das wohl lag …

Nova sah sich unauffällig um und hielt nach Fitz Ausschau. Wie oft hatte sie sich heimlich gewünscht mal mit Fitz zusammen Mittag zu essen, aber der saß leider immer am Tisch der Coolen. Da brauchte man schon mindestens eine VIP-Einladung, um dort einen Platz zu ergattern. Nova war chancenlos.

Manchmal saßen auch Viola und ihre Freundinnen mit Fitz, Leo und den anderen Fußballjungs am Tisch. Viola hatte den Geschwister-Sonderbonus. Auch heute war sie mit von der Partie.

Aber Moment mal! Was war das? Nicht Viola saß neben Fitz, sondern *Emma*!

Wie und wann war das denn passiert? Nova guckte zur Sicherheit ein zweites Mal hin.

Tatsache. Schnulzenfilmemma saß neben Fitz!

Doch Nova wollte sich nicht ärgern. Fee war eine bessere Gesellschaft als der ganze gackernde Hühnerhaufen zusammen! Vor einigen Wochen hätte Nova noch alles dafür gegeben, zu Violas Freundinnen zu gehören. Aber dann hatte sie gemerkt, dass Viola andere in Wahrheit nur ausnutzte und total oberflächlich war. Nova hatte eine Menge daraus gelernt.

Und dennoch ... verflixter Mist! Wieso saß Emma neben Fitz?! Fitz hatte Emma beim Schulfest doch doof gefunden. Oder?
„Was guckst du denn die ganze Zeit da rüber?“, fragte Fee.
„Ich wollte Fitz abchecken“, rutschte es Nova heraus. Hups. Hatte sie das gerade laut gesagt?
Fee kicherte. „Du bist ja heute mutig!“
„Wieso sitzt Emma neben ihm?“, grummelte Nova. „Unfassbar!“
„Moment, ich beschwöre meine Orakelkräfte herauf und sage dir die Zukunft voraus“, flüsterte Fee, legte die Fingerspitzen an ihre Schläfen und kniff die Augen zusammen. „Gleich kracht *Huitzilopochtli* durch die Decke, frisst Emma auf und du bist sie ein für alle Mal los! Alles klar?“
„Ähm, okay. Und jetzt noch mal für Normalsterbliche, bitte.“
„Huitzilopochtli ist ein aztekischer Kriegsgott und hatte so einiges drauf“, erklärte Fee.
„Und warum sollte dieser Huipfutzi ausgerechnet in unserer Cafeteria aufkreuzen?“
Fee zuckte mit den Schultern. „Wer weiß. Wir können ihn ja fragen, sobald er auftaucht.“
„Sehr hilfreich, Fee“, sagte Nova ironisch. „Was macht Emma denn da?“

„Sie isst Salat?“, antwortete Fee.
„Mensch, Fee … ich meine doch …“ Nova biss sich auf die Unterlippe. „Macht sich Emma an Fitz ran? Oder bilde ich mir nur ein, dass sie extra dicht bei ihm sitzt?“
Fee griff in ihre Schultasche und holte ein Taschenteleskop heraus. „Ich analysiere das mal eben.“
Nova schnappte ihr das Fernrohr weg. „Fitz ist doch kein

Tier im Zoo!“, zischte Nova.
„Wir sitzen aber zu weit weg“, entgegnete Fee.
„Dann werfen wir eben einen Blick auf die beiden, wenn wir unsere Tabletts wegbringen“, schlug Nova vor.
„Und das findest du weniger auffällig?“, lachte Fee.
„Hast du einen anderen Plan?“, fragte Nova.
Fee dachte kurz nach. „Wir könnten Emma Wahrheitsserum in ihren Saft kippen und sie danach aushorchen. Aber um das herzustellen, würde ich Wochen brauchen.“
Nova ignorierte den Vorschlag. „Beeil dich lieber ein bisschen mit essen, Fee.“
Als sie fertig waren, brachten sie ihre Tabletts weg und gingen auf dem Rückweg am VIP-Tisch vorbei. Fee tat sogar so, als müsste sie sich den Schuh zubinden, und ließ sich extra viel Zeit. Nova blieb stehen und wartete.
„Der Salat schmeckt echt wie Unkraut!“, hörte sie Viola schimpfen.

Nova verkniff sich ein Grinsen und linste zum Tisch der Coolen hinüber. Emma hatte sich leider nicht in Luft aufgelöst. Seufz!
„Die Nudeln sind eigentlich ganz lecker", sagte Fitz.
„Viel zu fettig mit all dem Käse", entgegnete Viola angewidert. „Hier gibt es nicht mal Smoothies! Wir sollten unsere Pausen im *Eight Ball* verbringen dürfen!"
„Ach, ich finde es hier eigentlich auch ganz schön", flötete
Emma und lehnte sich zu Fitz hinüber. Nova hatte es ja geahnt! Emma im Flirtmodus! Indiz Nummer 1: Wimper-Klimpern. Indiz Nummer 2: verträumtes Lächeln. Indiz Nummer 3: Körperkontakt.
Fitz verzog keine Miene. Jungs! Völlig blind für Fakten!
Nova sah hilflos zu Fee. Die schien auch ratlos.
Einfach vorbeigehen? Niemals!
Nova trat näher an den Tisch heran. „Hallo."
„Lauter", flüsterte Fee ihr ermutigend zu.
„Hallo, Leute!", schrie Nova fast.
Und jetzt? Weiter hatte sie nicht gedacht.
„Was willst *du* denn?", fuhr Viola Nova unfreundlich an. „Das hier ist *unser* Tisch, Supernova."
„Sie heißt *Nova*", kam Fee ihrer Freundin zu Hilfe.
Fitz öffnete den Mund und wollte etwas dazu sagen, aber Viola kam ihm zuvor. „Wer hat dich denn um deine Mei-

nung gebeten? Du bist doch noch ein viel größerer Freak! Überall tuscheln sie über die durchgeknallte Felicitas Banks“, ätzte Viola, ohne Luft zu holen. „Manche sagen, du bist eine Hexe und opferst am Wochenende irgendwelche Kröten!“

Emma und Caillie lachten wie einstudiert.

Nova war fassungslos. So eine Giftschlange!

Fee blieb cool und lächelte nur zuckersüß. „Dann nimm dich lieber in Acht, Viola“, sagte sie mit unheilvoller Stimme. „Sonst opfere ich nämlich demnächst noch *dich.* Ich könnte dich aber auch einfach verzaubern. *Beelzebufo!*“

Viola zuckte zusammen. „Spinnerin!“, keifte sie.

Fee ließ Viola links liegen und stampfte davon. Nova folgte ihr, wobei sie noch einen Blick über ihre Schulter warf und all ihre Abneigung gegen Viola – und Emma – hineinlegte. Fitz war in diesem Augenblick vergessen. Dumme, unfreundliche Miesmuscheln!

Plötzlich krachte es laut und Emma fiel vom Stuhl. Die Leute ringsum brachen in schallendes Gelächter aus. Das konnte doch nicht … niemals … Nichts wie weg!

Im Flur vor den Spinden hatte Nova Fee wieder eingeholt.

„Beelzebufo?“, fragte sie keuchend.

„Ist eine ausgestorbene Froschart aus Madagaskar“, murmelte Fee. „Hatten wir heute Morgen in Biologie.“

„Fee, das war so genial!“, jubelte Nova.
Fee versuchte sich an einem Lächeln. Sie wirkte geknickt. „Danke.“
„Würde Viola Alcott doch auch zu einer ausgestorbenen Art gehören“, sagte Nova niedergeschlagen.
„Menschen wie sie wird es immer geben“, sagte Fee leise.
Novas beste Freundin war also doch nicht unverwundbar …

„Das, was sie gesagt hat, stimmt nicht. Du bist keine Hexe“, sagte Nova.
„Weiß ich doch“, murmelte Fee.
„Und *ich* weiß, was ein bisschen gegen doofe Sprüche hilft.“
„Was denn?“, fragte Fee.
Nova nahm Fees Hand und drückte sie ganz fest. „Eine allerbeste Freundin!“
„Stimmt“, sagte Fee. Dann huschte ein Grinsen über ihr Gesicht. „Wenn ich die Schlotterschlinger gefangen habe, lasse ich sie in Violas Schultasche frei!“
Nova lachte. „Super Idee. Und lass gern noch welche für Emmas Tasche übrig.“

9

HOME, sweet home! Als Nova nach Hause kam, herrschte himmlische Ruhe. Ein Glück! Ihr Vater war wahrscheinlich noch im Fernsehstudio, wo die Dreharbeiten für seine Serie stattfanden, und Novas Mutter im Institut. In der Küche entdeckte Nova einen Notizzettel am Kühlschrank:

Liebste Nova,

deine Mutter und ich haben heute ein paar wichtige Termine. Wir werden beide erst sehr spät zu Hause sein. Heute Nachmittag kommt mein geschätzter Freund Finley Fox vorbei, um nach dir zu sehen. Mach dir also keine Sorgen.

Bis später, Dad

Darunter klebte noch ein Zettel mit Sir Fox' Nummer. „Für Notfälle“, wie es hieß.

Mein geschätzter Freund Finley Fox? Seit wann drückte sich ihr Dad denn so geschwollen aus? Aber war ja auch egal! Sir Fox kam vorbei und das war doch mal eine sehr gute Nachricht! Mit ihm als Aufpasser hatte Nova sicher mehr Spaß als mit ihrer alten Nachbarin Mrs Bennett, die anderen Leuten bei jeder Gelegenheit am liebsten Dudelsack vorspielte.

Nova ging ins Wohnzimmer und warf sich auf die Couch.
Sie schaltete den Fernseher ein und zappte durch die Kanäle. Auf einem Sender lief gerade eine Dokumentation: *Überleben in der Wildnis.* Perfekt! Da konnte sie sich doch gleich mal ein paar Tricks für das Freizeit-Wochenende abschauen! Wenn sie denn hinfahren durfte …

Gespannt verfolgte sie, wie die Abenteurer steile Hänge erklommen und sich durch den dichtesten Dschungel schlugen.

„Wenn man sich in die Wildnis wagt, braucht man einen Plan, eine gute Ausrüstung und natürlich ein bisschen Mut“, sagte einer der Männer. „In der freien Natur lauern viele Gefahren.“

Würde es Fitz beeindrucken, wenn Nova wusste, wie man ein Zelt sturmsicher aufbaute? Eine Trinkwasserquelle fand? Einen Bärenangriff abwehrte? Bestimmt!

Nova merkte gar nicht, wie die Zeit verflog. Erst als es

an der Haustür mehrfach klingelte, warf sie einen Blick auf die Uhr und musste feststellen, dass es schon spät am Nachmittag war.

Bevor sie die Haustür öffnete, linste sie durch den Spion. Man konnte ja nie wissen. Vor allem rund um den jährlichen Todestag der Schriftstellerin pilgerten immer wieder mal irgendwelche Spinner zu ihrem Haus. Doch wie von

Mr Stark angekündigt war es Sir Finley Fox.

Nova öffnete die Tür. „Hallo“, sagte sie höflich.

„Hallo, liebste Nova!“, sagte Sir Fox munter. „Dein Vater schickt mich, um nach dir zu sehen. Wir zwei werden uns sicherlich köstlich amüsieren.“

„Kommen Sie herein, Sir Fox“, sagte Nova.

„Nenn mich Finley, Liebes. *Finley!*“

Sir Fox lächelte sie spitzbübisch an. Elegant wie eh und je spazierte er in den Flur, sah sich um und rümpfte die Nase. „Der Geschmack deiner Eltern ist … exzentrisch.“

„Oh ja!“, rief Nova. „Ich komme mir auch manchmal vor, als würde ich in einem durchgeknallten Antiquitätenladen wohnen!“

Ohne zu fragen, betrat Sir Fox das Wohnzimmer. Verdattert folgte Nova ihm. Der Fernseher lief immer noch.

„Das ist eine Dokumentation für die Schule“, flunkerte Nova. Na ja, ganz gelogen war es immerhin nicht.

„Sehr löblich, Liebes“, bemerkte Sir Fox. „Du lieber Rosenkohl! Hier hängen aber viele Uhren!“
Rosenkohl? War ja fast so schrecklich wie Brokkoli! Liebhaber des Paranormalen hatten anscheinend den merkwürdigen Spleen, auf Gemüse zu stehen. Igitt, igitt!
„Meine Eltern sammeln antike Sachen, vor allem alte Uhren“, sagte Nova.
„Das sehe ich“, murmelte Sir Fox. „Euer Haus ist so eine drollige, kleine Wohlfühloase! Ich wette, hinter jeder Tür steckt ein Geheimnis. Bedauernswerterweise habe ich die Führung heute Morgen verpasst. Magst *du* mich vielleicht ein wenig herumführen, Nova?“
Wieder wartete Sir Fox nicht ab, sondern war schon zurück im Flur und stieg die Treppe hinauf. „Was ist hinter dieser Tür?“, rief er.
Nova kam kaum hinterher. „Wissen Sie …“
„Gewiss etwas Atemberaubendes, Mystisches!“, hauchte Sir Fox aufgeregt. Er riss die Tür auf und spähte in den Raum.
„Das ist unser Badezimmer“, sagte Nova trocken.
„Entzückend!“, rief Sir Fox unbeirrt. „Und was ist hinter den anderen Türen?“
„Das Schlafzimmer meiner Eltern und ein Arbeitszimmer“, antwortete Nova. „Nichts Besonderes.“

„Darf ich mal einen Blick hineinwerfen?“
„Ich glaube nicht, dass meine Eltern …“
„… etwas dagegen hätten?“, unterbrach Sir Fox Nova. „Genau! Vor guten Freunden hat man keine Geheimnisse!“ Neugierig streckte er die Finger nach der Klinke aus. „Es interessiert mich brennend, wie Monty lebt und arbeitet!“
Nova war ziemlich vor den Kopf gestoßen. War Sir Fox nicht eigentlich *ihretwegen* gekommen? Und jetzt ging es die ganze Zeit um dieses blöde Haus! Außerdem war sie sich ziemlich sicher, dass ihre Eltern es *nicht* gut finden würden, wenn jemand anders in ihrem Schlafzimmer herumspazierte – Freund hin oder her. Doch Sir Fox war … listig. Es schien, als wüsste er genau, was er sagen musste, damit Nova ihm nicht widersprechen konnte.
Nachdem Sir Fox einen Blick ins Schlafzimmer und ins Arbeitszimmer geworfen hatte, wandte er sich zu Nova um. „Zeigst du mir jetzt dein Zimmer?“, fragte er.
Mann, war der hartnäckig!
„Okay … Von mir aus können Sie es sich kurz ansehen.“
Sir Fox klopfte Nova auf die Schulter. „Danke schön!“
Oben angekommen inspizierte Sir Fox jede Ecke in Novas Zimmer. Er schaute sogar unters Bett! Wally schien den Fremden nicht zu mögen, denn er krächzte wie am Spieß und flatterte gegen die Gitterstäbe. Als Sir Fox dann auch

noch anfing gegen die Wände zu klopfen, wurde es Nova endgültig zu bunt. Der hatte ja wohl nicht mehr alle Tassen im Schrank!

„Was machen Sie denn da?“, fragte Nova.

„Das sind spezielle Morsezeichen, mit denen man paranormale Präsenzen herauslocken kann. Manchmal gibt es Echos von Geistern, die an Orten verweilen, die sie einst bewohnt haben. Aber ich habe nichts gespürt. Du?“

Nova schüttelte den Kopf. „Nein.“ Wände abklopfen … Merkwürdiges Hobby. Ob ihre Eltern das auch heimlich taten?

„Dann lass uns mal wieder runtergehen. Ich würde gerne noch euren Keller sehen.“

„Da ist nicht aufgeräumt“, sagte Nova schnell.

„Ein Genie wie mich schreckt das Chaos nicht ab!“, verkündete Six Fox wenig bescheiden.

„Na gut“, sagte Nova matt.

Nova und ihr seltsamer Gast gingen in den Keller. Sir Fox interessierte sich vor allem für die Gegenstände, die sehr alt aussahen. Immer wieder rief er: Spannend! Außergewöhnlich! Interessant! Was an den staubigen Kisten so toll sein sollte? Keinen Plan! Nova wusste ja nicht mal, wo all das Gerümpel überhaupt herkam.

„Weißt du, Nova, was ich mich gefragt habe?“, sagte Sir

Fox, während er in den Kisten stöberte. „Ob deine Mum mehr über das Amulett weiß, als sie uns verraten wollte. Und du bist doch ihre Tochter …"
„Keine Ahnung", sagte Nova ehrlich. „Ich rede lieber über andere Sachen …"
„Schade, schade", murmelte Sir Fox. „Dann erzähle mir doch einfach noch ein bisschen über euer Haus. Ich bin so

neugierig!"
„Ähm … es ist sehr alt?", sagte Nova trocken.
Sir Fox lachte lauthals. „Den Humor hast du von Monty, ohne Zweifel!"
„Wenn ich ehrlich bin …", murmelte Nova.
Sir Fox sah sie erwartungsvoll an. „Du kannst mir alles sagen!"
„Aber ich weiß doch nichts!", rief Nova nun ungeduldig. Allmählich kam sie sich vor wie bei einem Verhör!
„Schade, schade", murmelte Sir Fox wieder. Dann sah er auf die Uhr. „Herrje! Schon so spät! Wie schnell doch die Zeit vergeht, wenn man so nett plaudert!"
Sir Fox schien es plötzlich sehr eilig zu haben. Als sie wieder an der Haustür standen, verabschiedete er sich zackig und verschwand.
Nova war enttäuscht. Irgendwie war Sir Fox doch nicht so cool, wie sie anfangs gedacht hatte …

***

Nova rechnete die letzte Mathehausaufgabe aus und schloss zufrieden ihr Heft. Alles erledigt! Ihr Magen hingegen grummelte missmutig. Es war Stunden her, seit sie etwas Vernünftiges gegessen hatte. Sie war kurz vorm Verhungern! Draußen wurde es immer dunkler. Wo blieben ihre Eltern denn?

Mr und Mrs Stark liebten ihre Jobs, Nova wusste das besser als jeder andere. Termine, Termine, Termine! Würden sich die beiden klonen können, hätten sie es längst getan, um noch mehr zu arbeiten. So wurden auch schon mal Geburtstage von Verwandten, die Wäsche oder das Aufräumen und Blumengießen vergessen.

Trotzdem konnte es nicht schaden, wenn Nova jetzt mal nachhorchte, wo die beiden blieben.

Das schnurlose Telefon stand in seiner Ladestation auf einem Beistelltisch im Wohnzimmer. Die Handynummern ihrer Eltern waren eingespeichert. Nova schaltete das Licht ein. Im selben Augenblick überkam sie das Gefühl, beobachtet zu werden. Zur Sicherheit warf sie einen Blick aus dem Fenster. Der hintere Teil des Gartens war in dämmriges Licht getaucht. Irgendwo in der Nähe war ein Bewegungsmelder angegangen. Straßenlaternen gab es auf dieser Seite des Hauses nicht. Die Schaukel knarrte im Wind. Nova schluckte schwer. Hastig griff sie nach dem Telefon, doch ehe sie eine Taste drücken konnte, war da dieses unheimliche Rascheln …

Irgendjemand schlich im Garten herum!

Plötzlich sprang die schwarze Katze auf die Fensterbank und fauchte laut. Nova erschrak so sehr, dass sie das Tele-

fon fallen ließ. Es knallte auf den Boden und die Klappe mit den Batterien sprang auf.

Wieder ein Fauchen.

Die Katze starrte durch die Scheibe und machte einen Buckel. Der reinste Psychokatzenterror!

Sollten die Batterien doch unter der Couch liegen bleiben! Nichts wie weg hier!

Nova rannte die Treppe hoch und verschanzte sich in ihrem Zimmer. Sie schloss sogar die Tür ab. Ihr wummerte das Herz bis zum Hals. Schwarze Katzen brachten Pech und davon hatte Nova die letzten Wochen mehr als genug gehabt! Die Katze sollte sich ihr Pech dahin stecken, wo der Pfeffer wuchs!

Mit zitternden Fingern griff Nova nach ihrem Handy, um ihre Eltern anzurufen. Doch Nova hatte bereits eine Nachricht von ihrer Mutter bekommen.

Dad und ich kommen erst morgen wieder. Uns ist ein wichtiger Außentermin dazwischengekommen. Wir hatten einen tollen Tag. Hoffe, du auch. Kuss, Mum

Morgen erst? Und was sollte denn bitte „Außentermin" heißen? Das war mal wieder typisch! Arbeit über alles!
Eine zweite Nachricht folgte.

Im Kühlschrank ist noch Brokkoli-Auflauf. Guten Hunger!

Auch das noch! Nach dem Schrecken mit der schwarzen Katze hätte Nova mindestens eine Pizza mit Extra-Käse verdient! Gar nicht so übel, der Gedanke … Und wenn ihre Eltern heute sowieso wegblieben – wer sollte es ihr verbieten?
Der Italiener in der Nähe des *Eight Ball* hatte auch einen Lieferservice. Und dazu noch spitzenmäßige Eiscreme! Online-Formular ausgefüllt und – *zack!* – bestellt!
Nova schloss ihre Tür wieder auf, schlich auf leisen Sohlen die Treppe hinunter und griff sich für alle Fälle einen Regenschirm als Waffe. Dann ging sie ins Wohnzimmer. Uff! Die blöde Katze war weg! Schnell das Rollo runter!
Jetzt stand der Sturmfrei-Nova-Party nichts mehr im Weg. Fernsehen, so lange sie wollte. Pizza, bis sie platzte. Und

Eis essen, bis ihr schlecht wurde! Ihre Eltern konnten ruhig für immer fortbleiben. Das hier war das wahre Leben!
Als die Pizza und die Eiscreme geliefert wurden, bezahlte Nova mit ihrem Taschengeld und gab sogar ein großzügiges Trinkgeld. Irgendwann war sie kugelrund gefuttert und lag träge auf der Couch. Eine kitschige Telenovela flackerte über den Bildschirm. Nova genoss jede Sekunde.

Als der Abspann kam, räumte sie auf und schleppte sich anschließend ins Bett. Wen scherte es schon, dass morgen früh wieder Schule war? Dieser Abend schaffte es definitiv auf die Top-Liste ihrer Abende ohne Eltern!

***

Nova konnte nicht einschlafen. Sie hatte schon alles probiert – von Musik hören bis Schafe zählen. In der Stille ihres Zimmers bildete sie sich tausend gruselige Geräusche ein. Sogar Wally gab keinen Mucks von sich.
Draußen brachte der Wind die Äste des Baums vor ihrem Fenster zum Knacken und Rascheln. Nova zog sich die Bettdecke bis zum Kinn und starrte in die Dunkelheit. Als ein Auto am Haus vorbeirauschte, zuckte sie zusammen. Dann fiel ein heller Strahl ins Zimmer. Nova setzte sich auf. Der Mond lugte zwischen zwei dicken grauen Wol-

ken hervor und tauchte den Raum in ein schummriges, gespenstisches Licht. Die Schatten der Möbel sahen plötzlich aus wie Finger, die sich nach Nova ausstreckten. Irgendwo knarzte es. Etwa im Haus? War da jemand auf der Treppe? Nova schluckte schwer. Ein Einbrecher?
Langsam kroch sie aus dem Bett und tapste auf nackten Füßen zur Zimmertür. Sie spähte durch das Schlüsselloch, aber es war zu düster, um etwas erkennen zu können. Plötzlich erklang ein lautes Poltern.

Nova war sofort hellwach.
Ein Einbrecher! Bestimmt würde man sie entführen! Mit flatterndem Puls schloss sie die Tür ab.
Oder war das etwa … Avon? War ihre böse, böse Doppelgängerin zurück? Nova schüttelte den Kopf. Blödsinn!
Nova war schon öfter über Nacht allein zu Hause gewesen, wenn ihre Eltern auf irgendeiner Dienstreise waren. Sie war immerhin schon dreizehn! Allerdings hatten ihre Eltern dann immer die alte Mrs Bennett beauftragt sich um Nova zu kümmern. Für eine Sekunde erschien es Nova seltsam, dass Mr und Mrs Stark stattdessen den durchgeknallten Artefakte-Jäger vorbeigeschickt hatten …
Nova schüttelte sich. Sie war einfach nur übermüdet, beschloss sie. Bestimmt hatte sie zu viel Eis gegessen und im Zuckerrausch spielten ihre Sinne ihr doofe Streiche! Ein

Kräutertee würde helfen. Den trank ihre Mutter auch immer, wenn sie abends entspannen wollte. Mutig schloss Nova die Tür wieder auf und trat in den Flur. Ging doch! Licht an und Treppe runter. Niemand zu sehen!

Auf der untersten Stufe lag eines der EMF-Geräte. Stirnrunzelnd hob Nova es auf. Das hatte also den Lärm verursacht! Es war einfach umgekippt und die Treppe runtergefallen.

Mit dem EMF in der Hand ging sie in die Küche. Sie stellte es auf die Arbeitsplatte und holte eine Tasse und Tee aus dem Schrank. Während das Wasser kochte, betrachtete Nova das EMF-Gerät genauer. Es war gar nicht eingeschaltet. Komisch. Probeweise drückte sie den *On*-Knopf – und bereute es im nächsten Moment. Ein schriller, fiepender Laut ertönte, gemischt mit einem Rauschen, das Nova Ohrensausen bescherte. Die kleine Lampe am EMF blinkte rot. Fast wie ein Warnlicht. Geisteralarm! Draußen kreischte die Katze. Das blöde Vieh trieb sich immer noch am Haus herum?

Nova war wie versteinert.

Tick. Tack. Tick. Tack.

Alle Uhren im Wohnzimmer erwachten mit einem Schlag zum Leben. Unmöglich! Die liefen doch eigentlich gar nicht!

Der Kräutertee war vergessen. Nova hatte solche Angst,

dass sie sich nicht rühren konnte. Ihr Blick flog zur Küchenuhr. Punkt Mitternacht! Geisterstunde!

Das EMF-Gerät drehte völlig durch. War Elaine Carmodys Geist erschienen? Unmöglich!

Nova zwang sich aus ihrer Starre und raste hoch in ihr Zimmer. Dieses Mal drehte sie den Schlüssel lieber zweimal um. Sicher war sicher!

Mit brennender Nachttischlampe und blinkendem Geistergerät in der Hand saß sie auf dem Bett und fixierte die Tür. An Schlaf war nicht mehr zu denken.

Hilfe holen? Aber wen? Es war mitten in der Nacht!

Nova versuchte sich zu beruhigen und irgendwann flaute ihre Panik ab. Die Müdigkeit war stärker als ihre Furcht.

Doch als Nova endlich einschlief, hatte sie wieder einen schlimmen Traum. Sie stand auf dem Schulflur bei den Spinden. Ein Mädchen mit braunen Haaren machte sich gerade an ihrem Schrank zu schaffen.

„Das ist meiner. Du hast den falschen“, sagte Nova.

Das Mädchen drehte sich zu ihr um.

„Avon?“, fragte Nova entsetzt.

Avon. Ihre böse, böse Doppelgängerin.

„Irrtum“, sagte Avon kalt und kam auf Nova zu. „Das ist mein Schrank! Meine Schule! Mein Leben! Alles hier gehört mir!“

„Du bist nicht echt“, flüsterte Nova. „Du. Bist. Nicht. Echt.“
Nova wich einen Schritt zurück, doch da hatte ihre Doppelgängerin sie schon an den Schultern gepackt und grinste sie hämisch und boshaft an.
„Ich bin du und du bist ich“, sagte Avon mit unheilvoller Stimme. „Das kannst du nicht ändern.“ Avons Finger gruben sich fester in Novas Schultern. „Hab süße Träume, *Schwesterlein*!“ Avon schubste Nova und sie fiel und fiel und fiel …
Novas Magen machte einen Salto wie bei einer Achterbahnfahrt und dann schoss sie, wie von der Tarantel gestochen, aus dem Bett. Dabei verhedderten sich ihre Beine in der Bettdecke, und als sie wild um sich schlagend auf den Boden fiel, riss sie den Nachttisch um. Nova stieß sich schmerzhaft das rechte Knie.
Heftig atmend schlug sie die Augen auf. „Du bist nicht echt“, flüsterte sie. „Das war nur ein Traum.“

10

AM Morgen fühlte sich Nova fürchterlich. Sie schaffte es kaum, die Augen offen zu halten, so müde war sie. Erschöpft schob sie sich eine trockene Scheibe Toast in den Mund und kaute lustlos darauf herum.

Beim Losgehen vergaß sie fast ihre Schultasche. Im Flur stolperte sie über die Zeitung, die der Postbote durch den Briefkastenschlitz in der Tür geworfen hatte. Schlaflosigkeit verstärkte ihre Schusseligkeit offenbar.

Nova schnappte sich die Zeitung und wollte sie gerade auf den Küchentisch pfeffern, als ihr Blick auf die Titelseite fiel. Das durfte doch nicht … so ein Käseblatt!

Nova hatte sich noch nie sonderlich fotogen gefunden. Auf den Jahrgangsbildern, die der Schulfotograf regelmäßig schoss, sah sie immer total doof aus. Ihre Haare saßen nie richtig und ihr Lächeln glich eher einer Grimasse. Nein, Nova Stark mochte es einfach nicht, fotografiert zu werden. Aber noch nie in ihrem Leben hatte sie so ein schreckliches Bild von sich gesehen. In. Der. Verdammten. Zeitung!

Auf der Titelseite des *Richmond Chronicle* prangte ein Artikel über das *Darkwood Institut* und den Vortrag zum 100. Todestag von Elaine Carmody. Daneben war ein Foto vom Carmody-Haus abgebildet und darunter: ein Foto von Nova. Im Teddypyjama, mit Vogelscheuchen-Frisur, ein Auge geschlossen, das andere halb zusammengekniffen, den Mund weit aufgerissen. Sie sah aus wie Quasimodo!

Untertitel: *Spuk in den Morgenstunden! Die Tochter der Parawissenschaftlerin Rebecca Stark nach Geisterangriff.*

Nova knüllte die Zeitung zusammen und warf sie in den Papiermüll. Dann rannte sie mit Scheuklappenblick schnurstracks zur Bushaltestelle. Ihren Eltern würde sie nach der Schule mal eine ordentliche Standpauke halten!

***

Vor dem Hauptgebäude der Richmond School lungerte Viola mit Emma und Caillie herum. Das fehlte gerade noch! Geduckt lief Nova an ihnen vorbei. Fee gab sich nicht mal Mühe, zu verbergen, was sie von den Schnattertanten hielt. Sie warf den dreien einen finsteren Blick zu. Untertitel: *Ihr seid alle hohle Nüsse und ich mag euch nicht.*

Aber Viola wäre nicht Viola gewesen, wenn sie Nova hätte einfach so davonkommen lassen.
„Supernova!“, rief sie laut.
Das bedeutete nichts Gutes!
„Warte doch mal, Supernova! Ich will dir gratulieren! Du bist nämlich in der Zeitung! Du bist berühmt!“
Viola und ihre Freundinnen holten Nova und Fee im Schulflur ein und stellten sich ihnen in den Weg. Viola hielt den *Richmond Chronicle* in den Händen.

„Berühmt für den peinlichsten Auftritt der Woche!“, gackerte Viola schadenfroh. Wie zum Beweis hielt Viola Nova die Zeitung vor die Nase.
Nach ihrer Gruselnacht hatte Nova gedacht, sie könnte nichts mehr schocken. Aber Viola Alcott übertraf einfach alles! „Supernova, Herrscherin über die Teddybären! Wolltest du dir die Tischdecke umhängen, um zum Planeten der Loser zu fliegen oder was? Megapeinlich!“
Emma und Caillie kicherten.
„Manche tun eben alles für ein bisschen Aufmerksamkeit“, fügte Emma schnippisch hinzu.
Pff, das sagte gerade die Richtige!
„Ihr könnt also alle lesen“, sagte Fee und tat überrascht. „Beeindruckend!“
Viola verzog den Mund zu einer schmalen Linie.

„Denk doch, was du willst, Viola“, sagte Nova und bemühte sich, gleichgültig zu klingen. „Schade, dass du den Tag mit solchen Gemeinheiten anfangen musst. Aber wenn man *wahre* Freunde hat, dann macht einem das nichts aus.“
Fee lächelte Nova zu und hielt einen Daumen hoch.
„Schön“, feixte Viola. „Dann interessiert dich meine Meinung eben nicht, aber die von Fitz ganz sicher …“

„… der gerade dahinten kommt“, bemerkte Emma. Sie riss Viola die Zeitung aus der Hand und wedelte wild damit herum. „Oh, Fitz! Komm mal rüber!“
„Morgen, Mädels!“, rief er fröhlich und gesellte sich, mit seinem Freund Leo im Schlepptau, zu den Mädchen. „Was gibt's denn?“ Er lächelte erwartungsvoll in die Runde.
„Im *Richmond Chronicle* steht heute ein sehr lustiger Artikel“, sagte Viola zuckersüß. „Mit einem Bild von Nova!“
„Das müsst ihr euch wirklich ansehen!“, rief Emma. Sie hielt Fitz und seinem Kumpel Leo die Zeitung entgegen.
Wieso gab es eigentlich keinen Pause-Knopf für das eigene Leben? Nova schloss die Augen und betete im Stillen.
„Ah!“, machte Fitz. „Der Artikel über die Carmody.“
„Alter, liest du etwa Zeitung?“, blökte Leo.
„Unsere Mum hat mir den Artikel heute früh gezeigt, als Viola noch in den Federn lag. Mum weiß, dass Nova auf dieselbe Schule geht wie wir. Ich musste so lachen!“

Nova hielt den Atem an. Fitz lachte sie aus? Das war ihr schlimmster aller schlimmsten Albträume!

„Das Bild ist der Knüller!“, fuhr Fitz fort. „Normal kann ja jeder. Ich mag verrückte Mädchen!“

Nova atmete erleichtert aus.

„Wenn unsere Fußballmannschaft das nächste Mal in die Zeitung kommt, engagieren wir Nova als Maskottchen!“, lachte Leo.

Es klingelte zum Unterrichtsbeginn.

„Wir sehen uns!“, rief Fitz und zwinkerte Nova zu.

Die Jungs machten sich aus dem Staub.

Viola stieß einen spitzen Wutschrei aus und marschierte davon. Emma pfefferte die Zeitung auf den Boden. Mit einem letzten bösen Blick zu Nova folgte sie gemeinsam mit Caillie ihrer theatralischen Anführerin.

„Das ging ja mal voll nach hinten los für Viola!“, freute sich Fee. „Ich schätze, nach all deinem Pech mit Avon gleicht der Kosmos wohl ein bisschen dein Karma aus.“

Fee hob die Zeitung auf, faltete sie und steckte sie in ihre Schultasche. „Den Artikel lese ich in der Pause. Kann nicht schaden, oder? Ich muss jetzt zu Geschichte.“

„Bis später“, verabschiedete sich Nova.

Dann stahl sich ein Lächeln auf ihre Lippen. Sieg über Viola! Und Emma …

***

Nach dem Unterricht, den Nova Gott sei Dank ohne weitere peinliche Zwischenfälle überstanden hatte, schlenderte sie in die schuleigene Bibliothek. Sie wollte sich ein Buch ausleihen – über die Wildnis! Sie hatte das Gefühl, dass es nicht schaden konnte, sich auf das Freizeit-Wochenende noch ein bisschen besser vorzubereiten. Schließlich wollte sie sich nicht blamieren!

Nova wurde schnell fündig: *Kräuterkunde, Fährtenlesen, Notsignale – Überleben in der Wildnis.* Perfekt! Mit dem Survival-Ratgeber unter dem Arm wartete sie in der Schlange der Schüler, die alle zum Tresen der Bibliothekarin wollten.

Plötzlich vibrierte Novas Handy in ihrer Tasche. Ein Anruf. Nova wäre gern rangegangen, aber in der Bibliothek waren Handys verboten und sie wollte nicht ausgeschimpft werden.

Nachdem sie sich für das Ausleihen des Buches eingetragen hatte und auf dem Gang stand, holte sie das Handy heraus. Der verpasste Anruf war von ihrer Mutter. Oje! Nova versuchte sofort sie zurückzurufen, wurde aber weggedrückt. Sekunden später kam eine Nachricht von Mrs Stark:

Sorry, Schatz! Melde mich später. Kuss, Mum

Nova ging zu den Spinden, wo sie auf Fee traf. Die trödelte nach dem Unterricht immer endlos lange dort herum, weil sie ständig mit ihrem Stundenplan durcheinanderkam. Wie oft hatte Fee morgens im Bus noch schnell Hausaufgaben abgeschrieben, weil sie am Vortag das falsche Buch eingepackt hatte? Nova hatte aufgehört zu zählen.
Gerade schloss Fee ihren Schrank und versuchte gleich drei Bücher auf einmal in ihren Rucksack zu stopfen. „Hast du auch so viele Hausaufgaben aufbekommen?", jammerte sie mürrisch. „Mein Rucksack ist schwer wie Zement!"
„Komm, ich nehm dir was ab", schlug Nova vor.
Dankbar reichte Fee ihr das Mathebuch. „Und was hast du da für einen fetten Wälzer unter dem Arm?"
„Survival-Tipps für Anfänger. Ich will ein bisschen für das Freizeit-Wochenende recherchieren", erzählte Nova. „Hoffentlich kriege ich heute Abend endlich diese blöde Unterschrift von meinen Eltern … falls sie zur Feier des Tages mal wieder zu Hause aufkreuzen."
Nova und Fee verließen gemeinsam das Schulgebäude. Mrs Banks wartete bereits auf dem großen Schulparkplatz. Auf dem Nachhauseweg machten sie noch einen kleinen Stopp beim Supermarkt, um fürs Abendessen einzukaufen, zu dem auch Nova eingeladen war. Das hatten die Freundinnen spontan entschieden und Fees Mutter war auch so-

fort einverstanden gewesen. Wenn Novas Eltern unterwegs waren, konnte Nova genauso gut ein bisschen bei Fee zu Hause abhängen. Nova und Fee durften sogar entscheiden, was Mrs Banks kochen sollte – die Wahl fiel einstimmig auf Brathähnchen mit Reis.

Familie Banks wohnte in einer Doppelhaushälfte, die haargenau so aussah wie alle anderen Doppelhaushälften in

dieser Gegend. Nova mochte das Viertel sehr. Hier wirkte alles so normal – und war auch normal. Keine sensationshungrigen Touristen, keine Geisterjäger weit und breit! Fee fand das langweilig. Nova fand es cool.

Mrs Banks schloss die Haustür auf und Fee und Nova folgten ihr in die Küche. Dort trafen sie auf Mr Banks.

Nova hatte Fees Vater noch nie persönlich getroffen. Sie wusste nur, dass er in einem Antiquariat arbeitete. Er schien ein gemütlicher Zeitgenosse zu sein, mit kugelrundem Bauch, üppigem Schnäuzer und wirrem Haar, das genauso schwarz war wie Fees.

Mr Banks stand auf und reichte Nova die Hand. „Du musst Nova sein! Fee erzählt immerzu von dir. Schön dich endlich kennenzulernen."

Nova schüttelte seine Hand. „Freut mich auch, Mr Banks."

Mrs Banks packte die Einkäufe aus und schnippelte den Mädchen einen Obstsnack. Nova und Fee setzten sich an den Küchentisch, um ihre Hausaufgaben zu machen. Im Hintergrund dudelte leise das Radio.

Nachdem Nova und Fee fertig waren, lümmelten sie sich aufs Sofa, um ein paar Folgen *Montys Mysteriöse Mysterien* zu schauen. Fees Wahl. Nachmittags liefen im Fernsehen immer alte Wiederholungen.

Kaum war die Titelmelodie verklungen, bekam Nova eine neue Nachricht von ihrer Mutter.

Fee war neugierig, also las Nova ihr die Nachricht vor: *„Sind wieder zu Hause. Müssen aber gleich noch mal los. Wichtiger Termin, der unsere Anwesenheit verlangt. Die Pflicht ruft!"* Nova wusste nicht, was sie davon halten sollte.

„Denen wächst der Stress langsam echt über den Kopf!", meinte Fee.

Mürrisch legte Nova ihr Handy auf den Tisch und konzentrierte sich auf die Serie. Ihren Vater im Fernsehen zu sehen, in seinem ulkigen Nadelstreifenanzug und mit dem albernen Gangsterhut, machte Nova irgendwie traurig. Fühlte es sich so an, jemanden zu vermissen?

Nova wollte es sich nicht eingestehen, aber das Verhalten ihrer Eltern verletzte sie. Sonst erzählten ihr Mr und Mrs Stark doch auch alles. Wieso taten sie auf einmal so geheimniskrämerisch?

Logo! Das Carmody-Amulett! Vermutlich hielten sie Nova

für unwürdig, ihnen bei der Suche zu helfen. Nicht, dass Nova helfen wollte, aber … so fühlte sich das auch nicht gut an!

„Der Glaube an Magie kann Außergewöhnliches vollbringen!“, sagte Novas Vater auf dem Bildschirm gerade. „Doch Magie ist eine verzwickte Sache: Nur wenn man an sie glaubt, kann sie auch wirken. Ich möchte euch jetzt von

drei paranormalen Vorfällen berichten, bei denen …“

Nova konnte sich nicht mehr richtig auf die Sendung konzentrieren. Seit der letzten Nachricht ihrer Mutter war da dieses drückende Gefühl in ihrem Bauch und sie hatte nur noch einen Wunsch: die Stimmen ihrer Eltern zu hören!

„Du, Fee …“ Nova zögerte. „Ich glaube, ich rufe Mum doch mal kurz an …“

Fee nickte. „Na klar! Los, mach!“ Sie schenkte Nova ein aufmunterndes Lächeln.

Nova wählte die Nummer und wartete … Endloses Tuten. Wieso ging ihre Mutter denn jetzt nicht dran? Enttäuscht legte Nova wieder auf. Dann probierte sie es auf dem Handy ihres Vaters. Doch der hatte anscheinend sein Telefon ausgeschaltet.

„Und wenn du es mal bei Sir Fox versuchst?“, schlug Fee vor. „Du hast doch seine Nummer. Vielleicht weiß der ja, was los ist.“

„Okay …“, sagte Nova matt, stellte ihr Handy auf laut und wählte die Nummer von Sir Fox, die sie für alle Fälle in ihr Telefon eingespeichert hatte.
Ehe sie sich’s versah, hatte sie Sir Fox am Hörer.
„Was gibt es denn?“, fragte der Artefakte-Jäger abgehetzt.
„Hier ist Nova!“, sagte Nova rasch. „Meine Mum und mein Dad gehen nicht an ihr Handy! Wissen Sie vielleicht, wie ich meine Eltern erreichen kann?“
„Nova?“ Sir Fox klang gar nicht erfreut. „Ich bin schwer beschäftigt und gar nicht mehr in Richmond. Ich habe keine Ahnung, wo deine Eltern stecken. Und jetzt entschuldige mich.“
Klick. Aufgelegt! Nova glaubte es kaum. Der Fuchs war so was von unten durch bei ihr!
Die Freundinnen sahen sich ratlos an.
„Dieser Sir Fox ist echt so ein …“, grummelte Nova.
„Vergiss den ollen Fuchs“, unterbrach Fee sie. „Komm, wir gehen hoch in mein Zimmer! Ich habe nämlich eine echt fabulöse Idee, was wir machen können!“

***

In Fees Zimmer war es chaotisch wie immer. Auf dem Boden lag wieder mal irgendwelcher Krempel herum, und weil die Tücher, die Fee vor ihr Fenster gehangen hatte, nur wenig Licht hereinließen, musste Nova aufpassen, dass sie nicht stolperte. Jede verfügbare Fläche war mit irgendwelchen Fläschchen, Döschen und anderem merkwürdigen Krimskrams vollgestellt.

„Ich hätte dir voll gerne einen Schlotterschlinger gezeigt, aber Dad hat gestern Abend meine Fallen gefunden und weggeschmissen", sagte Fee betrübt.

„Mist", sagte Nova. Heute war so einiges Mist …

„Dafür kann ich dir was anderes Tolles zeigen!", rief Fee. Sie ging zu ihrer Schultasche und holte etwas heraus. Stolz zeigte sie Nova einen lilafarbenen Kristall, der an einer langen Schnur hing.

„Was ist das?", fragte Nova.

„Das ist ein Pendel. Damit kann man Leute hypnotisieren und Weissagungen machen. Ich habe dir noch nichts davon erzählt, weil … na ja, Wahrsager benutzen so was auch schon mal. Wie Madame Esmeralda …"

„Oh", machte Nova leise. Dieser Name weckte schlechte Erinnerungen. Madame Esmeralda war die Wahrsagerin, von der Nova damals auf dem Jahrmarkt verflucht wurde …

„Ich hab's noch nicht getestet", sagte Fee hastig. „Aber die Idee dahinter ist einfach genial! Man zapft damit seine Akasha-Chroniken an."

„Seine was?“

„Seine Akasha-Chroniken. Die sind so was wie dein eigenes Buch des Lebens, voller Weisheit und Antworten. Auf alles!“

„Auf alles?“ Nova wurde hellhörig. „Dann könnten wir das Pendel doch einfach fragen, warum meine Eltern nicht an ihr Telefon gehen!“

„Nein, so funktioniert das nicht. Das Pendel weiß nur Sachen, die du auch weißt.“

„Na toll. Und wozu braucht man dann so ein Pendel?“, brummte Nova.

„Weil es dir auch Sachen offenbaren kann, die du nur *unterbewusst* weißt.“

Fee sprach schon wieder in Rätseln.

„Es kann dir zum Beispiel Hinweise darauf geben, was deine *Träume* zu bedeuten haben“, erklärte Fee.

„Du meinst wie der Traum neulich von Avon?“ Nova schluckte schwer. „Ich hatte gestern Nacht noch so einen Avon-Traum …“

Fee runzelte die Stirn. „Einen Versuch ist es wert. Beim Pendeln kann nicht viel schiefgehen. Und vielleicht weißt du dann, was hinter diesen Träumen steckt …“

Wollte Nova das überhaupt so genau wissen?

„Okay, wir versuchen es“, willigte sie schließlich ein.

Fee ließ den Kristall vor Novas Gesicht baumeln. „Sieh auf das Pendel. Wir müssen an dein Unterbewusstsein gelangen, also entspann dich und atme tief ein und aus – wie beim Yoga."

„Du meinst, wie beim Salami-Yoga?" Nova lachte. Bei dem Antifluchzauber damals hatte sie ein spezielles Yoga nach Fees Anweisungen machen müssen, das irgendein Typ erfunden hatte, dessen Name sich Nova bis heute nicht merken konnte.

„Konzentration, Nova!", schalt Fee sie, grinste aber mit. „Hör auf meine Stimme."

Nova starrte energisch auf das Pendel und wurde ruhiger.

„Du bist allein. An einem stillen Ort", säuselte Fee. „Es ist wunderschön. Entspannend."

Nova atmete tief ein und aus.

„Erinnere dich an deinen letzten Traum. Was ist geschehen?"

Nova wurde müde, ihre Gedanken drifteten ab. „Avon war da …", murmelte Nova. „Sie ist immer da …"

Novas Augen schnappten auf. Sie wollte nicht an ihren bösen Zwilling denken! Doch zu ihrem Entsetzen saß ihr gegenüber nicht länger Fee, sondern die Wurzel allen Übels – Avon, Novas schlechtere Hälfte.

„Was hast du mit Fee gemacht?", schrie Nova erschrocken.

„Dieses Mal findest du sie nicht", sagte Avon boshaft. Ihre Hand schnellte vor und griff fest nach Novas rechtem Arm. „Wir tauschen jetzt für immer Plätze, Nova!"
Nova schrie und stieß Avon weg. Der Raum drehte sich um sie herum …
„Nova! Nova, hör auf!", hörte sie Fees laute Stimme.
Nova blinzelte.
Fee sah Nova erschrocken an. „Du hast ganz plötzlich geschrien", sagte sie besorgt. „Alles okay?"
Nova schüttelte heftig den Kopf. Ihr Blick fiel auf ihren Arm. Ganz langsam verschwand der rote Abdruck einer Hand von ihrer Haut … Avons Griff! War das wirklich passiert? Oh nein!
„Ich habe sie gespürt", flüsterte Nova. „Avon war hier!"
Fee beugte sich zu Nova vor und nahm sie in den Arm. „Es ist niemand da außer uns …"
„Ich habe sie wirklich gespürt! Fee, ich schwöre es!"
Fee nickte. „Ich glaube dir."
„Was machen wir denn jetzt?"
„Wir sorgen dafür, dass sie dich in Ruhe lässt!", sagte Fee entschlossen. Sie stand auf, ging zu einem Regal und kramte darin herum. Dann ging sie zu Nova und überreichte ihr etwas, das aussah wie ein komischer kleiner Kescher, verziert mit Perlen und Federn. „Das ist ein Traumfänger",

erklärte Fee. „Häng ihn über dein Bett. Dann verschwinden die Albträume und Avon ist endgültig Geschichte."
Fee klang so überzeugt, dass Nova erleichtert durchatmete.
„Gut."
„Und jetzt spielen wir das normalste Spiel der Welt: Uno."
Fee lief ins Wohnzimmer, um das Spiel zu holen. Nova zitterte immer noch ein bisschen. Hoffentlich half der Traumfänger.
Ihr Handy vibrierte. Einmal, zweimal. Zwei neue Nachrichten. Von ihrer Mutter? Erwartungsvoll nahm Nova ihr Handy aus der Rocktasche.

Wo ist der Schlüssel für Montys Schreibtisch? Ist wichtig! Mum

Weißt du, wo unser Werkzeug ist? Küsschen!

Unglaublich! Ihre Mutter ignorierte einfach ihren Anruf und jetzt fragte sie nach diesem doofen Schlüssel und dem Werkzeug!
Plötzlich war Nova gar nicht mehr besorgt. Sie war wütend! Trotzig ignorierte sie die Nachrichten. Wenn ihre Eltern ihr nicht verraten wollten, womit sie so schwer beschäftigt waren – oder es für nötig hielten, ans Telefon zu gehen –, würde Nova ihnen auch nicht helfen.

In ihr brodelte es regelrecht, aber als Fee zurückkam, wollte Nova nicht die Stimmung versauen. Sie würde jetzt das Beste aus ihrer Lage machen – basta!

„Ich werde dich so was von abzocken!“, sagte Fee übermütig.

„Das werden wir ja sehen“, erwiderte Nova.

Fee mischte und verteilte die Karten.

Zum ersten Mal seit Tagen fühlte sich Nova normal. Wie ein normales Mädchen mit normaler bester Freundin bei einem ganz normalen Kartenspiel.

Doch tief in ihrem Inneren wusste sie, dass es anders war. Und dafür brauchte sie nicht mal ein magisches Pendel.

11

NACH dem Abendessen fuhr Fees Mutter Nova nach Hause. Mrs Banks hatte heute Nachtschicht am Empfang im Krankenhaus, aber sie nahm den Umweg gern in Kauf, damit Nova heil ankam. Supernett und total fürsorglich! Nach all der Ignoranz ihrer Eltern fand Nova die liebevollen Gesten richtig schön. Überhaupt war der Tag wundervoll gewesen! Fee-reich, witzig, entspannend – fast wie Ferien. Nicht zu vergessen das leckere Essen! Gut, auf die Sache mit dem Pendeln hätte Nova verzichten können, aber dafür hatte sie ja jetzt einen Traumfänger in der Tasche!

Nova verabschiedete sich von Mrs Banks, stieg aus dem Wagen und ging ins Haus.

Als sie im Flur stand, stutzte sie. Nanu? Warum war denn da eine kleine Wasserspur auf dem Boden? Und bildete sie sich das nur ein oder war der Schuhschrank verrückt worden? Er ragte irgendwie so schief in den Flur hinein.

Und wieso war es so bitterkalt? Ein eisiger Luftzug fegte aus dem Wohnzimmer zu ihr herüber. Nova bekam augenblicklich eine Gänsehaut. Sie stellte ihre Schultasche ab, zog die Schuhe aus und folgte der Wasserspur ins Wohnzimmer.

Die Blumenvase war von der Fensterbank gefallen und dabei zerbrochen. In einer Wasserlache lagen die völlig zerknickten Blumen. Außerdem stand das Fenster sperrangelweit offen. Nova stellten sich die Nackenhaare auf.

Was war hier los? Ihre Eltern würden doch niemals zu einem Termin fahren, ohne sich zu vergewissern, dass alle Fenster zu waren! Nova wollte das Fenster schließen, doch dabei trat sie mit der Socke in die Pfütze. Buah! Kalt!

Sie ging in die Küche, um einen Lappen zum Aufwischen zu holen. Die Blumen warf sie in den Müll. Schade, die waren so schön gewesen …

„Mum? Dad?“, rief Nova. Nichts.

Doch plötzlich rollte ihr ein Apfel vor die Füße und mit einem angriffslustigen Fauchen zischte die schwarze Katze unterm Küchentisch hervor. Nova stolperte vor Schreck zur Seite und sah noch, wie das Tier ins Wohnzimmer flitzte und aus dem offenen Fenster sprang. Hastig lief Nova hinterher, schlug das Fenster zu und schloss es ab. Die schwarze Katze verschwand im Garten durch eine Hecke.

Nova sah ihr mit mulmigem Gefühl nach. Ihre Knie waren vor Schreck ganz weich geworden. Dieses irre Tier!
Nachdem sie die Wasserpfütze aufgewischt hatte, schnappte sie sich das Telefon. Egal wie wütend sie inzwischen auf ihre Eltern war – sie *musste* endlich ihre vertrauten Stimmen hören! Nova wählte zuerst die Nummer ihrer Mutter. Wieder ging niemand ran. Sie versuchte es vier Mal und mit

jedem Mal wurde das drückende Gefühl in ihrem Bauch stärker. Das Telefon ihres Vaters war immer noch aus.
Nova gab sich einen Ruck und wählte die Nummer ihrer Mutter noch ein fünftes Mal. Diesmal ließ sie es ewig läuten. Dann: Tonbandansage. Seufz!
„Sie sprechen mit der Mailbox von …“, begann Mrs Starks Ansage fröhlich und wurde dann von Mr Stark unterbrochen. „Nicht ‚Mailbox‘, das klingt langweilig, Rebecca! Monty Stark hier, Magic Monty, Erforscher des Paranormalen. Sie haben ein Problem? Dann haben Sie genau die richtige Nummer gewählt!“ Nova hörte ihre Mutter auf Tonband lachen. „Das ist *mein* Handy“, sagte sie. „Also sei still, Monty. An alle anderen: Nachricht nach dem …“
Piiiiiiiiiep!
„Mum, ich bin's! Wo seid ihr denn nur? Ich … ich vermisse euch.“
Mit einem Kloß im Hals legte Nova auf. Wäre sie doch nur

bei Fee geblieben! Noch eine Nacht allein? Das überlebte sie nicht! Was, wenn der Gruselspuk wieder losging?
Nova fiel Wally ein. Sicher hatte er Hunger und wollte gern eine Runde fliegen. Vor lauter Psychokatzenterror hätte sie ihn fast vergessen. Aber ein Haustier bedeutete Verantwortung – miese Miezen hin oder her.
Also ging Nova hoch in ihr Zimmer, fütterte ihren Wellensittich und ließ ihn fliegen. Dann machte sich Nova daran, den Traumfänger von Fee über ihr Bett zu hängen. Das war gar nicht so einfach. Schließlich ging sie in den Keller und holte einen Nagel und den Hammer aus dem Werkzeugkasten. In diesem Moment fiel ihr die komische Nachricht ihrer Mutter wieder ein. Wieso hatte sie Nova gefragt, wo der Werkzeugkasten stand?
Zurück in ihrem Zimmer stellte sich Nova auf ihr Bett und schlug den Nagel in die Wand. Super, nun hing der Traumfänger genau über dem Kissen!
Nova legte sich aufs Bett und schmökerte ein bisschen in ihrem Wildnis-Buch aus der Bibliothek. *Ein scharfes Messer, ein Feuerstein und eine Flasche Trinkwasser sind alles, was du brauchst, um in der Wildnis zu überleben* … Und Fitz!, dachte Nova lächelnd und malte sich aus, wie sie und er auf einer einsamen Insel strandeten, Stöcke mit Marshmallows in ein knisterndes Lagerfeuer hielten – sie musste unbedingt

eine Tüte Marshmallows einpacken! – und am samtblauen Himmel nach Sternbildern suchten. Wie romantisch!
Ein lautes Donnern riss Nova aus ihren schönen Gedanken. Im nächsten Augenblick fing es an in Strömen zu regnen. Es blitzte.
Nova mochte Unwetter gar nicht. Das war richtige Grusel-Unheil-Stimmung und sie brauchte nicht noch mehr

Gründe, um sich zu fürchten. Unten klingelte das Telefon. Nova bekam fast einen Herzinfarkt. Aber sie erholte sich rasch von dem kurzen Schock und rannte die Treppen runter ins Wohnzimmer. Bestimmt ein Rückruf ihrer Eltern!
Doch sie war zu langsam. Dafür blinkte der Anrufbeantworter. Nova drückte den Knopf, um die Nachricht abzuhören. Für ein paar Sekunden hörte sie gar nichts. Dann klang gedämpft und leise eine Stimme aus dem Lautsprecher. Jemand hustete mehrmals.
„Nova, hier ist Dad. Ich bin schlimm erkältet, darum klinge ich so komisch.“ *Schnief! Hust!* „Rebecca und ich schaffen es heute nicht nach Hause.“ *Hust! Hust!*
Mr Stark war richtig wehleidig, wenn er krank war, aber so hatte er sich noch nie angehört. War das wirklich ihr Dad gewesen? Nova war sich nicht sicher. Aber wieso sollte jemand anders anrufen und sich als ihr Vater ausgeben? Irgendwas war hier faul!

Waren ihre Eltern vielleicht durchgebrannt und kamen niemals wieder? Nova schauderte bei dem Gedanken.

Sie drehte eine Extrarunde durch alle Räume, um sich zu vergewissern, dass sämtliche Türen und Fenster geschlossen waren. *Check!* Dann kochte sie sich einen Kräutertee und nahm ihn mit nach oben in ihr Zimmer. Die Tür schloss sie sicherheitshalber ab.

Nova kuschelte sich in ihr Bett, wünschte Wally eine gute Nacht und hoffte auf das Beste. Nur noch einmal schlafen, dann waren ihre Eltern wieder bei ihr. Ganz sicher! Und notfalls konnte sie ja immer noch Fee anrufen. Oder Mrs Banks im Krankenhaus. Die würde Nova im Fall der Fälle helfen. Genau!

Doch der Sturm draußen ließ Nova nicht einschlafen. Also nahm sie sich ihren Laptop und öffnete die Suchmaschine.

Elaine Carmody und *magisches Amulett.* Suchen!

Anscheinend waren ihre Eltern ja total wild drauf, das Amulett zu finden. Vielleicht gab es inzwischen ja sogar eine heiße Spur? Gut möglich. Welchen Grund hätten Novas Eltern sonst haben sollen, Ewigkeiten von zu Hause wegzubleiben und nicht mal ihre eigene Tochter einzuweihen? Da musste sich Nova doch mal schlaumachen!

Wie verrückt! Die Suchbegriffe ergaben Tausende Treffer: Websites über magische Amulette, Artikel über spirituelle Kräfte, jede Menge Geisterzeug und ein Eintrag in *Parapedia*, einem Online-Nachschlagewerk für alles, was mit übersinnlichen Phänomenen zu tun hatte. Die Geisterschriftstellerin war wirklich sehr beliebt.

Nova klickte auf Bildersuche. Ein paar der Fotos erkannte sie vom Vortrag ihrer Mutter wieder.

Elaine Carmody ähnelte ein wenig Miss Moore, wie Nova fand. Die streng zurückgebundenen Haare und dieser allwissende Blick – als hätte Elaine die Geheimnisse des Universums entschlüsselt.

Nova betrachtete die Kette, die unter dem Kragen von Elaines Kleid verschwand. Warum waren sich eigentlich alle so sicher, dass ein magisches Amulett daran hing? Elaine Carmody hätte doch stattdessen genauso gut ihren Haustürschlüssel um den Hals tragen können.

Wunschmagie … Wieso hätte sich Elaine Carmody ausgerechnet wünschen sollen eine berühmte, erfolgreiche Schriftstellerin zu werden? Sie hätte doch *alles* haben können!

Tja, jeder hatte wohl seine ganz eigene Leidenschaft. Fee liebte alles Magische, Nova liebte Zahlen, Fitz liebte Fußball und Wally … der liebte seine Honig-Hirse-Knabberstangen …

Nova machte den Laptop wieder aus, nahm den Schlüssel-

anhänger von Fitz vom Nachttisch und löschte das Licht.
Den Anhänger in der Hand, schloss sie die Augen.
Schöne Träume! Schöne Träume! Schöne Träume!
Das Mantra funktionierte. Nova schlummerte Minuten später ein.

12

AM Mittwochmorgen war es Fee, die berichtete, wie mies sie geschlafen hatte.

„Das Unwetter hat mich die ganze Nacht wach gehalten!“, schimpfte sie.

Nova und Fee gingen durch den Schulflur. Sie hatten zwar getrennte Kurse, mussten aber in dieselbe Richtung und nutzten die Gelegenheit zum Quatschen.

„Meine Eltern sind gestern Abend schon wieder nicht nach Hause gekommen“, sagte Nova. „Findest du das normal? Ich meine, ich habe sie jetzt schon seit zwei Tagen nicht gesehen.“

„Waren deine Eltern jemals normal?“, erwiderte Fee und lächelte Nova mitfühlend an.

Da hatte Fee natürlich recht, aber trotzdem. Nova fand das alles merkwürdig. Als sie heute Morgen dann auch noch entdeckt hatte, dass die Schuppentür aufgebrochen worden war, hatte sie ein richtig mulmiges Gefühl gehabt.

Gestohlen worden war allerdings nichts, zumindest, soweit Nova das auf den ersten Blick erkennen konnte.
Das Schulklingeln riss sie aus ihrer Grübelei. Fee und sie verabschiedeten sich.

***

Den Tag über passte Nova im Unterricht nicht richtig auf. Heimlich las sie unter der Schulbank in ihrem Wildnis-Buch und versuchte sich einzuprägen, welche Pflanzen und Beeren man essen konnte und welche giftig waren. Die Beschäftigung mit dem Freizeit-Wochenende war eine willkommene Ablenkung von der Sorge um ihre Eltern. Ja, inzwischen machte sich Nova wieder Sorgen! War ihnen vielleicht doch etwas zugestoßen?
Sollten sich ihre Eltern bis heute Abend nicht melden, würde sie auf alle Fälle Mrs Banks um Rat bitten.
In der kurzen Pause nach der fünften Stunde begegnete Nova Fee wieder im Schulflur. Fee war noch immer hundemüde und schlug vor, einen Abstecher in die Cafeteria zu machen, damit sie zum Aufpäppeln einen Kaffee trinken konnte. Doch die Dame am Tresen wollte keinen Kaffee herausrücken. „Zu jung“, sagte sie kopfschüttelnd und drückte den Mädchen stattdessen eine Tüte Nüsse in

die Hand – als Nervennahrung. Fee futterte die Nüsse fast ganz allein auf. Nova hatte keinen Appetit und trottete lustlos zum Unterricht der gefürchteten Miss Moore.

„Der Test vor den Ferien lief für alle so gut, dass ich mir für heute etwas Besonderes ausgedacht habe", verkündete Miss Moore der Klasse. „Ich habe Ihnen ein paar Wörter und Wortfolgen mitgebracht, an deren Beispiel wir heute lernen, was Anagramme und Palindrome sind. Ein sehr spannendes Thema."

Die Lehrerin rückte ihre Brille zurecht und nahm sich ein Stück Kreide. Sie schrieb mehrere Wörter an die Tafel. Hinter Nova begannen ein paar Leute zu tuscheln. Beeindruckt war bisher noch niemand.

„Was sehen Sie hier?", fragte Miss Moore in die Runde. Sie deutete auf eines der Wörter an der Tafel.

„Einen Namen", rief jemand in den Raum.

„Das ist richtig. ‚Otto'", las Miss Moore den Namen vor. „Wörter oder Sätze, die vorwärts und rückwärts gelesen genau gleich sind, nennt man Palindrome. Fällt Ihnen noch ein anderes Beispiel ein?"

„Anna!", rief jemand, und „Aua!" ein anderer.

„Sehr gut", lobte Miss Moore. „Mit Palindromen lassen sich auch richtig lustige Sätze bilden. Was halten Sie beispielsweise davon?"

Miss Moore schrieb etwas an die Tafel und die Klasse brach in Gelächter aus. Da stand: *Einhorn roh? Nie!*
Was war denn heute mit Miss Moore los? War die echte Miss Moore etwa über Nacht gegen ihren guten Zwilling ausgetauscht worden und nun eine nettere, lustigere Version ihrer selbst? Unheimlicher Gedanke! Miss Moore und gute Laune? Passierte sonst nie!
„Bildet man aus allen Buchstaben eines Wortes ein neues Wort, so nennt man dies ein Anagramm", fuhr Miss Moore fort. Sie zeigte wieder an die Tafel. Dort stand: *Ampel.* „Stellt man die Buchstaben im Wort ‚Ampel' um, erhält man zum Beispiel ‚Palme' oder ‚Lampe'."
Seit dem Witz mit dem rohen Einhorn waren fast alle bei der Sache.
„Anagramme werden oftmals für Geheimcodes benutzt, als Verschlüsselung", erklärte Miss Moore. „Heute ist es Ihre Aufgabe, aus Ihrem Vornamen ein Anagramm zu bilden. Die ersten acht Schüler und Schülerinnen, die es schaffen, müssen keine Hausaufgaben erledigen."
Damit kriegte die Lehrerin auch den letzten Faulpelz. Sofort begannen Blätter zu rascheln, Hefte wurden aufgeschlagen und Stifte gezückt. Die Konzentration im Raum war fast spürbar. Nova fing an zu grübeln.
N – O – V – A.

Sie schrieb ihren ersten Gedanken auf.

A – V – O – N.

Oh nein! Nicht schon wieder! Aus ihren Träumen hatte sie ihre böse Zwillingsschwester dank Fees Traumfänger inzwischen erfolgreich verbannt, aber sie spukte immer noch in ihrem Kopf herum! Schnell strich Nova den Namen durch und zerknüllte das Papier. Weg damit!

Nova fiel kein anderes Wort ein, das man aus ihrem Namen hätte bilden können, und so war sie auch nicht unter den ersten acht Glücklichen, die von den Hausaufgaben befreit waren. Aber Nova war das egal. Hauptsache, die Stunde war vorbei!

In Novas Bauch grummelte es unangenehm, als sie zu ihrem Schulschrank ging, um ihr Chemiebuch zu holen. Sie war noch ganz in Gedanken, als jemand sie anrempelte. Nova wollte sich gerade beschweren, als sie das fremde, braunhaarige Mädchen sah, das vor ihrem Spind stand. Oh Gott! Das war Avon! Genau wie in ihrem Traum! Das durfte doch nicht wahr sein!

Nova brannte eine Sicherung durch. „Hey, du!“, brüllte sie und rannte zu ihrem Schulschrank. „Was fällt dir eigentlich ein? Du hast hier nichts zu suchen! Lass mich endlich in Ruhe! Wieso kannst du nicht verschwinden? Dich in Luft auflösen?“ Nova packte das Mädchen an der Schulter und

schubste es unsanft weg. „Du bist böse und …“ Nova verstummte. Das war ja gar nicht Avon! „Oh nein!“, entfuhr es Nova. „Ich dachte, du wärst …“
Das andere Mädchen sah Nova erschrocken an. „Hast du sie nicht mehr alle? Ich wollte doch nur einen Flyer aufhängen! Du bist ja total durchgeknallt!“
Nova bekam sofort Panik. „Das war keine Absicht! Es tut mir wahnsinnig leid!“

Doch das braunhaarige Mädchen war richtig sauer, stürmte an Nova vorbei und streifte sie absichtlich an der Schulter.
Nova fühlte sich mit einem Mal ganz leer. Da hing wirklich ein Flyer an ihrem Schulschrank. Werbung für das Freizeit-Wochenende. Die Flyer hingen überall auf dem Flur. Nova war hundeelend zumute.
„Hilfe, Supernova läuft Amok!“, höhnte Viola. Sie stand etwas abseits beim Schwarzen Brett und hatte die Szene beobachtet. Leider war sie nicht die Einzige. Viele Mitschüler sahen zu Nova herüber und schienen nur darauf zu warten, dass sie noch etwas Verrücktes anstellte. Das war nicht nur peinlich, sondern eine Katastrophe!
Was war nur in sie gefahren? So kopflos war sie doch sonst nicht! Der ganze Stress und zu wenig Schlaf und all der Ärger über ihre Eltern … das alles steckte ihr wohl tiefer in

den Knochen, als sie gedacht hatte. Leider war das Flyer-Mädchen verschwunden und Nova kannte nicht mal ihren Namen, um sich vernünftig zu entschuldigen. Sie seufzte.
„Hey, du Freak!“, höhnte Viola weiter. „Leidest du jetzt auch noch unter Tollwut?“
Verflixt! Nova wäre sofort auf und davon gewesen, wenn sie nicht ihr Chemiebuch gebraucht hätte. Sie öffnete den

Schulschrank, holte es heraus und schlug die Spindtür zu. Ihr Blick blieb an dem Flyer hängen. Missmutig riss sie ihn ab, knüllte ihn zusammen und zielte auf einen Mülleimer in Violas Nähe. Daneben! Mist! Heute ging echt alles schief!
„Nova verschmutzt den Schulflur!“, beschwerte sich Viola lauthals, als läge ihr die Sauberkeit der Richmond School tatsächlich am Herzen. „Das verstößt gegen die Regeln!“
Nova stöhnte genervt. Jetzt reichte es aber! Sie marschierte auf Viola zu.
„Viola“, sagte Nova energisch. „Hör auf!“
„Womit denn?“, fragte Viola unschuldig. Dann verpasste sie dem Mülleimer einen gezielten Fußtritt. Er kippte um. Nova blickte Hilfe suchend zu beiden Seiten. Doch der Flur war plötzlich leer. Keine Zeugen. Und zu allem Überfluss kam nun auch noch Miss Moore herbeigeeilt.
„Was ist denn hier los?“, fragte die Lehrerin.

„Nova randaliert!“, berichtete Viola. „Ich habe sie bloß nach der Uhrzeit gefragt und sie ist ausgetickt.“
Miss Moore hob skeptisch die Augenbrauen.
„Sie kann mich nicht leiden, Miss Moore.“ Viola steigerte sich so in ihr Schauspiel hinein, dass jetzt sogar Tränen in ihren Augen glitzerten. Nova traute ihren Ohren kaum. Frechheit! „Sie hat davor sogar ein anderes Mädchen weggeschubst. Alle haben es gesehen!“

„Was sagen Sie dazu, Miss Stark?“, fragte Miss Moore.
Nova schluckte schwer. „Ich … das war keine Absicht!“
„Da hören Sie's! Sie streitet es nicht mal ab!“, sagte Viola.
„Genug“, sagte die Lehrerin streng. „Sie räumen jetzt zusammen diesen Müll hier weg, und nach der letzten Stunde werden Sie noch ein paar Strafarbeiten erledigen. Vielleicht bekommen die Damen so wieder einen klaren Kopf.“ Viola öffnete den Mund, doch Miss Moore erstickte ihren Protest im Keim. „In der Schule sollte ein freundliches Miteinander herrschen. Man schwärzt seine Mitschüler nicht wegen Belanglosigkeiten an und es wird auch nicht geschubst. Habe ich mich deutlich genug ausgedrückt?“
Nova nickte hastig.
Viola stampfte zornig mit dem Fuß auf. „Auf gar keinen Fall!“, tobte sie. „Meine Eltern haben der Schule Unsummen gespendet. Da klopf ich doch keine Schwämme aus!“

„Wenn Sie möchten, können wir Ihre Eltern gleich anrufen und hören, was sie dazu sagen“, schlug Miss Moore vor. Viola verstummte. „Gut. Dann wäre das ja geklärt. Kommen Sie nach Schulschluss ins Lehrerzimmer.“
„Das zahle ich dir heim, Supernova!“, zischte Viola Nova zu, kaum dass Miss Moore außer Hörweite war.
Nova seufzte kraftlos und lief schlecht gelaunt zu ihrem

letzten Kurs. Blöde Viola! Jetzt musste Nova Fee auch noch mit einer Nachricht vertrösten. Die beiden hatten sich gleich nach Unterrichtsschluss treffen wollen, aber das ging ja jetzt nicht mehr.
Noch schlimmer war jedoch, dass sie nun auch noch Violas Rache fürchten musste, und die würde mit Sicherheit schrecklicher ausfallen als jede Strafarbeit, die Miss Moore ihnen aufbrummen konnte.

***

Nach Schulschluss meldete sich Nova beim Lehrerzimmer. Von Viola fehlte jede Spur – was Nova nicht im Geringsten störte.
Miss Moore brachte Nova zur Sporthalle und trug ihr auf, sämtliche Sportgeräte wieder in den Geräteraum zu schaffen. Überall in der Halle lagen Bälle, Seile und Matten ver-

streut. Nova würde eine halbe Ewigkeit brauchen, bis sie alles weggeräumt hatte. So lange konnte sie Fee unmöglich vor der Schule warten lassen. Sie schickte ihrer Freundin eine zweite Nachricht.

Planänderung. Warte nicht auf mich. Komme später zu dir. Muss noch die Turnhalle aufräumen. ☹ ☹ ☹

Wunderbar! Jetzt war bestimmt auch noch Fee sauer auf sie.
War sie aber nicht. Fee schrieb gleich zurück:

Du Arme! Soll ich rüberkommen und dir helfen?

Lieber nicht. Wenn Miss Moore dich erwischt, sind wir beide fällig.

Na gut. Dann bis später! Drück dich!

Nova hatte keine Zeit, ein weiteres Mal zurückzuschreiben. Aus dem Lagerraum ertönte ein Poltern. Erschrocken steckte sie das Handy wieder ein. Ein paar Medizinbälle rollten in die Halle.
Jemand fluchte. „So ein Mist!“
Nanu! Die Stimme kannte sie doch! Nicht wahr!

Im nächsten Moment kam Fitz aus dem Geräteraum und rieb sich den rechten Ellbogen. Er blickte auf und sah Nova verdutzt an. „Was machst *du* denn hier?“, fragte er.
„Strafarbeit“, brummte Nova, spürte aber zugleich ein freudiges Kribbeln im Bauch.
„Ach, du auch?“ Fitz rollte mit den Augen. „Lass mich raten: Miss Moore hat dich bei irgendetwas Verbotenem ertappt?“

„So in etwa“, antwortete Nova vage.
„Dann müssen wir wohl zusammen aufräumen.“ Fitz lachte. Er deutete auf die Bälle. „Eines der Regale ist runtergekracht, und ich hab mir den Ellbogen gestoßen, als ich die Bälle auffangen wollte.“
Allein mit Fitz!, dachte Nova verträumt. Das Schicksal meinte es gut mit ihr!
„Ge-ge-genau, aufräumen“, stotterte Nova wie ein Hohlkopf.
Fitz hob einen der Bälle auf. „Was hast du denn nun angestellt?“
Nova verzog das Gesicht. „Gar nichts!“
„Echt nicht?“, erwiderte Fitz. „Also ich habe im Unterricht Kaugummi gekaut und das Ding unter den Tisch geklebt. Und wurde auf frischer Tat ertappt!“
Fitz, der Kaugummi-Gangster. Nova dachte an Fee und

ihre Zitronenkaugummi-Mausefallen. Vielleicht könnte Fitz ihnen ja beim nächsten Mal helfen Schlotterschlinger zu fangen!
Nova räusperte sich. „Ich hab aus Versehen einen Mülleimer umgerannt. Miss Moore hat alles gesehen."
„Aus Versehen?", hakte Fitz nach.
„Vielleicht war es auch der Fuß deiner Schwester, der aus Versehen den Eimer umgetreten hat", setzte Nova hinzu.
Fitz nickte wissend. „Sie ist eine Meisterin darin, anderen was anzuhängen. Kenne ich von zu Hause nur zu gut. Immer bin ich an allem schuld." Fitz schnaubte.
„Wie hältst du das nur aus?", fragte Nova. Sie schlug sich eine Hand vor den Mund. So was sagte man doch nicht laut! Viola war zwar fies, aber auch Fitz' Schwester.
„Ich verrate dir ein Geheimnis." Fitz zwinkerte Nova zu. „Am meisten stört es Viola, wenn man sie ignoriert."
Nova lächelte zaghaft. „Alles klar."
Während sie zusammen aufräumten, warf Nova immer wieder verstohlene Blicke zu Fitz. Einmal sahen sie sich beide gleichzeitig an. Herzstillstand total! Fitz lächelte. Nova schmolz dahin. Strafarbeiten konnten so schön sein! Nova würde freiwillig die ganze Schule putzen, wenn Fitz ihr dabei zulächeln würde. Okay, nicht die ganze Schule. Aber vielleicht ihr Klassenzimmer.

Als die Sporthalle aufgeräumt war, gaben Nova und Fitz sich ein High five. Geschafft!

Fitz zögerte kurz, dann zeigte er auf die Fußbälle, die in einem Netz an der Wand hingen. „Kicken wir noch eine Runde?“

„Ich würde supergerne, aber …“ Nova biss sich auf die Unterlippe. „Ich treffe mich gleich mit Fee.“ Versprochen

war versprochen, und eine beste Freundin ließ man nicht hängen – auch nicht wegen eines süßen Jungen!

Fitz wirkte ein bisschen enttäuscht. „Na gut. Dann ein anderes Mal. Vielleicht beim Freizeit-Wochenende? Du kommst doch, oder?“

„Klar“, murmelte Nova. Wenn ihre Eltern sich in diesem Jahrhundert noch mal blicken ließen und ihr die Unterschrift gaben …

Nova verabschiedete sich und rannte zum Bus. Fußball spielen mit Fitz! Ob sie das noch erleben durfte?

13

FEE saß auf der Treppe vor ihrer Haustür und pustete Seifenblasen.

„Sorry!“, begrüßte Nova sie.

„Was genau war eigentlich los? Wieso musstest du aufräumen?“

Nova brachte Fee auf den neuesten Stand.

„Irgendwann bleiben meine Augen schief stehen, so oft wie ich die wegen Viola Alcott verdrehe!“, schimpfte Fee. „Dann heißt es: Nie wieder Eye-O-lusisch sprechen!“

„Ei-was?“ Nova runzelte die Stirn.

Fee rollte die Augen mehrmals hin und her. „So kommunizieren Vampire höherer Rangordnung miteinander. Ein bisschen wie Zeichensprache – eben nur mit den Augen.“

„Wann würde einem das was nützen?“

Fee kniff dreimal das rechte Auge zu und rollte dann beide Augen nach rechts. „Das bedeutet ‚Hallo, freut mich Sie kennenzulernen‘ und ist eine höfliche Anrede.“

„Und wieso *sagt* man das nicht einfach?“, fragte Nova.
„Weil die ranghohen Vampire niemandem verraten dürfen, dass sie in Wahrheit freundlich gesinnte Wesen sind. Deshalb die Geheimsprache“, erklärte Fee.
Novas Magen grummelte. Sie blickte nach unten und dann wieder Fee an. „Und das bedeutet auf Eye-O-lusisch: Hunger!“

Fee schüttelte den Kopf. „Banause! Komm rein. Es ist noch Lasagne übrig. Aber danach gehen wir sofort in den Park! Ich habe nämlich einen obergenialen Plan. Wart’s ab!“

***

Nova mochte den Park am Wäldchen – die weiten Rasenflächen, das Windrauschen in den Bäumen und die gemütlichen Holzbänke neben den hübschen Blumenbeeten. An diesem Ort herrschte eine angenehm friedvolle Stimmung. Am liebsten hätte sich Nova ein Eis am Kiosk gekauft und sich mit Fee unter die Bäume gesetzt. Doch Eisessen kam in Fees obergenialem Plan leider nicht vor.
Fee hatte sich nämlich in den Kopf gesetzt das magische Amulett von Elaine Carmody auf eigene Faust zu suchen – ohne die Hilfe von Sir Fox, aber dafür mithilfe eines Aufspürzaubers, wie sie Nova erklärt hatte.

„Das meiste, was wir dafür brauchen, bekommen wir im Zauberladen“, sagte Fee eifrig. „Aber eine Zutat müssen wir frisch besorgen.“

„Im Park?“, fragte Nova unsicher nach.

„Nein, im Wald.“

Novas Blick wanderte von den kunstvoll angelegten Kieswegen und sauber gestutzten Sträuchern des Parks hinüber zu den mächtigen, knorrigen Bäumen und den wild wuchernden Sträuchern darunter. Selbst von Weitem sah der Wald wenig einladend aus. Vielmehr düster – und unheimlich.

„Was genau suchen wir denn?“, hakte Nova nach.

„Das wirst du schon noch sehen!“, rief Fee euphorisch. „Komm!“

Fee flitzte los wie ein kleines Kind, das einem Eichhörnchen hinterherjagte. Nova heftete sich an ihre Fersen.

Am Waldrand angekommen stürzte sich Fee mitten ins knackende Dickicht und war verschwunden.

Novas Jacke verfing sich an einem dornigen Zweig. Äste schrammten über ihre Arme und Beine. Blöder Mist aber auch!

Auf der anderen Seite der Büsche angekommen stolperte Nova über eine Wurzel und plumpste auf den moosigen Boden.

„NOVA!“, hörte sie Fee rufen. „Komm schon!“

Nova rappelte sich auf und sah sich nach Fee um. Die hing einige Meter vor ihr wie ein Affe an einem Baumstamm. Offenbar wollte sie den Baum hinaufklettern. Ihr Rucksack lag auf dem Boden.

„Fee, was machst du da? Das ist gefährlich!“

„Ich muss mir einen Überblick verschaffen.“ Fee rutschte am Baumstamm herunter. „Mach mal eine Räuberleiter, dann klappt es besser.“

Widerwillig half Nova Fee, auf den Baum zu klettern. Fee blieb ein paar Sekunden lang auf einem der höheren Äste sitzen, dann ließ sie sich fallen und landete wenig elegant im weichen Moos. Sie rieb sich den schmerzenden Po und ließ sich von Nova wieder auf die Beine ziehen. Dabei grinste sie bis über beide Ohren. „Der Tümpel wurde gesichtet! Mir nach!“ Sie schnappte sich ihren Rucksack und ging voraus.

Nach einem kurzen Fußmarsch kamen sie an einen kleinen Teich. Auf der trüben Wasseroberfläche schwammen Äste und Blätter und am matschigen Ufer wuchs Schilf. Es roch leicht modrig.

„Jetzt sag bloß, da drin wohnt jemand“, scherzte Nova. „Ein kleines Teichmonster vielleicht? Nessi von Richmond?“

„Ach, Nova“, sagte Fee in demselben Ton, den sie immer

anschlug, wenn sie eigentlich meinte: Ach, Nova, du hast absolut keine Ahnung. Sieh der Expertin bei der Arbeit zu, Unwürdige! Nova war das schon gewohnt.
Fee setzte den Rucksack ab und kramte darin herum. Sie zog ein Einmachglas heraus und etwas, das wie ein Teesieb aussah. Dann hopste sie ohne Vorwarnung in den Tümpel. Wasser und Matsch spritzten in sämtliche Richtungen. Nova bekam ordentlich was ab.
„Fee!“, beschwerte sich Nova.
„Wir müssen muffige Murmelperlen sammeln und die findet man nun mal nur in den matschigsten Tümpeln“, erklärte Fee fachmännisch. „Das sind nämlich keine normalen Perlen. Die entstehen nur, wenn Muffkrebse pupsen. Hier liegen sicher welche am Grund.“
Muffkrebse. Pupsperlen! Nova hatte Fee echt wahnsinnig lieb, aber … Fee hatte heute echt eine Schraube locker!
„Und wofür brauchen wir diese Perlen?“, erkundigte sich Nova zaghaft.
„Na für den Aufspürzauber natürlich!“
„Dann suchen also alle Leute, die einen Aufspürzauber machen wollen, in irgendeiner stinkigen Pfütze nach Pupsperlen?“, fragte Nova skeptisch. Nie im Leben!
„Na ja …“, antwortete Fee zögernd. „Nein.“
„Aber wir schon?“

„Das macht doch viel mehr Spaß, als alle Zutaten im Zauberladen zu kaufen! Außerdem … Mein Taschengeld reicht nicht für alles. Und wenn wir ein paar mehr Perlen sammeln, als wir selber brauchen, können wir sie im Laden vielleicht sogar noch gegen was anderes eintauschen."

„Ich habe auch Taschengeld", sagte Nova.

„Spielverderberin!", rief Fee.

Flatsch! Nova wurde von einem Matschklumpen getroffen. Mitten ins Gesicht.

Fee kicherte. „Bitte, Nova. Bitteeeeeee!", bettelte sie. „Hilf mir suchen."

„Na warte!" Nova bückte sich, klaubte eine Handvoll Matsch auf und warf die volle Ladung in Fees Richtung.

Fee kreischte. Dann ging sie zum Gegenangriff über.

Innerhalb weniger Minuten waren Nova und Fee über und über mit Schlamm bespritzt und lachten sich kringelig. Nova stieg kurzerhand zu Fee in den Tümpel, um sich die Arme und das Gesicht abzuwaschen. Bäh! Das Wasser roch aber echt eklig!

Fee tunkte das Teesieb ins Wasser und zog es über den Grund. Dann holte sie es wieder heraus und warf ihren Fang in das leere Einmachglas. Für Nova sahen die ominösen Perlen wie weiße Kieselsteine aus. Fast wie die von den Wegen im Park. Nur ein bisschen größer.

Als das Glas nach einer halben Ewigkeit zur Hälfte gefüllt war, verkündete Fee: „Das sollte reichen."
Nova und Fee wateten aus dem Tümpel. Inzwischen dämmerte es und war kühler geworden.
Fee reckte das Glas in die Höhe, begutachtete ihren Fang und strahlte Nova an. „Das war ein voller Erfolg."
Nova rümpfte die Nase. „Wir müffeln wie alter Fisch."
Fee zuckte unbekümmert die Schultern und steckte das Glas und das Sieb in ihren Rucksack.
Zum Glück war im Park und auf den Straßen nicht mehr viel los. Die Freundinnen schafften es zum Haus der Banks, ohne von jemandem gesehen zu werden.
Fees Mutter schimpfte eine Runde über all den Dreck und steckte die Mädchen nacheinander unter die Dusche. Nova lieh sich ein paar Sachen von Fee, damit sie nicht wieder in ihre dreckigen, nassen Klamotten schlüpfen musste. Den Besuch des Zauberladens verschoben sie einstimmig auf morgen. Es war recht spät geworden und Nova musste noch nach Hause. Ob ihre Eltern inzwischen wieder da waren? Hoffentlich!
Nova war erst ein paar Schritte gegangen, da bekam sie eine Nachricht von Fee. Hatte Nova etwa etwas bei ihr vergessen?

Ich bin froh, dass wir beste Freundinnen sind! Bis morgen!

Nova wurde ganz warm ums Herz. Egal wie elend sie sich fühlte, egal was sie bedrückte – Fee würde sie immer verstehen und wäre immer für sie da. Auf Fee war Verlass!

14

NOVA mochte Donnerstage nie besonders. Fee hatte einen komplett anderen Stundenplan und die Freundinnen bekamen einander nur in der Pause zu Gesicht.

An diesem Donnerstag aber war Nova besonders mies drauf. Statt ihrer Eltern hatte sie am Vorabend bloß eine weitere Nachricht auf dem Anrufbeantworter vorgefunden, die knapp und gehetzt klang, und statt einer furchtbar gesunden, aber frisch gekochten Gemüsepampe hatte es mal wieder Pizza vom Lieferservice gegeben. Trotz doppelt Käse hatte Nova die Pizza nur noch halb so gut geschmeckt wie beim ersten Mal.

Sie seien schwer beschäftigt mit den Recherchen rund um das Carmody-Amulett, hatte es in der Nachricht geheißen. Beschäftigt!? *Besessen* traf es wohl eher! Diese blöde Elaine Carmody hatte *Bücher* geschrieben, keine Expedition zum Mond geleitet! Himmel! Nova fühlte sich schon wie ein Waisenkind, mit einem Waisenwellensittich als Haustier.

Außerdem spürte sie, dass da irgendwas nicht zusammenpasste. Die Nachrichten, der komische Anruf ihres Vaters neulich, die kaputte Schuppentür … Und dass sie sich so lange nicht blicken ließen, war selbst für Novas Eltern ungewöhnlich.

Der blöde Donnerstag wurde vom vielen Sorgenmachen jedenfalls nicht besser …

Die Krönung des Tages war die Doppelstunde Geografie am Nachmittag. Eigentlich hatte Nova zu dieser Zeit Sport, aber Coach Henderson war krank und so hatte Mrs Greenwell spontan übernommen. Statt Viola hatte Nova nun Emma an der Backe. Die tippte unter der Bank ständig etwas ins Handy und kicherte dann leise. Mrs Greenwell hatte Emma schon dreimal ermahnt endlich still zu sein.

Dummerweise saß Nova zu weit weg, um sehen zu können, wem Emma schrieb. Da half auch alles Halsverdrehen nichts. Hoffentlich nicht Fitz …

Am Ende der Stunde mussten sich alle ein Aufgabenblatt vom Lehrerpult abholen. Dabei bekam Nova mit, wie Emma von Mrs Greenwell zurückgehalten wurde.

„Auf ein Wort, Miss Mitchell!“

Nova wollte ja echt nicht lauschen …

„Das nächste Mal, wenn Sie den Unterricht dermaßen stören, kassiere ich Ihr Handy ein und Sie sehen es für eine lange Zeit nicht wieder“, drohte Mrs Greenwell. „Sie machen bis zur nächsten Stunde eine Extraarbeit.“

Nova hörte Emma schnauben. „Von mir aus.“

Hastig packte Nova ihre Sachen zusammen. Dabei fegte sie versehentlich ihr Federmäppchen vom Tisch und alles fiel heraus: Stifte, Radiergummi, Lineal und – oh nein! – Fitz’ Schlüsselanhänger! Nova suchte panisch den Boden ab, konnte den Anhänger aber nirgends entdecken. Wo war der bloß hingekullert? Das durfte doch nicht wahr sein!

„Schönen Tag!“, verabschiedete sich die Lehrerin.

Die letzten Schüler verließen den Raum.

Bis auf Emma. „Suchst du etwa den hier?“, fragte sie.

Nova lief es eiskalt den Rücken hinunter, als sie sah, was da an Emmas Zeigefinger baumelte: Fitz’ Anhänger!

„Genau. Der gehört mir“, sagte Nova.

„Ach ja? Dann beweis es.“

„Beweisen? Wie soll das denn gehen?“

„Woher hast du das Ding überhaupt? Etwa von Fitz?“

Uff! Eiskalt erwischt! Nova wurde rot.

Emma lächelte. „Weißt du was? Ich behalte ihn.“

„Bitte gib ihn mir zurück“, sagte Nova ruhig. Auf keinen Fall würde sie sich von Emma auf die Palme bringen lassen! Ein zweiter Ausbruch wie neulich am Spind fehlte noch!

„Fitz würde sicher wollen, dass ich ihn bekomme", flötete Emma. „Wo wir uns doch ständig schreiben. Den ganzen Tag! Er hat mich richtig gern."

Nova verschlug es die Sprache.

„Sogar im Unterricht textet er mir. Süß, nicht?"

Fitz wirkte gar nicht wie jemand, der ständig am Handy klebte, dachte Nova. Emma flunkerte doch, was das Zeug

hielt! Durchatmen, ruhig bleiben. Nicht ärgern lassen.

In diesem Moment tauchte Viola in der Tür auf. „Emma, beweg mal deinen Hintern", maulte sie. „Wir müssen zur Maniküre. Oh … Supernova ist ja auch noch da." Viola hatte echt einen Riecher für unangenehme Situationen. Konnte Nova nicht einmal verschont bleiben?

„Nova war so nett mir ihren Schlüsselanhänger zu schenken", sagte Emma.

„Wer will denn so ein hässliches Teil?"

„Der Anhänger ist von *Fitz.*" Emma lächelte vielsagend.

„Fitz schenkt Supernova Sachen? Niemals!" Viola lachte schnippisch. „Wie arm sich so etwas auszudenken!"

Nova machte mutig einen Schritt vor. „Bitte gib mir den Schlüsselanhänger zurück, Emma."

„Na gut", sagte Emma gönnerhaft. Sie hielt Nova den Anhänger hin, doch als diese danach greifen wollte, zog sie ihre Hand wieder zurück. „Hab es mir anders überlegt."

Viola lachte wieder. Klar, so etwas gefiel ihr! „Hey, Emma, wirf mal rüber!", rief sie.
Emma gehorchte und warf den Schlüsselanhänger zu Viola. Die drehte sich um und lief mit Novas Schatz davon. So eine Gemeinheit!
Nova rannte ihr sofort hinterher.
Am Treppengeländer blieb Viola endlich stehen. „Ich habe ja gesagt, dass ich dir die Sache mit der Strafarbeit heimzahle!", sagte sie und ließ den Schlüsselanhänger über das Geländer baumeln. „Was wohl passiert, wenn ich ihn fallen lasse? Klingt nach einem lustigen Experiment, findest du nicht, Supernova?"

„Nicht!", rief Nova erschrocken. „Bitte!"
„Dann entschuldige dich", entgegnete Viola.
Nova war baff. Entschuldigen? Bei Viola? Wofür?
„Wegen dir habe ich Ärger mit meinen Eltern bekommen und musste den blöden Schulhof fegen", sagte Viola. Ihre Miene wurde blitzgewitterfinster. „Sag: Ich bin eine dumme Supernova und kann absolut gar nichts!"
Nova hielt den Atem an und dachte fieberhaft nach. Was würde Fee an ihrer Stelle tun? Die würde sich garantiert nicht von Viola Gewitterkrähe Alcott schikanieren lassen! Und was hatte Fitz gesagt? Am meisten ärgerte es Viola, wenn man sie ignorierte. Leichter gesagt als getan. Nova

liebte diesen Anhänger! Und er würde bestimmt kaputtgehen, wenn sie nicht verhinderte, dass Viola ihn fallen ließ.

Grimmig starrte sie Viola an und spürte ein Brennen in der Brust. Die Luft schien zu knistern.

Plötzlich kreischte Viola, zog den Arm zurück und schleuderte den Schlüsselanhänger quer über den Flur. Dann hielt sie sich die Hand, als hätte sie Schmerzen.

Nova sah, dass ein knallroter Abdruck auf Violas Handfläche prangte. Wie bei einer Verbrennung! Blitzschnell sprintete Nova los und fischte den Schlüsselanhänger vom Boden.

„Was ist das für ein Trick?“, brüllte Viola.

Aber Nova dachte gar nicht daran, zu antworten. Davon abgesehen wusste sie ja selbst nicht, was eben geschehen war.

Nova rannte los. Vorbei an der fluchenden Viola, vorbei an der verdutzten Emma, über eine andere Treppe hinunter ins Erdgeschoss – und in Fees Arme.

„Du hast es aber eilig“, sagte Fee.

Nova atmete tief durch. „Lass uns abhauen!“

„Ist der Teufel hinter dir her?“, scherzte Fee.

„So in etwa“, murmelte Nova. Atemlos warf sie einen Blick über die Schulter. Ihr ganzer Körper kribbelte.

Das war erst der Anfang …

Huch! Wo kam denn auf einmal diese Stimme her?
Nova schüttelte heftig den Kopf. Einbildung! Alles nur Einbildung!
Sie drückte den Schlüsselanhänger an ihre Brust und folgte Fee nach draußen auf den Hof. Dieser Tag konnte nicht mehr seltsamer werden!
Aber da hatte sich Nova geirrt …

15

NOVA hatte sich von Fee überreden lassen nach der Schule ohne weitere Umwege in die Stadt zu fahren und zum Zauberladen zu gehen. Der lag gut versteckt in einer kleinen, verwinkelten Seitengasse abseits der Haupteinkaufsstraße. Man musste schon wissen, dass es ihn gab, um ihn zu finden.

Düster, trist und abgeschieden war nicht so Novas Ding. Schon beim ersten Mal war ihr auf dem Weg zum Zauberladen ein frostiger Schauer nach dem anderen über den Rücken gerieselt. Nova war froh, als sie endlich da waren.

Im *Hokuspokus*, wie der Zauberladen hieß, gab es ein wildes Sammelsurium an skurrilen Gegenständen, okkulten Wundermitteln und antiken Büchern. Die Besitzerin war ausgerechnet Madame Esmeralda, jene Wahrsagerin, die Nova vor einer Weile verflucht hatte, nachdem Nova ihr eine Tarotkarte gestohlen hatte.

Fee war schon zum Tresen geeilt und ließ sich von der jun-

gen Frau, die hier arbeitete, sämtliche Zutaten für ihren Aufspürzauber zusammenstellen.
„Was ist das denn alles?“, fragte Nova, als sie sich zu Fee gesellte. Auf dem Holztresen standen allerhand Fläschchen mit wunderlichem Zeug darin.
„Eier einer Glimmerflimmerlibelle, gemahlene Knochen eines Wurzwichts, Blätter vom Baum der Raben, Regentropfen aus einer Gewitternacht“, ratterte Fee atemlos herunter. „Und MOEN!“

Nova runzelte die Stirn. „Okay. Mohn kenne ich immerhin.“
„Nicht *Mohn*“, verbesserte die Verkäuferin sie. „M.O.E.N. Mittelreifes Ohrenschmalz einer Nixe.“ Sie streckte Nova die Hand hin. „Ich bin übrigens Evangelina. Aber nenn mich einfach Evie.“
Nova hatte die Sache mit dem Ohrenschmalz noch nicht ganz verarbeitet. Sie starrte Evie wie festgefroren an.
„Ich nehme alles!“, sagte Fee zufrieden.
Evie nickte und begann die Sachen einzupacken.
„Ohrenschmalz, Fee?“, sagte Nova angeekelt.
„Das ist sooooo selten! Ich habe ein echtes Schnäppchen gemacht!“, rief Fee glücklich. „Aber auch nur, weil ich noch ein paar Murmelperlen obendrauf gelegt habe. Da gab es einen Supersonderpreis für uns. Unfassbar, oder?“

Unfassbar, in der Tat!

Evie reichte Fee die Tüte voller Magiezeugs und Fee bedankte sich überschwänglich. Die Freundinnen verließen den Zauberladen und gingen zurück zur Hauptstraße. Es war später Nachmittag und allerhand los.

Nach all der Aufregung brauchte Nova jetzt dringend etwas Süßes. Irgendwas mit Schokolade und viel Zucker!

180 „Holen wir uns einen Donut?“, schlug sie vor.

„Gute Idee!“, stimmte Fee zu.

In der großen Einkaufsstraße gab es so ziemlich alles. Der Donut-Laden war nur einen Katzensprung entfernt.

Als Fee und Nova um die Ecke bogen, traute Nova ihren Augen kaum: Da war Fitz! Und er ging in den Donut-Laden! Mit einem Mal war Nova sehr nervös.

Fee stupste Nova an. „Ich sehe was, was du nicht siehst, und das ist süßer als alle Donuts der Welt zusammen!“ Fee grinste Nova wissend an. „Schnell, rein da!“

Nova war hin und her gerissen. Am liebsten hätte sie sich erst mal an der Scheibe draußen die Nase platt gedrückt, um zu sehen, was Fitz im Laden machte. Zu ihm hinzugehen und ihm Hallo zu sagen kam ihr jedenfalls unvorstellbar mutig vor. Dafür waren ihre Knie gerade viel zu wacklig und ihr Kopf viel zu leer. So was Dummes! In der Sporthalle hatte sie sich doch auch so toll mit ihm unterhalten …

„Donuts, Donuts, Donuts“, trällerte Fee fröhlich und zerrte Nova in den Laden, ehe die sich dagegen wehren konnte.
Die Mädchen blieben vor der großen Glastheke mit der Auslage voller bunter Donuts stehen. Nova spähte hinüber zu den Sitznischen. War Fitz vielleicht mit seinen Freunden hier? Nein, war er nicht. Novas Herz gefror zu einem Klumpen. Fitz war mit Emma da. Gerade setzte er sich zu ihr an den Tisch.
Waren die beiden etwa verabredet? *Allein?* Hatte Emma doch die Wahrheit gesagt? Fand Fitz Emma toll und hatte ein Date mit ihr ausgemacht? Nova hatte keine andere Erklärung parat.
Ein Abhörgerät wäre jetzt nicht schlecht gewesen! Dann hätte Nova wie ein Spion lauschen können, worüber die beiden sich unterhielten. Die Lust auf was Süßes war ihr jedenfalls vergangen. Missmutig blickte sie auf ihre Füße und grübelte. Fee ließ sich unterdessen von einer Verkäuferin beraten. Nova bekam das Gespräch nur am Rande mit. Sollte sie noch mal zu Emma und Fitz rüberschauen? Ging gar nicht anders! Die Neugier war zu groß.
Emma schlürfte durch einen Strohhalm ihren rosafarbenen Milchshake und warf Fitz verliebte Blicke zu. Fitz’ Gesicht war leider nicht zu erkennen, weil er mit dem Rücken zu Nova saß.

Die beiden zusammen zu sehen tat richtig weh …
Eine Verkäuferin kam durch die Hintertür des Ladens und trug eine Platte mit frischen Donuts vor sich her. Nova stellte sich vor, wie all die klebrigen, zuckrigen Donuts auf Emma landeten und ihre perfekt sitzende Frisur ruinierten.
Blöde Schnulzenemma! Nova schnaubte. Im nächsten Moment stolperte die Verkäuferin, die Donuts flogen durch

die Luft, Emma schrie vor Schreck auf und wurde in derselben Sekunde unter einer Donut-Lawine begraben.
Ha! Aber Moment mal! Nova wurde blass. War das etwa … Hatte *sie* etwa …
Nova wandte sich ab und steuerte die Tür an.
„Willst du keinen Donut mehr?“, fragte Fee. Sie hielt ihren eigenen Donut in einer Serviette.
Doch Nova flitzte ohne eine Antwort nach draußen.
Mit zittrigen Knien stand sie vor dem Schaufenster und starrte wie hypnotisiert durch die Scheibe zu Emma und Fitz hinüber. Der Mimik der Verkäuferin nach zu urteilen entschuldigte die sich gerade bei Emma. Emma tobte. Sie war knallrot wie eine Tomate. Fitz fuchtelte mit den Händen in der Luft herum. Bestimmt versuchte er zu schlichten.
Geschah der doofen Emma recht!, dachte Nova.
Aber halt! Stopp! Schadenfreude? Nein! So war Nova

nicht! Beschämt sah sie weg, wobei sich ihr Blick in ihrem eigenen Spiegelbild in der Scheibe verfing. Eine niedergeschlagene Nova schaute zurück.

Doch dann fing ihr Abbild plötzlich an sich zu kräuseln wie ein Spiegelbild im wogenden Wasser.

Nova blinzelte verwirrt. Ihr Schaufenster-Ich grinste jetzt schadenfroh.

Doch! Genau so *sind wir … bin ich!*

Da war wieder diese Stimme! Avon? Nova sprang entsetzt zurück.

„Nova!“, schrie Fee. Hätte sie Nova nicht rechtzeitig am Arm gepackt, wäre Nova direkt vor ein fahrendes Auto gestolpert. Der Fahrer hupte aufgebracht.

„Nova, was ist denn los?“, sagte Fee erschrocken.

Novas Puls raste wie verrückt. „Ich weiß es nicht“, flüsterte sie.

Und das machte Nova mehr Angst als alles andere.

16

AUF den Schreck spendierte Fee Nova im *Eight Ball* erst mal eine heiße Schokolade. Die half Nova beim Auftauen. Seufzend setzte sie die warme Tasse ab.

„Ich glaube, die Missgeschicke haben etwas mit mir zu tun“, flüsterte Nova betrübt. „Die Sache mit Emmas Limo beim Schulfest und als sie neulich in der Cafeteria vom Stuhl gefallen ist … und jetzt das mit den Donuts … das war meine Schuld.“

„Aber eben warst du doch nicht mal in Emmas Nähe.“

„Ja, keine Ahnung … Aber irgendwas stimmt nicht mit mir“, sagte Nova.

„Nova“, sagte Fee vorsichtig, „sei nicht böse, aber das wusste ich auch schon vorher. Denk nur an die Geschichte mit Avon …“

„Ich bin aber nicht Avon!“, protestierte Nova.

„Auf keinen Fall!“, stimmte Fee zu. „Aber … da war Magie im Spiel und die hinterlässt immer Zeichen.“

„Avon ist überall“, flüsterte Nova ganz leise. „Erst ist sie nur in meinen Träumen aufgetaucht, aber beim Pendeln habe ich sie richtig *gespürt*, und eben dachte ich, ich hätte ihre Stimme gehört! Und dann ist da diese schwarze Katze, die mich verfolgt. Unheimliche Dinge gehen mit mir vor. Und was ist mit meinen Eltern? Das ist doch alles supergruselig! Ich weiß nicht mehr weiter, Fee …“

Fee war völlig baff. „Wieso hast du mir nicht erzählt, dass du dich so mies fühlst?“, fragte sie mit sanfter Stimme. „Ich bin doch deine Freundin!“

„Ich wollte nicht …“ Nova zögerte. „Ich wollte dir nicht zur Last fallen.“

Fee schüttelte ungläubig den Kopf. „Aus dir muss man alles rausquetschen. Versprich mir was, ja?“ Fee hielt Nova den kleinen Finger hin. „Von jetzt an sagst du mir alles!“

Nova hakte ihren kleinen Finger bei Fee ein. „Fest versprochen.“

„Du glaubst doch nicht, dass Avon …“ Fee schien es erst nicht zu wagen, die Frage auszusprechen. „… dass Avon wirklich und wahrhaftig zurückkehren wird, oder?“

Nova trank einen Schluck ihrer heißen Schokolade und seufzte. „Auf jeden Fall geht hier wieder irgendetwas Magisches vor sich. Keine Ahnung, ob das was mit Avon zu tun hat oder nicht.“

„Wenn wir das Amulett finden, dann benutzen wir es dazu, dir zu helfen“, sagte Fee.

Ja, so ein Wunsch-Amulett wäre die Lösung! Wenn Sir Fox es nicht vor ihnen fand – oder bereits gefunden hatte.

„Ich bin echt verzweifelt“, sagte Nova bekümmert.

„Kopf hoch! Wir lassen uns nicht den Tag versauen!“

Nova nickte zaghaft.

„Komm, wir spielen eine Runde Kicker“, schlug Fee vor und flitzte auch schon zum Kickertisch hinüber, der neben einer alten Jukebox stand.

Das *Eight Ball* war einfach der perfekte Ort, um seine Sorgen zu vergessen – es sei denn, Viola und ihre blöden Hühner tauchten zufällig auf. Man konnte nicht nur kickern, sondern auch Tischtennis und Billard spielen. Schüler jeden Alters saßen beisammen, tranken Smoothies oder die megaleckere, hausgemachte Limonade. Die Stimmung war klasse. Nova ließ sich schnell davon anstecken.

Nach ein paar Runden mussten Nova und Fee den Kickertisch für ein paar Jungs aus dem Year 11 frei machen.

„Los, wir bloggen was“, sagte Fee, kaum dass sie wieder auf einer der freien Couches saßen. „Vielleicht finden wir ja noch ein bisschen mehr über magische Artefakte und Wunschzauber heraus, bevor wir den Aufspürzauber ausprobieren. Kann ja nicht schaden.“

„Ja, vielleicht hast du recht“, sagte Nova.
Fee zückte ihr Handy. „Oh, was ist das denn?“
„Was ist los?“, fragte Nova, doch Fee reagierte nicht. „Hey, Fee, spann mich nicht so auf die Folter!“
„Es gibt einen neuen Kommentar vom ‚mysteriösen M‘, Nova … zu meinem Beitrag über die Begegnung mit Sir Fox.“
Das ‚mysteriöse M‘ hinterließ öfter mal Kommentare zu Fees Einträgen und hatte Fee und Nova damals mit seinen – teilweise sehr geheimnisvollen – Andeutungen geholfen Avon loszuwerden. Wie ein echter Freund. Wer sich wohl hinter dem ‚mysteriösen M‘ verbarg?
„Ich les dir vor“, sagte Fee. „Hör zu: *Schöner Beitrag, Fee! Aber gibt Acht! Füchse sind dafür bekannt, besonders schlau und listig zu sein! Man sagt nicht umsonst: ‚Der Fuchs ändert das Haar, und doch bleibt er, wer er war.‘ Viel Glück bei der Suche nach dem Amulett.*“
Nova blieb die Spucke weg. War das eine Warnung? „Fee, denkst du etwa, mit dem Fuchs … ist Sir Fox gemeint?“
„Na klar, wer denn sonst!“
„Hm … so richtig geheuer war er mir schon nicht, als er am Montag bei mir war“, gestand Nova. „Und dann noch dieses ätzende Telefonat … Dabei war er am Anfang so nett gewesen … Ganz ehrlich, Fee, ich habe das Gefühl,

seit Mum von diesem Amulett erzählt hat, drehen alle irgendwie durch."

Im nächsten Moment surrte Novas Handy. Eine neue Nachricht.

Wir kommen erst morgen, spätestens übermorgen zurück. Haushaltsgeld findest du in der linken oberen Schublade in der Kommode im Flur. Bestell dir was Leckeres. Pizza oder Burger? Uns geht es ganz wunderbar! Sei artig. Kuss, Mum

Nova traute ihren Augen kaum. Was? Das konnten ihre Eltern ihr doch nicht antun!

Und was hieß, es ging ihnen ‚wunderbar'? War Mr Stark nicht krank? Nova schrieb sofort zurück:

Echt jetzt? Gebt mich doch gleich ins Kinderheim!!!

Völlig in Rage drückte Nova auf Senden.

Fee, die mitgelesen hatte, legte Nova mitfühlend einen Arm um die Schulter. „Deine Eltern spinnen doch!"

Nova hätte am liebsten geweint. „Ich weiß ja, wie wichtig ihnen ihre Arbeit ist, aber so was … das haben sie noch nie gemacht", sagte Nova mit erstickter Stimme. „Als hätten sie mich nicht mehr lieb."

„Sag so was nicht! Es gibt bestimmt eine Erklärung!“, erwiderte Fee, die sofort wieder in den Fabulöse-Freundin-Fee-Modus umgeschaltet hatte. „Morgen nach der Schule komme ich mit zu dir, dann machen wir uns einen schönen Nachmittag und probieren auch gleich den Aufspürzauber aus. Vielleicht hat der ganze Spuk ja ein Ende, wenn *wir* das Amulett finden!“

„Hoffentlich“, sagte Nova traurig. Doch da war auch diese innere Stimme, die an ihr nagte und ihr zuflüsterte: *Du übersiehst etwas!*

17

AM Freitag fuhren Nova und Fee nach der Schule schnurstracks zu Nova nach Hause. Nova fürchtete sich ein wenig vor dem, was sie dort vielleicht vorfinden könnten. Doch auf den ersten Blick wirkte alles normal: keine aufgebrochenen Schlösser und keine grimmigen schwarzen Katzen weit und breit.

„Beeil dich!“, quengelte Fee und trat von einem Fuß auf den anderen, während Nova in ihrer Schultasche nach dem Haustürschlüssel kramte. „Ich muss dringend mal aufs Klo!“

„Warum bist du denn nicht in der Schule gegangen?“

„Wollte ich ja! Aber auf dem Mädchenklo hat es von Quappas nur so gewimmelt! Du weißt schon, diese biestigen Wassergeister, die ein bisschen aussehen wie Kaulquappen.“

Nova hatte nicht den blassesten Schimmer, wovon Fee redete.

„Ich schwöre, mir hat schon mal ein Quappa in den Po gebissen!“
Nova prustete los. „Das denkst du dir aus!“
„Ich habe eine Narbe davon. Willst du sehen?“
„Auf keinen Fall, Fee!“
„Wie ich schon sagte: Magie hinterlässt immer Zeichen!“
Nova erlitt den schlimmsten Lachanfall ihres Lebens.
Nachdem Fee von der Toilette kam, war sie sogleich wieder voller Tatendrang. „Ich kann's kaum erwarten, den Aufspürzauber zu testen!“, rief sie. „Wenn das Amulett hier im Haus ist, würde es mich nicht wundern, dass du so schlecht schläfst und irgendwelche Stimmen hörst. Starke magische Schwingungen können einen ganz schön aus der Bahn werfen.“
„Aber wenn es hier wäre, hätten meine Eltern das Amulett dann nicht schon längst finden müssen?“, gab Nova zu bedenken. „Dann wäre es ja quasi die ganze Zeit direkt vor ihrer Nase gewesen!“ Doch dann fiel ihr wieder die Stimme ein, die gesagt hatte: *Du übersiehst etwas.* Vielleicht hatten ihre Eltern ja auch etwas übersehen?
Als hätte Fee ihre Gedanken gelesen, erwiderte sie: „Manchmal sieht man eben den Wald vor lauter Bäumen nicht.“
Nova ließ sich von Fee überreden sich das dritte Auge auf die Stirn zu malen. Damit auch sie paranormale Präsenzen

wahrnehmen konnte. Nova fühlte keinerlei Veränderung. Sie kam sich nur reichlich blöd vor.
Fee, die selbst das dritte Auge auf der Stirn hatte, spitzte die Lippen. Das tat sie öfter, wenn sie sich konzentrierte. Sie wedelte mit einem ihrer Schutzamulette durch die Luft und wandelte durch den Flur. „Ich checke mal kurz was ab." Schon war Fee außer Sichtweite.

Nova blieb im Flur stehen und betastete ihre Stirn. Das mit diesem dritten Auge war doch völliger Quatsch! Oder? Dann sah sie sich aufmerksam um. Täuschte sie sich oder hing das Bild an der Wand ein bisschen schief? Und hatte der Schuh da schon heute Morgen mitten im Weg gelegen? Trieb der Geist von Elaine Carmody im Haus sein Unwesen, während Nova in der Schule saß? Nova schüttelte sich. Blödsinn! Geister! Fees ganzes Para-Quappa-Geplapper hatte sie schon ganz kirre gemacht!
Plötzlich hörte Nova etwas scheppern. Ihr lief ein Schauer über den Rücken. „Fee?", rief sie ängstlich.
„Küche!"
Fee hatte bereits einen kleinen Topf aus dem Schrank geholt und auf den Tisch gestellt. Gerade kramte sie die Zutaten aus dem Zauberladen aus ihrer Schultasche heraus.
„Das wird doch nicht wieder so ein Stinkegebräu?", fragte Nova skeptisch. Das Zeug, was Nova für den Antifluchzau-

ber gegen Avon herunterwürgen musste, war das Ekligste gewesen, was sie je getrunken hatte! Brrr!
„Ich koche die Sachen nicht“, sagte Fee.
„Nicht? Wozu dann der Topf?“
„Der wird mit Wasser gefüllt“, erklärte Fee. „Ein Aufspürzauber bedient sich aller vier Elemente: Wasser, Erde, Luft und Feuer.“
„Aha“, machte Nova.

„Wir müssen ein magisches Feld im Haus schaffen, dann findet der Zauber innerhalb der Grenzen das verlorene Objekt für uns.“
Nova nickte stumm.
„Die Regentropfen einer Gewitternacht, die muffigen Murmelperlen und das M.O.E.N. mischen wir ins Wasser – für das Element Wasser, logisch, oder? Den Topf stellen wir dann am besten ins Wohnzimmer. Übernimmst du das?“
Nova verzog das Gesicht. Die Perlen und die Regentropfen waren ja okay, aber das Ohrenschmalz einer Nixe?
„Du willst das Amulett doch auch finden und den Spuk beenden, oder?“, fragte Fee.
„Ja, schon …“, murmelte Nova.
„Dann lass uns mal loslegen.“
Widerwillig befolgte Nova Fees Anweisung. Das Fläschchen mit Ohrenschmalz hielt sie aber extra weit von sich,

als sie es entkorkte. Wie ein labbriger Wurm glitt der Inhalt langsam heraus und plumpste in den Topf. Oberekelhafter Magie-Blödsinn! Nova schüttelte sich.

Fee hatte inzwischen die Blätter vom Baum der Raben auf den Treppenstufen verteilt. Für das Element der Erde, wie sie meinte. Dann winkte sie Nova nach oben.

Auf das Fensterbrett in Mr Starks Arbeitszimmer streute Fee das Pulver aus Wurzwicht-Knochen für das Element Feuer, dann marschierte sie voller Tatendrang in die oberste Etage, schob sich eine alte Truhe zurecht, stieg darauf und klebte die Glimmerflimmerlibellen-Eier für das Element der Luft an die Luke, durch die man in eine kleine Dachkammer gelangte.

Sinn, komm raus, du bist umzingelt!

Novas Zweifel wuchsen von Sekunde zu Sekunde. Das Ganze würde entweder gehörig schiefgehen oder gar nichts bringen.

Fee hingegen war Feuer und Flamme für die ganze Aktion. „Jetzt noch der allerletzte Schritt!" Sie hielt Nova auffordernd eine Hand hin.

Gott, was wollte Fee? Blut? Einen Finger?

„Keine Angst, wir schaffen das zusammen."

„Ich habe nur etwas Bedenken. So als *Unwissende.*"

Fee nickte verständnisvoll. „Okay. Das Zauberritual wäre

zwar wirksamer, wenn wir es zusammen machen, aber es geht auch so."

Fee legte sich auf den Boden, die Arme fest an den Körper gepresst. Sie streckte die Zunge raus und gab ein lautes Geräusch von sich, das etwa wie ein schrilles *„Blüblüblüüüü!"* klang. Dann begann sie sich hin und her zu rollen, was im engen Flur gar nicht so leicht war.

Nova starrte sie sprachlos an.

„Fee?" Nova räusperte sich. „Wie genau hilft uns das jetzt bei dem Aufspürzauber?"

„Man muss den Verstand verwirren, ehe man sein Ziel glasklar vor Augen sieht! Die Elemente leiten mich!"

Fee rollte weiter über den Teppich. Ein Glück, dass sie niemand beobachtete!

Plötzlich sprang Fee wieder auf. „Ich spüre etwas!" Sie war ganz hibbelig. „Oh. Ich muss nur schon wieder aufs Klo. Mist! Dachte, es würde schon wirken." Hastig rauschte sie die Stufen hinunter.

Nova schüttelte den Kopf. Fee immer!

Im nächsten Moment war es Nova, die etwas spürte. Ein leichter Lufthauch zog über den Boden und ließ ihre Füße ganz kalt werden. Ohne Vorwarnung flog Novas Zimmertür auf.

Der Zauber? Ein Geist? Das magische Amulett?

„Fee!“, brüllte Nova ängstlich.
„Was ist passiert?“, rief Fee, als sie die Treppen wieder hochgerannt kam.
„Meine … meine Tür … die ist grad einfach so aufgegangen.“
Fee schlich wie eine Katze auf Samtpfoten in Novas Zimmer hinein. Ihre Augen huschten hin und her. Dann streckte sie die Hände aus, als wären ihre Finger Antennen. Im nächsten Moment fiel ein Sonnenstrahl durchs Fenster und ließ etwas neben Novas Mülleimer aufblitzen. Die Mädchen starrten in die Ecke.
„DA!“, brüllte Fee triumphierend. Sie stürzte auf den Mülleimer zu, ließ sich auf die Knie fallen und hob die glänzende Metallscheibe vom Boden auf, die Nova bei ihrer Entrümpelungsaktion am Eimer vorbeigeworfen hatte. „Das war ein Zeichen! Schicksal! Pure Magie! Wir haben es!“
„Nee, Fee, das ist nur irgendwelcher Schrott aus der Carmody-Kiste“, gab Nova Entwarnung.
Fee drehte die Metallscheibe fasziniert zwischen den Fingern. „Es ist golden und diese Sonne …“
„Fee, das ist *Müll*“, unterbrach Nova sie.
„Nova!“, herrschte Fee ihre Freundin aufgeregt an. „Das hier ist das magische Amulett! Es gehörte Elaine Carmo-

dy!“ Fee hielt es ganz dicht vor ihre Augen. „Ohmygod! Wir haben es echt!“

„Das kann unmöglich …“, setzte Nova erneut an, doch ein Handypiepen hielt sie davon ab, den Satz zu beenden. Nova musste nicht hellsehen, um zu wissen, dass sie eine weitere Nachricht von ihrer Mum bekommen hatte.

Was kam denn nun schon wieder?

Nova, geht es dir gut? Mach dir keine Sorgen und unternimm was Schönes. Eis essen mit Felicitas? Wir sind bald wieder da. Kuss, Mum

Novas Blick bohrte sich in das Display ihres Handys. Das war ja wohl die Krönung! Wütend tippte sie eine Antwort:

Okay. Ich liebe Eis! Besonders Himbeere! Davon hole ich mir heute zehn Kugeln! Das habt ihr nun davon!!!

Himbeereis! Lecker! Lass es dir schmecken!

Hä? Jetzt verstand Nova gar nichts mehr. Mit der Nachricht hatte sie ihrer Mum doch einen Schrecken einjagen wollen! Nova war allergisch gegen Himbeeren. Als kleines Kind hatte sie mal ein Stück Himbeertorte gegessen und

einen fürchterlichen Ausschlag bekommen. Sie hatte sogar eine Nacht im Krankenhaus bleiben müssen! Ihre Mutter würde das nie vergessen!
Mit einem Schlag tummelten sich tausend Fragen in Novas Kopf. Sie hatte das Gefühl, als hätte ihr jemand einen Knoten ins Hirn gedreht. Und plötzlich überkam sie ein böser Verdacht …

Nova scrollte durch den Nachrichtenverlauf.

Wo ist der Schlüssel für Montys Schreibtisch? Ist wichtig! Mum

Weißt du, wo unser Werkzeug ist? Küsschen!

Bestell dir was Leckeres. Pizza oder Burger?

Himbeereis! Lecker! Lass es dir schmecken!

Die ersten beiden Nachrichten klangen so, als würden sich ihre Eltern im eigenen Haus nicht mehr auskennen. Und dann der Vorschlag mit den Burgern! Mrs Stark war Gesundheitsfanatikerin!
Die Sache mit dem Himbeereis jedoch war der ultimative Beweis: Diese Nachrichten waren nicht von ihren Eltern geschrieben worden.

Aber von wem dann?
Novas Gedanken überschlugen sich. Wann hatte sie ihre Eltern zuletzt gesehen? Wann? Wann? Wann?
Mit einem Mal war ihr Hals wie zugeschnürt. „Fee“, sagte sie mit brüchiger Stimme und hielt das Handy fest umklammert.
Fee hüpfte aufgeregt durchs Zimmer. „Ja, ja, ich weiß! Du fragst dich gerade, warum ich mir so sicher bin, dass wir das Amulett gefunden haben, stimmt's? Ich erklär's dir! Also: Die Sonne war das Familienwappen der Carmodys“, sagte Fee. „Hab ich erst neulich irgendwo gelesen. Und jetzt ist ja auch total klar, warum bisher niemand das Amulett gefunden hat: weil es nicht aussieht, wie man sich ein Amulett normalerweise vorstellt! Wer hätte auch gedacht, dass Elaine Carmody sich ausgerechnet ein *Uhrenpendel* um den Hals hängt! Wobei … ergibt ja schon Sinn. Ach, ich bin einfach die beste Magie-Expertin aller Zeiten!“
„Was hast du gesagt?“, fragte Nova verwirrt.
Fee grinste breit. „Ich bin die beste Magie-Expertin aller Zeiten!“
„Nein, das mit der Sonne und dem Pendel!“, sagte Nova hastig.
„Ach so. Die Sonne war das Wappen ihrer Familie. Es war in alle Uhren geprägt, die Elaine Carmody angefertigt

hat. Ich hab dir doch erzählt, dass sie früher Uhrmacherin war." Fee hielt die goldene Metallscheibe hoch. „Das Ding hier hing früher mal in einer Uhr. Als Pendel."

Nova sog erschrocken die Luft ein. Nein, nein, nein! Wenn dieses goldene Pendel in Wahrheit das Amulett war und Herzenswünsche erfüllte … dann hatte Nova an dem Abend, an dem sie so wütend gewesen war, ihre Eltern

fortgewünscht! Bei ihrer Entrümpelungsaktion! Sie hatte das Amulett in der Hand gehalten und sich von Herzen gewünscht, Mr und Mrs Stark würden verschwinden.

Es passte alles zusammen! Novas Wunsch. Die Abwesenheit der Starks. Von wegen Interviews und Termine! Nova hatte sie weggezaubert! Und die komischen Nachrichten, die sie bekommen hatte, waren ganz sicher Teil des Zaubers.

Novas Herz zersprang in tausend Stücke. Gott, tat das weh!

„Nova, was ist denn? Sag doch was", bat Fee besorgt.

„Ich habe etwas Schlimmes getan." All die Tränen, die Nova tagelang zurückgehalten hatte, kamen nun heraus. Schluchzend sackte sie auf dem Boden zusammen. „Ich bin schuld daran, dass meine Eltern weg sind!" Nova vergrub das Gesicht in den Händen. Sie weinte bitterlich.

Fee stand hilflos daneben. „Was redest du denn da, Nova?"

Unter Schniefen und Tränen erzählte Nova ihrer besten

Freundin, was an jenem schicksalhaften Abend passiert war: das blöde Abendessen, Novas Frust, weil ihre Eltern ihr nicht zugehört hatten, als sie ihnen von dem Freizeit-Wochenende erzählen wollte, und dann ihre Aufräumaktion in blinder Wut und ihr schrecklicher Wunsch …

„Oje“, murmelte Fee betroffen.

Sie hockte sich zu Nova auf den Boden und reichte ihr ein Taschentuch. Nova nahm es dankbar an und wischte sich damit übers nasse Gesicht. Es dauerte, bis sie sich beruhigt hatte und wieder normal atmen konnte.

„Ich bin ein schlechter Mensch“, flüsterte Nova.

„Sag das nicht!“, erwiderte Fee. „Du bist der liebste Mensch, den ich kenne!“

Nova starrte benommen zu Wallys Käfig. Nun war Wally die einzige Familie, die sie noch hatte … Es war zum Verzweifeln!

„Wir kehren den Wunsch um“, sagte Fee entschlossen. Sie betrachtete das goldene Sonnenamulett. „Und ich weiß auch schon, wie.“

Hoffnung regte sich in Novas Brust.

„Wer von Herzen an Magie glaubt, kann einen Herzenswunschzauber wirken“, sagte Fee laut. „Das ist die Regel, die alles bestimmt. Und wer außer dir glaubt noch an Magie? Na? Na? Na?“

Nova schnappte nach Luft. „DU!“
Fee lächelte. „Deine Eltern sind nicht verloren. *Ich* werde sie zurückwünschen!“

18

FEE war ein Genie! Mr und Mrs Stark zurückwünschen!
Das war *die* Lösung!
Nova sah ihre beste Freundin staunend an. „Das würdest du echt machen? Deinen Herzenswunsch für mich opfern?“
So ein Wunsch war schließlich wertvoll, unbezahlbar …
Fee nickte entschlossen. „Natürlich, jederzeit!“
Nova war ganz gerührt. „Fee, du bist die Beste!“ Und noch wertvoller und unbezahlbarer als jeder Herzenswunsch!, dachte Nova.
„Okay, legen wir los“, sagte Fee mit zittriger Stimme und biss sich nervös auf die Unterlippe. Kein Wunder. Auf ihren Schultern lag nun eine große Verantwortung. Sie umklammerte das Amulett fester. „Ich bin echt aufgeregt, Nova. Meine Hände sind schon ganz schwitzig.“
„Tief durchatmen“, sagte Nova beruhigend. „Ich als Expertin für Missgeschicke jeder Art sage dir: Zu viel Nachdenken macht einen schusselig.“

„Okay, tief durchatmen", murmelte Fee. Sie begann im Zimmer auf und ab zu gehen.
Nova hatte Fee noch nie so erlebt. Ihre Freundin war sonst immer so selbstsicher und optimistisch, doch gerade war sie das reinste Nervenbündel …
„Bist du bereit?", fragte Nova erwartungsvoll.
„Klar, total bereit. Ich war noch nie bereiter", sprudelte es

aus Fee heraus. Sie blieb stehen. „Sieh mich an, ich bin die Coolness in Person! Nein, Quatsch. Ich sterbe vor Aufregung! Ein Herzenswunsch! Das ist etwas *absolut* Magisches. Magie! Du weißt gar nicht, wie gut du es hast, Nova! Ich wünschte, bei mir zu Hause würde auch endlich mal etwas Magisches passieren!" Fee schlug sich die Hand vor den Mund – doch zu spät! Die Worte waren ihr bereits über die Lippen gekommen.
Nova erstarrte, die Augen geweitet. Das Herz hüpfte ihr bis zum Hals.
Ich wünschte … Fee hatte soeben ihren Herzenswunsch geäußert! Und sich … *verwünscht*!
Fee ließ vor Schreck das Amulett fallen. „Das … das wollte ich nicht!", rief Fee. Sie war weiß wie ein Stück Kreide. „Das war keine Absicht! Verflixter Mist!"
Nova starrte Fee sprachlos an. Fee hatte sich verplappert und nun war ihr Herzenswunsch futsch! Mr und Mrs

Stark waren verloren! Dabei hätte es so einfach sein können …

Ein schrecklich kaltes Gefühl schnürte Nova die Kehle zu und ließ sie frösteln. Dann wurde aus der Kälte plötzlich Wut. Fee hatte alles versaut! Wie konnte sie nur!

Doch Nova wurde schnell klar, dass Fee nichts für ihre missliche Lage konnte. Sie hatte es nur gut gemeint und helfen wollen … Fee zu beschuldigen wäre unfair gewesen – und wenig freundschaftlich. Und außerdem war es ja immer noch Nova selbst gewesen, die ihre Eltern hatte verschwinden lassen.

„Versuch es noch mal“, flehte Nova. „Bitte!“

Fee zögerte. Dann hob sie das Amulett mit zittrigen Fingern auf und schloss die Augen. „Ich wünsche Mr und Mrs Stark wieder zurück. Sofort!“, beschwor Fee das Amulett.

Nichts geschah. Der Wunsch war fort, genau wie Novas Eltern.

„Es tut mir so leid“, murmelte Fee betreten.

Alles war verloren!

Fee setzte sich aufs Bett und schwieg.

Die nächsten Minuten vergingen wie in Zeitlupe. Das Ticken der Uhr zählte die Sekunden, während sich eine düstere, schwermütige Stille über den Raum legte.

„Nova …“, sagte Fee nach einer Weile leise. „Oh, Nova …“

„Das ist alles *meine* Schuld“, sagte Nova tonlos. „Das ist wie ein schlimmer Traum.“
Fee hatte sich gewaltig geirrt. Nova war kein lieber Mensch. Ihr Herzenswunsch war gemein und egoistisch gewesen. Dumme, dumme Nova!, schalt Nova sich selbst.
Und dann wurde Nova noch etwas bewusst: dass ein Teil von ihr offenbar doch die ganze Zeit an Magie geglaubt

hatte. Sonst hätte sie den Wunschzauber ja nicht wirken können.
Nun hatte sie den Schlamassel. Hätte sie die Sache mit dem Carmody-Amulett von Anfang an ernster genommen, wäre das alles nicht passiert. Was sollte sie nur tun?
Nova spürte tiefe Reue. Sie liebte ihre Eltern! Daran änderten auch deren verrückte Jobs nichts, kein Streit der Welt und kein blödes Anmeldeformular für irgendein dusseliges Freizeit-Wochenende.
Es musste doch einen Weg geben, ihre Eltern zu retten! Denk nach, Nova, denk nach!
Wenn sie in Mathe nicht wusste, wie sie eine Aufgabe lösen sollte, bewahrte Nova immer einen kühlen Kopf. Cool bleiben statt durchdrehen war die Devise. Also …

Carmody-Amulett + Herzenswunsch = Verschwinden

Nova + x = Umkehr des Zaubers

Sie musste herausfinden, was sie für das x in dieser magischen Gleichung einsetzen konnte, um ihre Eltern zurückzubekommen. Knobeln war Novas Spezialität.
Schritt 1: Analyse aller Fakten.
„Fee, fällt dir noch irgendetwas zu dem Carmody-Amulett ein, was uns weiterhelfen könnte?", fragte Nova. „Hat der Wunschzauber vielleicht eine Art Schlupfloch? Sodass man den Zauber wieder umkehren kann?"
Fee saß noch immer zusammengekauert auf dem Bett. Nova stand auf und stupste sie an. „Wir müssen jetzt ganz genau überlegen, Fee!"
Ein bisschen kam es Nova so vor, als hätten sie die Rollen getauscht. Normalerweise war Fee diejenige, die voller Tatendrang war, und Nova grübelte vor sich hin.
„Nein, es gibt kein Schlupfloch." Fee sah traurig auf ihre Füße. „Wir bräuchten jemanden, der sich mit dem Amulett deine Eltern zurückwünscht. Aber wie gesagt: Das kann nur jemand sein, der wirklich an Magie glaubt. Niemand sonst."
Nova dachte kurz nach. „Was ist mit Evie aus dem Zauberladen?", schlug sie vor. „Die glaubt doch bestimmt an Magie! Sonst würde sie ja wohl kaum in so einem Laden arbeiten."
Fee seufzte. „Ich mag Evie, aber wir kennen sie viel zu we-

nig, um ihr so eine Riesensache anzuvertrauen … Was ist denn mit den Kollegen von deinen Eltern?“

„Die kenne ich doch genauso wenig!“, entgegnete Nova. „Außerdem würden die wahrscheinlich alle bloß mit dem Amulett herumexperimentieren wollen, statt uns zu helfen. Denk nur an den Tumult bei Mums Vortrag!“

„Finley Fox?“, grübelte Fee weiter.

„Auf keinen Fall!“, entfuhr es Nova.

„Aber er kennt sich mit Magie aus …“

„Ja, schon. Trotzdem. Ich habe bei dem ein ungutes Gefühl. Außerdem hat das ‚mysteriöse M‘ uns vor ihm gewarnt.“

„Und wenn wir die Polizei rufen?“, sagte Fee schließlich.

„Wenn es eine magische Polizei gäbe … Aber so … Uns glaubt doch keiner!“, rief Nova. „Wenn wir denen erzählen, dass wir mit einem magischen Amulett meine Eltern weggezaubert haben, schicken die uns höchstens zum Arzt, um rauszufinden, ob wir noch ganz dicht sind!“

„Du hast recht“, sagte Fee matt.

„Schade, dass wir Fitz nicht fragen können“, sagte Nova. „Ihm würde ich hundertprozentig vertrauen. Aber jemand wie Fitz glaubt ganz sicher nicht an irgendwelchen Hokuspokus.“

„Fitz hat doch gesagt, er mag verrückte Mädchen“, murmelte Fee.

„Klar, aber *zaubernde* Mädchen? Das ist dann doch ein bisschen *zu* verrückt, findest du nicht?"

Nova selbst hatte sich eben erst eingestehen müssen, dass sie – zumindest ein *klitzeklitzekleines bisschen* – an Magie glaubte … und solche Dinge brauchten Zeit. Doch die hatten sie gerade leider nicht!

„Du hast recht. Damit scheidet er aus", stellte Fee nüchtern fest.

„Mir fällt niemand mehr ein!", rief Nova frustriert. „Es muss einen anderen Weg geben. Irgendeinen, an den wir noch *gar nicht* gedacht haben." Sie stand auf, nahm Fee das Amulett ab und steckte es in ihre Tasche.

Plötzlich hellte sich Fees Miene auf und sie zog die Augenbrauen grüblerisch zusammen. Nova kannte diesen Gesichtsausdruck. Ein Fee-Geistesblitz!

„Moment, bin gleich wieder da!", rief Fee auch schon, fegte wie ein Wirbelwind aus dem Zimmer und die Treppen runter.

Sekunden später war sie zurück und hielt etwas hinter ihrem Rücken versteckt. „Nova …", japste sie. „Wen magst du … am wenigsten … auf der ganzen … Welt?"

Komische Frage. Nova runzelte die Stirn. „Ähm … Viola?", antwortete sie.

„Nein, nein!", erwiderte Fee. „Noch weniger als Viola."

„Ist das eine Fangfrage?“, entgegnete Nova verwirrt.
Fee schüttelte heftig den Kopf.
Noch weniger als Viola … Da kam eigentlich nur eine in Frage …
Gerade als Nova der Name „Avon“ über die Lippen kam, zückte Fee einen kleinen Handspiegel und hielt ihn Nova vors Gesicht. Mit Entsetzen sah Nova, dass Fee eine Acht

auf die Spiegeloberfläche gemalt hatte. Zahlenmagie!
Novas Gedanken rasten. Mit einem Spiegel hatte alles begonnen! Ein Spiegel war damals Avons Pforte in diese – in *Novas* – Welt gewesen!
Die Luft knisterte elektrisch. Die Deckenlampe flackerte. *Knister! Flacker! Knister!* Kleine glühende Punkte tanzten durch den Raum und zerstoben in Tausende Funken.
Nova blinzelte in das grelle Licht – und eine ihr nur allzu bekannte Gestalt wurde sichtbar: Avon, Novas Ebenbild. Ihr böser, böser Zwilling.
„FEE!“, schrie Nova geschockt. „WAS HAST DU GETAN?“

19

„HALLO, Nova“, sagte Avon. Als sie grinste, sah es aus, als würde sie die Zähne blecken. Irgendwie gefährlich. „Schön wieder hier zu sein.“

„Fee, wie konntest du nur!“, fuhr Nova Fee an.

„Hör mir doch erst mal zu!“, sagte Fee energisch. „Avon glaubt an Magie. Sie *besteht* aus Magie! Nova, sie ist die Einzige, die uns helfen kann!“

Moment mal … Fee konnte sie noch sehen? Fee hatte gehört, was sie gesagt hatte? Damals war Nova immer für alle unsichtbar geworden, sobald Avon erschienen war – zumindest bis zu dem Abend, an dem Nova und Fee Avon verjagt hatten – für immer, wie Nova gehofft hatte.

„Du kannst mich sehen und hören, Fee?“, rief Nova überrascht aus. „Aber früher …“

„Das ist klasse, Nova! Aber wir sollten das später klären“, sagte Fee hastig. „Im Moment ist es viel wichtiger, dass mein Plan funktioniert hat. Avon ist hier!“

„Dein *Plan*? Spinnst du?“ Novas Stimme überschlug sich. „Das war ein Riesenfehler, Fee! Avon ist durch und durch böse! Die wird uns niemals helfen!“

Avon schaute gebannt zwischen den streitenden Freundinnen hin und her.

„Wolltest du lieber weiter Däumchen drehen und rumjammern?“, entgegnete Fee nun halb trotzig, halb gekränkt.

Nova verstand die Welt nicht mehr. Wie hatte Fee Avon herbeirufen können, ohne sie vorher zu fragen? Nova fühlte sich richtig hintergangen. Ja, hintergangen und verletzt. Und wie redete Fee überhaupt mit ihr? Am liebsten hätte Nova ihr irgendeine Gemeinheit an den Kopf geworfen, aber ihr fiel nichts ein. Das war doch alles der reinste Albtraum!

Fee machte einen Schritt auf Nova zu. „Nova …“

„Sie ist so unfassbar böse, Fee …“

Die Mädchen sahen sich tief in die Augen. Keine von ihnen sagte mehr ein Wort.

Da zerschnitt Avons Lachen die Stille. „Das ist ja wie Kino! Wartet, ich gehe mir schnell Popcorn holen!“

„Schick sie zurück, Fee!“, rief Nova verzweifelt.

„Das geht nicht. Wir brauchen sie“, entgegnete Fee. Sie klang entschlossen, aber ihre Miene verriet Nova etwas ganz anderes.

„Oh, nein“, flüsterte Nova. „Du weißt nicht, wie, oder? Ich fasse es nicht!“
Fee hatte ihren Plan nicht zu Ende gedacht. Sie hatte Nova einfach nur helfen wollen und das Erstbeste getan, was ihr eingefallen war. Oder das Erstschlechteste – je nachdem.
„Nova, das wollte ich nicht!“, jammerte Fee.
„Nova, das wollte ich nicht!“, äffte Avon Fee nach. „Heiliger Strohsack! Kann mir jetzt endlich mal jemand erklären, in welchen Film ich hier reingeraten bin?“
Diesmal übernahm Nova das Kommando. „Wir brauchen deine Hilfe“, sagte sie. Wenn sie ohnehin nicht wussten, wie sie Avon wieder loswurden, konnten sie es ja zumindest auf einen Versuch ankommen lassen.
Avon wirkte ehrlich überrascht. „*Ihr* braucht *meine* Hilfe?“
„Ja. Meine Eltern sind verschwunden und du musst uns helfen sie zurückzuholen“, sagte Nova.
„Deine Eltern sind verschwunden? Das ist ja schrecklich!“, rief Avon bestürzt. All der Spott in ihrem Blick war plötzlich verflogen. Dann streckte sie auf einmal auch noch die Hand aus und tätschelte Novas Schulter. „Das tut mir leid, Nova.“
Nova schüttelte Avons Hand hastig ab. „Lass das!“, fauchte sie.
„Aber ich bin doch auf eurer Seite! Das ist alles zu trau-

rig“, legte Avon nach. War das gerade echt Mitgefühl in ihrer Stimme oder war Avon einfach nur eine verdammt gute Schauspielerin? Da sollte sich noch einer auskennen!
Avon – auf Novas Seite? Nach allem, was gewesen war? Selbst für den unwahrscheinlichen Fall, dass Avon gerade jedes einzelne Wort ehrlich meinte – was sie Nova angetan hatte, würde Nova ihr nicht so schnell verzeihen.

„Na, was sagst du? Freundinnen?“ Avon hielt Nova eine Hand hin.
Avon wusste doch gar nicht, was Freundschaft bedeutete! Nein, so leicht würde Nova es ihr nicht machen! Sie hatte sich schon einmal um den Finger wickeln lassen – von Viola Alcott – und es hinterher schrecklich bereut. Das würde ihr nicht noch mal passieren.
„Ich finde, jeder hat eine zweite Chance verdient, Nova“, meldete sich Fee leise zu Wort.
Nova sah ihre Freundin nachdenklich an. Fee hatte echt ein bewundernswert großes Herz. Obwohl Avon sie damals entführt und gequält hatte, wollte Fee Novas bösem Zwilling Platz im Team machen? Fee musste wirklich fest davon überzeugt sein, dass Avon ihnen als Einzige helfen konnte, wenn sie so dachte.
Nova seufzte. „In Ordnung. *Waffenstillstand*“, sagte sie. „Fürs Erste.“

Aber Avons Hand schütteln? Nö!
„Danke", sagte Avon und klimperte unschuldig mit den Wimpern.
Nova grummelte nur etwas Unverständliches vor sich hin, dann sah sie zu Fee. „Können wir mal kurz reden? *Alleine.*"
Sie deutete mit dem Zeigefinger auf ihre Doppelgängerin. „Und *du* bewegst dich keinen Zentimeter von der Stelle, sonst … sonst …" Schlagfertigkeit, ade! Nova suchte verzweifelt nach etwas, womit sie Avon einschüchtern konnte, aber Avon war eben nicht bloß eine blöde Nervensäge wie Viola Alcott.
„Ich rühr nix an!", sagte Avon eifrig und setzte sich artig auf Novas Schreibtischstuhl.
Nova zog Fee aus dem Zimmer und schloss die Tür.
„Nova, es tut mir so leid", sagte Fee, kaum dass sie draußen waren. „Ich hätte dich einweihen müssen."
„Schon gut", sagte Nova. „Aber lass uns bitte nie wieder vor Avon streiten, okay? Wir müssen jetzt noch fester zusammenhalten."
Fee nickte.
„Was hältst du von Avon?", fragte Nova. „Ich finde sie verdächtig nett."
Fee dachte kurz nach. „Ich weiß nicht … Ich würde ihr gern glauben."

„Obwohl sie dich damals verhext hat? Trotz all der Gemeinheiten?“

„Ja.“

„Ich glaube nicht, dass Menschen – und magische Wesen – sich so schnell ändern können“, wandte Nova ein. „Und was ist mit meinen Albträumen? Vielleicht waren sie ja eine Warnung? Und was ich auch nicht verstehe …“

„Was denn, Nova?“, hakte Fee nach.

„Avon schien *wirklich* nicht zu wissen, warum wir sie gerufen haben. Dabei konnte sie doch früher immer einen Teil meiner Gedanken lesen, kurz bevor sie aufgetaucht ist. Hätte sie dann nicht von Anfang an wissen müssen, worum es hier geht?“

„Es ist einiges anders als früher“, antwortete Fee nachdenklich. „Ihr seid beide sichtbar … Ich glaube wirklich, dass es etwas damit zu tun hat, wie du dich verändert hast. Avon hat nicht mehr dieselbe Macht über dich wie früher. Genau wie Viola, übrigens. Du bist mutiger geworden und kämpfst gegen deine ängstliche, schüchterne Seite an.“

„Ich gebe mein Bestes“, sagte Nova und lächelte schwach. „Ich will mir nur nicht vorstellen, was passiert, wenn wir uns wegen Avon irren und sie uns nicht helfen kann.“

„Hm … Und was schlägst du jetzt vor?“, fragte Fee.

„Wir testen sie“, sagte Nova. „Wir müssen uns ganz sicher

sein, dass Avon wirklich auf unserer Seite ist, bevor wir ihr das Amulett anvertrauen.“ Nova tastete nach der Metallscheibe in ihrer Rocktasche.

Die Zeit lief ihnen davon. War es die falsche Entscheidung, zu warten? Andererseits: Kein magisches Amulett der Welt konnte Mr und Mrs Stark zurückbringen, wenn Avon nur wiedergekehrt war, um erneut Unruhe zu stiften. Ja, Nova und Fee mussten Avon auf die Probe stellen.

„Okay, und wie willst du sie testen?“, fragte Fee.

„Wir verbringen ein bisschen Zeit mit ihr und beobachten sie“, antwortete Nova. „Dann werden wir ja merken, ob sich Avon wirklich geändert hat.“

Oder ob sie immer noch der böse, böse Zwilling ist, der sich in meine Gedanken schleicht, fügte Nova heimlich hinzu.

20

218 ALS Nova und Fee zurück in Novas Zimmer kamen, saß Avon immer noch an Novas Schreibtisch. „Ich glaube, dein Vogel mag mich nicht“, sagte sie traurig und zeigte auf Wally. „Er dreht mir die ganze Zeit den Rücken zu.“
Tatsächlich saß Wally wie versteinert auf seiner Stange und krächzte keinen Mucks.
„Ach was, der ist nur ein bisschen schüchtern“, sagte Fee gutmütig.
„Und schlau“, murmelte Nova vor sich hin.
Avon schmollte noch ein bisschen, dann hellte sich ihre Miene auf. „Also, was soll ich machen, um euch zu helfen?“
„Erst das Vergnügen, dann die Arbeit!“, rief Fee, so wie sie und Nova es eben noch abgesprochen hatten. Sie wollten Avon aus der Reserve locken, doch dafür mussten sie erst mal ihr Vertrauen gewinnen. „Los, Nova, wir schauen mal, ob Fitz was Neues gepostet hat!“, schlug Fee vor.

Avon biss sofort an. „*Der* Fitz? Oh! Bist du etwa immer noch in den verknallt, Nova?“

Nova bekam rote Wangen. Doch dann dachte sie wieder an den Zwischenfall im Donut-Laden und ihre Mundwinkel sackten nach unten.

„Das Gesicht kenne ich“, sagte Fee. „Das ist die Nova-denkt-an-Fitz-Miene mit einer Extraportion Sorge dazu!“ Fee legte die Zeigefinger an die Schläfen. „Ich empfange Schwingungen … Jemand grübelt … stark …“

Ja. Wegen Emma! Oder eher wegen *Emmaundfitz. Emmaundfitz. Emmaundfitz.*

„Emma war neulich im Donut-Laden“, murmelte Nova.

„Achtung, Achtung, News des Tages! Emma hat einen Donut gegessen!“, rief Avon mit gespielter Bestürzung. „Ruft die CIA! Lasst sie verhaften!“

Nova gab ein beleidigtes Schnaufen von sich. „Ich war noch nicht fertig!“ Unruhig zupfte sie am Saum ihrer Bluse. „Sie war mit *Fitz* da. Dabei dachte ich, dass er *mich* … Viola hat neulich behauptet, dass Fitz nur aus Mitleid nett zu mir ist.“

„Na und?“ Avon schlug mit der Hand auf den Schreibtisch. „Viola ist eine dumme Schnattergans! Sie redet und redet – und am liebsten über sich selbst. Ihr Ego ist größer als der ganze Planet!“

„Versuchst du gerade Nova aufzumuntern?“, fragte Fee.
Avon zuckte die Schultern. „Nö. Ich sage bloß die Wahrheit.“
Fee warf Nova einen vielsagenden Blick zu.
Nova war verwirrt. Avons Worte taten ihr tatsächlich ein bisschen gut. Wieso sollte es sie kümmern, was eine Viola Schnattergans Alcott erzählte?

„Okay, dann schauen wir eben nach, was Fitz schreibt“, sagte Nova.
Die drei Mädchen setzten sich auf Novas Bett. Zögernd holte Nova ihr Handy aus der Tasche, rief die MyFace-Seite auf und ging auf Fitz’ Profil. Seine letzte Statusmeldung war von gestern.

Kleine Schwestern sind manchmal echt ätzend! Vor allem, wenn sie einen in die Stadt locken, um einen mit ihrer besten Freundin zu verkuppeln! #blödermisttag

Darunter standen einige Kommentare von Fitz’ Schulfreunden. Nova scrollte auf der Seite herunter.

Weiber! Los, komm Fußballspielen!

Mein Beileid!

Fee stupste Nova an. „Siehst du! Fitz hatte gar kein Date mit Emma! Viola hat das eingefädelt. Von wegen Traumpaar! Das war eine miese Verkupplungsaktion!"
„Diese Viola ist ja noch durchgeknallter, als ich dachte", bemerkte Avon.
Das sagt ja genau die Richtige, dachte Nova.
„Dann steht deinem romantischen Freizeit-Wochenende mit Fitz ja nichts mehr im Weg!", freute sich Fee.
Ach ja, das Freizeit-Camp! Daran hatte Nova vor lauter Sorgen um ihre Eltern überhaupt nicht mehr gedacht.
„Was denn für ein romantisches Wochenende?", fragte Avon neugierig nach.
„Die Schule veranstaltet ein Abenteuer-Camp in der Wildnis", sagte Nova.
„Wow!", rief Avon.
„Fitz ist dabei und Nova möchte unbedingt hin", erklärte Fee.
Nova warf Fee einen mahnenden Blick zu. Avon musste nicht alles wissen!
Doch Fee plapperte einfach weiter. „Das wird ein richtiger Survival-Trip, voller Action! Mit Klettern, Wildwasser-Rafting und allerhand coolem Zeug."
Avon sah Nova ungläubig an. „Das hätte ich dir gar nicht zugetraut, Nova."

Ich mir auch nicht, dachte Nova beklommen.

„Ha! Du hast Angst, oder?“, fragte Avon, als hätte sie Novas Gedanken gelesen.

Genau ins Schwarze getroffen!

„Gar nicht“, flunkerte Nova. „Ist doch easy!“

Avon hob skeptisch eine Augenbraue. „Du bist eine schlechte Lügnerin.“

„Ja, okay. Du hast recht“, gestand Nova. „Ich hab totale Panik! Ich bin so ein Tollpatsch! Wetten, ich falle hin, sobald ich auf dem Parkplatz aus dem Auto steige? Dann verstauche ich mir den Fuß und Fitz steigt doch mit Emma in ein Boot, weil er checkt, dass sie besser zu ihm passt … Oder ich plumpse ins Wasser! Oder ich verliere das Paddel oder …“

„Luft holen, Nova!“, sagte Avon.

Nova sank in sich zusammen. „Ich schaff das nie!“

Avon rieb sich nachdenklich das Kinn. „Du kannst doch schwimmen?“

Nova nickte.

„Siehst du, schon mal ein Pluspunkt.“

„Und du bist gut in Mathe!“, warf Fee ein.

„Toll. Und was nützt mir das in der Wildnis?“, entgegnete Nova.

„Na ja …“, sagte Avon, „falls du dich zum Beispiel auf hoher See verirrst, könntest du dich selbst zurück nach Hause

navigieren. Diese ganzen Seefahrerkarten basieren ja auch auf mathematischen Berechnungen … Tollpatsch hin oder her, du bist nicht dumm."
Ein Kompliment von Avon? Wow. Nova musste träumen.
„Los, lasst uns Nova wildnistauglich machen!", rief Avon begeistert.
Dass ihr Zwilling für alles zu haben war, was mit Abenteuer und Gefahr zu tun hatte, wunderte Nova nicht im Geringsten.
„Wir haben irgendwo im Keller noch Kisten mit altem Campingzeug", sagte Nova. „Vielleicht können wir was davon gebrauchen."
„Super Idee!" Fee klatschte in die Hände. „Dann geht ihr in den Keller und ich suche im Internet so lange nach coolen Survival-Tutorials. Da gibt es bestimmt einen Haufen Videos!"

***

Nova und Avon gingen in den Keller, in dem Mr und Mrs Stark so viel Kram horteten, dass es unmöglich schien, das zu finden, wonach man suchte. Es war staubig und die Glühbirne an der Decke flackerte unheilvoll. Novas Blick fiel auf eine der Kisten, in denen Sir Fox gewühlt hatte.

Avon sah sich staunend um.

„Mum und Dad könnten einen eigenen Trödelmarkt aufmachen“, sagte Nova. „Sie werfen so gut wie nie etwas weg.“

Avon schob ein paar rostige Metallgitter beiseite. „Was ist *das* denn, bitte?“

Nova starrte auf die kaputte Büste, auf die Avon zeigte. Ihr fehlte die Nase. „Oh Gott …“

Ihr Zwilling fing an zu lachen. „Wer das schrägste Teil findet, darf Fee einen Streich spielen!“, schlug Avon vor. „Bist du dabei?“

„Wie wäre es damit: Wer das schrägste Teil findet, darf es behalten“, erwiderte Nova. Sie würde Fee ganz bestimmt nicht zum Spaß veräppeln!

„Auch gut“, sagte Avon.

Die Mädchen wühlten sich durch allerlei Zeug: alte, leere Bilderrahmen, eine Holztruhe voller bemalter Porzellanmasken, Einmachgläser mit getrockneten Kräutern, löchrige Töpfe, Teile eines zerbrochenen Besens, muffige Bücher, die Messingfigur eines Engels, ein altes Kinderrad, einen Haufen Kabel und eine Garnitur ausrangierter Gartenmöbel.

Nova entdeckte die Tür, die zum Heizungsraum führte. Ob sie dahinter fündig wurde? Ja!

Da stand die Kiste mit dem Campingzeug! Nova schleifte sie über den Boden, weil sie viel zu schwer zum Tragen war.
„Ich habe was gefunden!“, verkündete sie.
„Und ich habe gewonnen!“, sagte Avon stolz. „Das ist nicht mehr zu toppen!“
Avon hielt ein ganz altes Foto von Mr und Mrs Stark hoch. Novas Eltern sahen unheimlich jung aus. Mrs Stark trug ein knallpinkes Kleid und war geschminkt wie ein Paradiesvogel, und Mr Stark trug Schnäuzer und Wattebausch-Frisur. Absolut schräg!

Nova musste schlucken, als sie das Bild sah. Ihre Eltern waren wirklich ganz schön durchgeknallt, aber sie vermisste sie so sehr! Trotzdem sagte sie tapfer: „Okay, du hast gewonnen. Hilfst du mir mit der Kiste?“
Gemeinsam wuchteten sie die Kiste die Treppe hoch und ins Wohnzimmer.
Fee grinste breit. „Ich habe massenhaft Survival-Videos gefunden.“
„Und wir ein bisschen Ausrüstung“, sagte Nova.
Die Mädchen machten es sich zu dritt auf dem Sofa gemütlich. Dann spielte Fee das erste Video ab.
Dramatische Musik. Überall Wald. Eine wackelnde Kamera, die das Gesicht eines blonden Mannes zeigte. „Hallo

zusammen! Mein Name ist Sir Vival. Gerade befinde ich mich auf einem zweiwöchigen Trip durch den *Dalby Forest.* Hier lauern allerhand Gefahren“, sagte er mit tiefer Stimme – und rannte prompt gegen einen Baum.

Avon lachte los. „Was ist das denn für ein Trottel! Klick mal weiter, Fee.“

Video Nummer 2. Dieses Mal von einer jungen Frau in

Tarnkleidung. Sie brüllte im Feldwebelton: „WILLKOMMEN IM SURVIVAL-BOOTCAMP DER …“

„Um Himmels willen! Weiter!“, rief Nova und hielt sich die Ohren zu.

Das dritte Video stammte von einer Gruppe Pfadfinder, die Tricks für ein tolles Camping verrieten. Ziemlich cool!

Nova staunte nicht schlecht, als eines der Mädchen mithilfe einer Schale Wasser, einem trockenen Blatt und einer Stecknadel einen Kompass baute. Ein Junge zeigte, wie man mit Wachs Streichhölzer wasserfest machte. Ein wahrlich waschechtes Pfadfinder-Einmaleins!

„Für den Fall, dass sich jemand verläuft, sollte man immer ein auffälliges Kleidungsstück im Gepäck haben“, sagte ein Mädchen, das etwa in Novas Alter war. „In meinem Rucksack steckt deshalb immer ein leuchtend oranges Shirt.“

„Da muss ich mir wohl was von dir leihen, Fee“, sagte Nova lachend. „Dein Kleiderschrank gibt da mehr her.“

Das nächste Video war von einem bekannten Naturforscher, den Nova sogar schon mal im Fernsehen gesehen hatte. „Eine vollständige Liste aller überlebenswichtigen Utensilien findet ihr auch auf meiner Website", sagte der Mann in freundlichem Ton. „Vorbereitung ist alles!"
Nova notierte sich die Webadresse auf einem Notizblock.
„Ganz schön viel Theorie", seufzte sie.
„Dann ist es ja gut, dass ich draußen im Garten schon mal ein paar Trockenübungen vorbereitet habe!", sagte Fee schwungvoll. „Ein paar davon sind meine eigene fee-tastische Erfindung!" Fee hob stolz den Kopf. „Schließlich lauern in den Wäldern nicht nur normale, sondern auch paranormale Gefahren!"
„Oje", hörte Nova Avon murmeln.
Ausnahmsweise war Nova derselben Meinung wie ihr Zwilling. Fees fee-tastische Einfälle endeten meistens im Chaos. Da musste Nova nur wieder an den Antifluchzauber denken: Sie hatte ihre Lieblingsschuhe geopfert, in Popelbrühe gebadet und ein stinkendes Gebräu runtergewürgt – alles im Namen der Magie. Fee hatte manchmal echt irre Ideen.
„Mir nach, ihr lahmen Enten!", rief Fee.
Nova staunte nicht schlecht, als sie in den Garten kamen. Fee hatte einen richtigen Parcours aufgebaut, der ein biss-

chen an das bescheuerte Zirkeltraining bei Coach Henderson erinnerte. Nicht schlecht! Wie hatte Fee das in so kurzer Zeit geschafft?

„Wir fangen mit was Leichtem an“, sagte Fee. „Wett-Trinken.“ Sie deutete auf drei Wasserflaschen, die im Gras lagen. „In der Wildnis ist es wichtig, viel zu trinken, damit man nicht dehydriert. Sonst macht man schlapp und verliert das Bewusstsein.“

„Aber da geht es doch nicht um Schnelligkeit“, wandte Nova ein.

„Normalerweise nicht“, erwiderte Fee. „Aber in der Wildnis gibt es auch Schluckmorcheln, und wenn die Wasser riechen, dann fühlen sie sich bedroht und greifen einen an.“

„Sind Morcheln nicht so was wie Pilze?“, fragte Avon.

„Schluckmorcheln wollen, dass man *denkt*, sie seien Pilze“, sagte Fee. „Dann – *schnapp!* – Finger ab!“

„Killerpilze?“, fragte Nova ungläubig.

„Könnte man so sagen.“

„Aber wenn wir viel trinken, müssen wir doch irgendwann aufs Klo“, überlegte Nova. „Beißen die mir dann auch in den Po, so wie deine magischen Kaulquappen, wenn ich mal muss?“

„Nur wenn du einer auf den Kopf pinkelst“, kicherte Fee.

„Das ist aber unwahrscheinlich. Die haben einfach Angst vor Wasser und wollen auf keinen Fall nass werden.“
„Und wenn es regnet?“, fragte Nova. „Was machen die dann?“
„Dann stellen sie sich natürlich irgendwo unter“, sagte Fee ernst.
Nova bekam allmählich Zweifel an Fees Geschichte.
„Dann auf die Plätze, fertig, Wett-Trinken!“, rief Avon und griff sich eine Flasche.
„Hey!“, rief Nova. „Wir waren noch nicht bereit!“
Gluck! Gluck! Nova und Fee versuchten Avon einzuholen, aber sie war als Erste fertig.
„Nächste Station!“, rief Avon und ging weiter. Zu ihren Füßen lagen ein paar blaue Säcke. „Sind das Müllsäcke?“
„Nachts kann es sehr kalt werden“, sagte Fee. „Um sich warm zu halten, kann man seine Kleider mit Laub, Gras, Moos und anderen Sachen ausstopfen. Genau wie diese Säcke. Die sind dann ein prima Schlafsack-Ersatz. Ich dachte, wir probieren das mal aus.“
„Was? Bäh! Nachher stopf ich mir noch irgendwelche Käfer in den Pullover!“, sagte Avon geschockt.
Nova sah Avon mit einem herausfordernden Lächeln an, sagte aber nichts.
„Ich meine … klar, cool“, schob Avon nach.

„Wir können beim Blättersammeln auch gleich schauen, ob wir was Essbares finden“, schlug Fee vor. „Falls uns der Proviant ausgeht.“

„Was sollen wir denn hier Essbares finden?“, fragte Avon angewidert. „Ameisen?“

„Ameisen sind sehr nahrhaft“, dozierte Fee. „Sie enthalten viel Eiweiß, Kalzium und Eisen.“

„Lecker“, brummte Avon. Dann fingen ihre Augen plötzlich an zu funkeln. „Und was ist, wenn eine Schlange durchs Unterholz kriecht und uns beißt?“

Fee schluckte schwer. „W-w-was?“

„Vielleicht ist sogar eine hier im Garten!“, sagte Avon.

Fee quiekte und klammerte sich an Novas Arm fest.

„Kein Problem!“, sagte Nova rasch. Sie wusste, wie sehr sich Fee vor Schlangen fürchtete. Und Avon wusste das auch! „Wir bauen einfach einen Schlangenzaun um unser Zelt. Aus Draht. Das ist ganz leicht!“ Sie sah Avon streng an.

„Klar doch“, sagte die schnell.

„Giftige Schlangen gibt es außerdem nur in bestimmten Regionen, in Australien und so, aber ganz sicher nicht in Richmond“, beruhigte Nova ihre Freundin.

„Besserwisserin“, nuschelte Avon.

Fee schüttelte sich. „Können wir wieder reingehen?“

„Und was ist mit den anderen Übungen?“, fragte Avon. Ein paar Sachen lagen noch im Gras.
„Mir ist kalt, ich will auch wieder rein“, kam Nova Fee zu Hilfe.
Damit war Avon überstimmt. Widerwillig folgte sie Nova und Fee ins Haus.

***

Im Wohnzimmer machten sich die Mädchen über die Kiste aus dem Keller her.
Nova zog ein paar Schwimmflügel heraus. Staub wirbelte hoch und sie musste niesen. „Die brauchen wir schon mal nicht“, sagte sie.
„Was ist damit?“ Fee zog an etwas, das wie eine Plane aussah.
„Ooooh, eine alte Luftmatratze!“, rief Nova. „Da haben wir unser Schlauchboot!“
„Hier gibt es aber keinen See oder Fluss“, sagte Avon.
„Na und? Dann rutschen wir eben die Treppe runter!“, rief Fee. „Das habe ich mal in einem Film gesehen“, sagte sie. „Sah lustig aus. Und das wäre doch die perfekte Vorbereitung fürs Wildwasser-Rafting!“
„Das ist doch viel zu gefährlich!“, rief Nova empört.

„Hast du etwa Angst?", fragte Avon. „Dann solltest du vielleicht wirklich lieber zu Hause bleiben. Es heißt ja nicht umsonst *Wild*wasser. Das ist wild und gefährlich und dafür muss man echt mutig sein."

„Die Luftmatratze ist bestimmt kaputt", sagte Nova hoffnungsvoll.

Avon zog eine Luftpumpe aus der Kiste. „Lasst es uns herausfinden."

Abwechselnd pumpten die Mädchen Luft in die alte Matratze. Sie war heil. Leider. Und aufgeblasen hatte sie wirklich etwas Ähnlichkeit mit einem kleinen Schlauchboot.

Nova war immer noch skeptisch. „Dann brauchen wir aber irgendwas zum Schutz! In der Doku, die ich neulich gesehen habe, hatten die auch Helme auf! Sekunde!"

Nova eilte in den Schuppen und holte drei Fahrradhelme. Dann rannte sie ein weiteres Mal in den Keller und kam wenig später mit Knieschonern zurück, die noch aus der Zeit stammten, als Nova regelmäßig mit ihren Eltern Inlineskaten gewesen war.

Fee rutschte die ganze Zeit der viel zu große Helm von Mr Stark ins Gesicht. Die Schoner waren ihr ebenfalls zu groß, aber für die Trockenübung würde es schon gehen.

„Und jetzt?" Nova war aufgeregt. „Einfach die Treppe runter?"

Avon blickte prüfend zur Luftmatratze. „In der Kiste waren auch noch Stricke. Wir binden welche an die Ecken zum Lenken und Festhalten“, beschloss sie. „Dann geht’s.“
„Und wir brauchen ganz viele Kissen!“, sagte Fee. „Die legen wir unten an die Treppe.“
„Gute Idee“, sagte Nova.
Avon schnappte sich Fees Handy, das noch auf dem Wohnzimmertisch lag. „Zu Wildwasser-Rafting gibt es ein Tutorial für Anfänger. Guckt mal!“
Nova und Fee stellten sich hinter Avon und Avon drückte auf Play.
Schon allein das Rauschen des Flusses machte Nova nervös.
Die Kamera schwenkte zur Seite und zeigte einen Mann, der am Ufer stand. „Hier kommen die drei wichtigsten Regeln für Anfänger“, sagte er. „Erstens: Schwimmweste und Helm sind Pflicht. Zweitens: Jeder Teilnehmer muss schwimmen können. Drittens: Wildwasser-Rafting ist Teamarbeit!“ Dann machte der Rafting-Guide einige Übungen auf dem Trockenen vor.
Nova holte ein paar Regenschirme aus dem Flur, damit sie nachahmen konnten, wie man ein Paddel richtig hielt und es im Wasser bewegte.
Gar nicht so schwer! Nova fühlte sich bereit!

Nova, Fee und Avon zogen die Luftmatratze die Treppe hoch.

„Ich sitze vorne!“, entschied Avon sofort.

Sollte sie doch! Nova wollte auf keinen Fall vorne sitzen! Sie landete in der Mitte und Fee ganz hinten. Als sie alle saßen und sich aneinander und an den Stricken festhielten, wurde es ernst.

„Oh. Das geht aber ganz schön steil runter“, sagte Fee, die an Nova vorbeigelugt hatte.

„Rückzieher machen gilt nicht!“, sagte Avon. „Auf drei. Eins! Zwei! *Drei!*“

Alle stießen sich gleichzeitig mit den Füßen ab und die Matratze rutschte über die Kante der obersten Treppenstufe. Schnell die Beine einziehen, gut festhalten und – *wusch!*

„UAAAAAAAAAAAAAH!“, schrien die Mädchen im Chor, als die Matratze hopsend nach unten sauste. Sekunden später purzelten sie auf den Kissenberg am Fuß der Treppe.

Fee sprang gleich wieder auf. „Noch mal!“

„Au ja!“, rief Avon begeistert.

„Ja!“, rief auch Nova. Ihre Wangen glühten vor Freude und ihr Herz raste vor Glück. Das hatte echt Spaß gemacht! Also los! Treppe hoch, auf die Matratze und Runde zwei! Dieses Mal sausten sie noch schneller die Treppe runter.

Im Nu hatten die Mädchen den Dreh raus: Gewicht verlagern, Körper anspannen und ab ging die Post! Ein irres Gefühl! Wenn es sich so anfühlte, auf Wellen zu reiten – genial!

Irgendwann kam Avon auf die Idee, abwechselnd zu rutschen und dabei die Zeit zu stoppen. Was Schnelligkeit anging, hatte Fee die Nase vorn. Weder Nova noch Avon schafften es an Fees Bestzeit heran. Dafür vollführte Avon die gewagteren Manöver.

Als Fee wieder an der Reihe war, gab es einen lauten Knall. Die Luftmatratze war geplatzt!

Nova und Avon kugelten sich vor Lachen. Fee lag halb auf der platten Matratze, hatte einen Schuh verloren und Helm und Haare hingen ihr im Gesicht. Fee sah aus wie eine Elfe nach einer Bruchlandung.

„Hört auf zu lachen!", rief Fee beleidigt.

Aber als Nova und Avon ihr auf die Beine halfen, grinste sie schon wieder.

Fee lief ins Wohnzimmer, schnappte sich einen der Regenschirme und reckte ihn in die Höhe. „Ich fordere euch zum Duell heraus, um meine Ehre wiederherzustellen!"

„Na, warte!" Avon griff sich einen der herumliegenden Schirme und hielt ihn wie einen Degen gezückt. „*En garde!* Ich mache dich platt, Fee!" Avon streckte Fee frech die

Zunge raus und piekte sie mit der stumpfen Spitze des Regenschirms ins linke Bein.

„Ich bin getroffen!“, rief Fee theatralisch und ließ sich auf den Boden fallen.

„Keine Bange! Ich rette dich!“, rief Nova und stürzte sich ins Kampfgetümmel.

Klonk! Klonk! Klonk! Ein neues Duell war entbrannt!

Nova und Avon jagten sich lachend durchs Wohnzimmer. Nova sprang nach Atem ringend auf die Couch und wehrte einen neuen Angriff von Avons Regenschirm ab. Als Fee das Zusehen zu langweilig wurde, warf sie ein Kissen.

Tschüss, Regenschirme! Hallo, Kissenschlacht!

Avon verschanzte sich kreischend hinter der Couch, als Fees zweites Kissen sie am Kopf traf. Nova fing das nächste Kissengeschoss auf und feuerte es zurück. Was für ein Spaß!

Irgendwann lagen die drei keuchend am Boden. Das Wohnzimmer sah wirklich aus wie ein Schlachtfeld. Egal!

„Ich bin fix und fertig“, japste Nova.

„Ich auch“, stöhnte Fee.

„Völlig erledigt“, schnaufte Avon.

Nachdem alle wieder zu Atem gekommen waren, holte Nova ein paar Süßigkeiten aus dem Geheimversteck ihrer Mutter und die drei Mädchen lümmelten sich auf die Couch.

„Ich hätte jetzt Lust auf einen richtig coolen Horrorfilm“, sagte Avon.
„Apropos Horrorfilm!“, bemerkte Fee. „Avon, was ist das Lieblingsessen von Zombies?“
„Keine Ahnung.“
„Du!“
„Ha, ha.“
„Ich hab noch einen!“, rief Fee. „Wieso mögen Geister keine Mumien?“
„Weiß nicht“, sagte Avon.
„Weil Mumien immer schief gewickelt sind!“
Oh Mann. Wenn Witze erzählen ein Schulfach wäre, würde Fee glatt durchfallen!, dachte Nova grinsend. Aber dafür war Fee in vielen anderen Sachen die Beste. Zum Beispiel im Luftmatratzen-Rafting. Und im Freundinsein.

21

SPÄTER hatten alle mächtig Appetit auf etwas Herzhaftes, und Nova beschloss, von ihrem letzten Taschengeld Pasta für alle zu spendieren. Von Pizza hatte sie inzwischen die Nase voll und die Idee kam bei den anderen gut an. Sie ging in die Küche und holte ihr Handy aus ihrer Schultasche. Darin war noch die Website vom italienischen Lieferservice eingespeichert.

Nova tippte die Bestellung in das Online-Formular und drückte auf Senden.

Da kam Fee in die Küche.

„Übrigens: Danke, Fee!", sagte Nova. „Für das coole Überlebenstraining und überhaupt … Ich weiß zwar nicht, ob ich es in der echten Wildnis auch alleine schaffe, aber …"

„Das musst du nicht", unterbrach Fee sie.

„Ja, ich weiß, Fitz ist da. Trotzdem …"

Fee lächelte. „Nein, Nova. Ich komme auch mit. Ich lass dich nicht allein."

„Und was ist mit diesen komischen Mondlichtwürmern? Ich dachte, die sind voll selten?“
„Was sind schon Mondlichtwürmer, wenn meine beste Freundin mich braucht?“
„Echt, Fee? Aber du hast doch gesagt, die schlüpfen nur alle sieben Jahre …“
„Prioritäten, Nova!“, sagte Fee und zwinkerte ihr zu.
Nova fiel ihrer Freundin stürmisch um den Hals. „Danke, danke, danke!“

„Hauptsache, du vergisst den Draht für einen Schlangenzaun nicht!“
„Haha! Auf keinen Fall!“
„Avon sucht übrigens gerade einen Film aus“, sagte Fee.
„Oh nein!“, rief Nova erschrocken. „Was soll das denn für ein Film werden? ‚Die Rache der bösen Zwillingsschwester‘?“ Nova verzog das Gesicht. „Ich hasse Horrorfilme!“
„Das hab ich ihr auch schon gesagt“, erwiderte Fee grinsend. Dann wurde sie nachdenklich. „Sie ist irgendwie echt … anders.“
Nova spähte ins Wohnzimmer. Avon starrte gebannt auf Novas Laptop und schien sich nicht für einen Film entscheiden zu können. Sie schürzte die Lippen – genau wie Nova, wenn sie hoch konzentriert war. Ja, Fee hatte recht. Avon war anders.

„Ich würde ihr gerne alles erzählen“, meinte Nova. „Aber …“
„… wir sollten noch etwas warten“, beendete Fee den Satz.
„Das denke ich auch.“
„Wir sind ein tolles Team“, sagte Nova. „Ich bin froh, dass ich dich habe, Fee!“
„Ich bin auch froh, dass ich dich habe, Nova. Und deine Eltern bekommen wir auch wieder. Versprochen!“

***

Eine halbe Stunde später wurde die Pasta geliefert. Beim Essen schauten die Mädchen dann doch eine Komödie, in der eine Gruppe Freundinnen an einer wilden Schnitzeljagd teilnahm. Sie traten gegen die fiese Schulclique an und gaben alles, um zu gewinnen. Dafür mussten sie sogar die Unterhose eines süßen Mitschülers direkt aus seinem Haus klauen! Zum Schießen!
„Ihr habt es so gut“, sagte Avon plötzlich. „Leckeres Essen, Filme – was für ein Leben!“
„Wo genau kommst du eigentlich her?“, wagte sich Fee vor.
Avons Miene wurde traurig. „Von einem dunklen Ort“, flüsterte sie leise.
Nova musste an ihre Albträume denken. Sie hatte sich so

verloren gefühlt, wie in einer fremden Welt … Avon war ihr immer noch ein großes Rätsel, und dennoch schien es, als wäre ein kleiner Teil von ihr ein ganz normales Mädchen mit Ängsten und Sorgen – genau wie Nova. Mit einem Mal tat ihr Avon leid. All die schlimmen Dinge, die sie getan hatte, waren nicht mehr zu ändern, aber vielleicht konnte sie ja sich selbst ändern?

Nova wurde aus ihren Gedanken gerissen, als Fees Handy klingelte. Irgendein Popsong dröhnte volle Möhre aus der Küche. Fee stöhnte genervt. „Gerade, wo es spannend war!“

„Du hast vergessen deiner Mum Bescheid zu sagen!“, fiel Nova ein. „Oh, oh!“

Fee machte eine Miene, als hätte sie eine Schlange gesehen. „Neiiiiin!“ Sie stand auf und lief in die Küche, um den Anruf entgegenzunehmen. Nova hielt den Film an.

„Wir könnten ein bisschen aufräumen, während Fee telefoniert“, schlug Nova vor. Neben Avon sitzen und schweigen? Lieber nicht! Sonst bekam Nova noch mehr Mitleid …

Nova und Avon fingen im Flur an und räumten die Kissen weg, die Regenschirme in den Ständer und das Campingzeug zurück in die Kiste. Dann gingen sie hinaus in den Garten. Draußen war es inzwischen dunkel und kalt geworden.

„Wie ist das eigentlich passiert, mit deinen Eltern?“, fragte Avon. „Wie sind sie verschwunden?“ Der Wind frischte auf und die Schaukel am Baum quietschte.

„Ein Zauber ist schiefgegangen“, erwiderte Nova knapp. Avon musste nicht alle Details kennen. Noch nicht.

Ihr Zwilling starrte Nova mit großen Augen an. „Oh nein …“ Avon rieb sich hektisch übers Gesicht. Sie machte sich echte Sorgen um Mr und Mrs Stark! Nova war völlig überrumpelt. So ein Gefühl konnte man nicht vortäuschen! Vielleicht war es nun doch an der Zeit, Avon in ihre Pläne einzuweihen.

„Aber du kannst sie vielleicht zurückbringen“, begann Nova.

„So stark bin ich nicht“, antwortete Avon.

„Nicht du allein. Fee und ich haben …“ Nova zögerte und ihre Gedanken rasten. Wie konnte sie nur sichergehen, dass Avon das Carmody-Amulett nicht missbrauchen würde? Könnte Fee vielleicht ein Wahrheitsserum brauen? Nein, das würde viel zu lange dauern. Nova wollte endlich ihre Eltern zurück! Es musste eine andere Möglichkeit geben.

„… wir haben ein magisches Wunschamulett“, sagte sie schließlich. „Es erfüllt demjenigen einen Herzenswunsch, der fest an Magie glaubt.“

„Oh! Echt?“ Avon bekam leuchtende Augen. Dann nickte

sie heftig. „Klar! Lass es uns versuchen! Aber … wenn du ein Wunschamulett hast, wieso benutzt du es nicht?“
Nova senkte beschämt den Kopf.
„Nein!“, stieß Avon aus. „Damit hast du sie weggewünscht!“
„Ich bin nicht stolz drauf“, sagte Nova traurig. „Und Fee …“
„Lass mich raten: Sie hat ihren Wunsch auch schon verpulvert.“
Nova nickte. Avon war echt verdammt schlau, das musste man ihr lassen!
„Und darum braucht ihr mich.“
Nova sah Avon direkt in die Augen. „Ja, darum brauchen wir dich.“
Avon warf Nova einen merkwürdigen Blick zu. Spürte sie etwa, dass Nova sie hinhielt?
In diesem Augenblick kam Fee in den Garten. „Leute, meine Mum meinte, ich darf heute bei dir schlafen, Nova. Sie hat zwar voll gemeckert, dass ich mich nicht gemeldet habe, aber ich konnte sie trotzdem überreden. Na, was sagt ihr dazu?“
„Cool!“, rief Nova.
„Ja, voll cool“, sagte Avon.
Fee sah zwischen den beiden hin und her. „Habe ich irgendwas verpasst?“

***

„Du willst uns also wirklich helfen Novas Eltern zurückzuzaubern?“, fragte Fee.

„Ich tue alles, was ihr wollt!“, sagte Avon und sah Nova und Fee reumütig an. „Ich habe ja auch noch einiges wiedergutzumachen …“

„Danke, Avon!“ Fee klatschte begeistert in die Hände.

Nova steckte eine Hand in ihre hintere Rocktasche. „Du darfst dich nicht verplappern. Du hast nur einen einzigen Wunsch“, sagte Nova eindringlich. „Versprochen, Avon?“

Avons Lächeln wurde breiter. „Versprochen, Nova! Hoch und heilig! Und nun gib her!“

„Juhu!“, rief Fee aufgeregt. „Gleich kannst du deine Eltern fest umarmen, Nova!“

Nova würde nichts lieber tun als das …

Nova zog eine Kette mit einem Anhänger hervor. Der Anhänger bestand aus einem ovalen, flachen Smaragd in einer filigranen Goldfassung. Nova hatte die Kette schon seit Tagen mit sich herumgetragen. Ihr war der Verschluss abgebrochen, darum hatte sie sie eingesteckt und vergessen – bis eben.

Sie hielt Avon die Kette hin. „Das Carmody-Amulett, bitte sehr.“

Fee öffnete den Mund, aber da entfuhr Avons Kehle ein freudloses Lachen. Mit flinker Hand riss sie Nova die Kette weg. Gierig schlossen sich ihre Finger darum.

Avons Augen verengten sich zu Schlitzen. Jede Freundlichkeit war aus ihrem Gesicht verschwunden. Als hätte ihr jemand eine Maske heruntergerissen.

„Ihr seid dumme, dumme Mädchen!“, schrie sie gehässig. „Ein bisschen Nettsein, ein bisschen auf die Tränendrüse drücken, und ihr glaubt mir alles! Habt ihr mir die Nummer echt abgekauft?“ Avon funkelte Nova und Fee hämisch an. „Ein Wunsch? Den könnt ihr haben! *Ich wünsche mir von Herzen*, Nova Stark möge auf immer und ewig verschwinden! Ihr Leben soll *mir* gehören!“

22

246 VON draußen ertönte ein lautes Donnern, wie von einem Gewittergrollen.

Avon war außer sich. „Jaaaaaa!“, kreischte sie. „Der Zauber wirkt!“

Nova räusperte sich. „Hallo?“

Avon starrte Nova entsetzt an. „Du bist ja immer noch da.“

„Und daran wird sich auch nichts ändern!“, rief Nova. „Magie? Pustekuchen! Die Kette war ein Geschenk von meiner Oma.“

„Du hast mich reingelegt!“, kreischte Avon. Sie starrte das angebliche Amulett wütend an und pfefferte es in die Ecke. „Du verlogene, kleine …“

„Jetzt halt aber mal den Rand!“, brauste Fee auf. „*Du* hast *uns* reingelegt! *Du* hast *uns* angelogen! *Du* bist böse!“

Woah, Fee konnte aber ganz schön abgehen, wenn sie sauer war!

Nova stellte sich neben ihre Freundin. Zwei gegen eine.

„Ich schäme mich richtig, dir geglaubt zu haben“, sagte Fee. „Ich dachte echt, du hättest dich geändert! Mit uns Spaß gehabt! Dabei war das alles nur ein supermieser Trick!“
„Wo ist das echte Amulett? Gebt es mir!“ Avon erlitt einen richtigen Tobsuchtsanfall. Doch mit Fee an ihrer Seite fürchtete Nova ihre Doppelgängerin kein Stück.
„Du bekommst das Amulett nie“, sagte Nova.
„Her damit, Nova! Oder ich werde … ich werde …“
„Uns verhexen?“, half Fee ihr aus. „Dann mal los.“ Trotzig verschränkte Fee die Arme vor der Brust. Nova machte es ihr nach und setzte eine grimmige Miene auf. Avon würde sie nicht mehr einschüchtern!
Avon machte einen Satz nach vorn, aber Nova und Fee blieben eisern stehen und versperrten ihr den Weg aus dem Wohnzimmer. „Du hast das Amulett hier im Haus versteckt, jede Wette!“, schrie Avon und ballte die Hände zu Fäusten. „Ich finde es schon! Dazu brauche ich euch nicht!“
„Du wirst es niemals finden!“, schrie Nova zurück und strich unauffällig über ihre vordere Rocktasche.
Mit einem Mal wurde Avon ganz ruhig. Ihre Miene glich einer kalten, undurchdringlichen Maske. „Dann wirst du deine Eltern auch niemals finden.“
Nova schluckte schwer.

„Sie sind an einem dunklen Ort“, sagte Avon unheilvoll.
Novas Herz zog sich beklommen zusammen.
„Ich habe sie gesehen. Es geht ihnen gar nicht gut.“
„Du lügst doch!“, rief Fee.
„Ach ja?“, sagte Avon frostig. „Wie du meinst.“
„Du hast meine Eltern gesehen?“, fragte Nova zaghaft.
„Oooh jaaa“, säuselte Avon voller Genugtuung.
Plötzlich war in Nova jedes Gefühl von Überlegenheit verflogen. „Wenn sie in Gefahr sind, musst du mir sagen …“
„Ich muss gar nichts!“, unterbrach Avon Nova barsch. „Es sei denn …“ Avon machte eine unerträglich lange Pause. Nova hätte sie am liebsten gepackt und die Worte aus ihr herausgeschüttelt. „… du gibst mir das Amulett. Das *echte* Amulett.“ Avon hielt Nova eine Hand hin. „Na, was sagst du? Deal?“
Nova biss sich auf die Unterlippe. Was jetzt?
„Wieso sollten wir dir glauben, dass du Mr und Mrs Stark gesehen hast? Wir wollen einen Beweis!“, forderte Fee. „Stimmt doch, oder, Nova?“
Nova konnte nur zustimmend nicken. In ihrem Kopf rasten die Gedanken wie Schnellzüge hin und her. Ein dunkler Ort? So wie in einem ihrer Träume? Konnte es sein, dass …
„Beweise!“, spuckte Avon das Wort genervt aus. Dann trat

sie vor Nova und packte ihre Hände. Nova wollte noch zurückweichen, aber sie war wie erstarrt. Und plötzlich flackerten Bilder vor ihren Augen vorbei – so als würde jemand ein Fotoalbum zu schnell durchblättern. Nova blieb die Luft weg. Ein dunkler Ort. Wald. Nebel. Etwas daran kam ihr bekannt vor … Avon ließ Nova abrupt wieder los. Schwer atmend taumelte Nova nach hinten und stieß gegen Fee. Ihre beste Freundin sah Nova besorgt an.
„Was war das?“, flüstere Fee. „Ist alles okay?“
„Sie weiß etwas“, sagte Nova. „Sie hat mir Bilder gezeigt …“
Avon wusste, wo ihre Eltern waren.
„Wenn du mir das Amulett gibst, verrate ich dir, wo deine Eltern sind“, sagte Avon und grinste siegessicher.
Nova saß in der Zwickmühle. Sie wollte ihre Eltern retten, doch dafür brauchte sie Avon. Aber Avon war böse! Nicht auszudenken, was geschah, wenn sie die Macht des Carmody-Amuletts in ihren Händen hielt! Avon war noch hinterlistiger, als Nova es jemals für möglich gehalten hätte. Noch nie hatte Nova so viel Angst gespürt.
„Es geht nicht anders, Nova“, sagte Fee niedergeschlagen.
Nova starrte Fee entgeistert an. Nicht doch!
„Sehr vernünftig, Fee“, sagte Avon.
„Da gibt es nur ein Problem …“, fuhr Fee unbeirrt fort.

Sofort verengten sich Avons Augen wieder zu schmalen Schlitzen. „Ich lasse mich nicht noch mal reinlegen!“

Fee hob entschuldigend die Hände. „Natürlich nicht! Du bist ja viel cleverer als wir und hast uns ausgetrickst, Avon. Das echte Amulett ist nur leider nicht hier im Haus.“

„Wo habt ihr es versteckt?“, keifte Avon. „Raus mit der Sprache!“

„Das verraten wir dir, wenn du uns zu Novas Eltern geführt hast.“

Der Satz schlug ein wie eine Bombe. Für einige Sekunden war es totenstill. Draußen hörte man irgendwo eine Katze schreien.

Nova sah Fee überrascht an. Sie hätte ihre beste Freundin am liebsten vor Freude geküsst! Was für ein Einfall! Was für ein obergenialer Schachzug! Nun saßen sie wieder am längeren Hebel. Avon wollte das Amulett. Um jeden Preis. Sie hatten sie in der Hand. Hoffte Nova zumindest.

Avon durchbohrte Nova mit kalten grünen Augen. „*Schwöre*, dass ich das Amulett kriege, wenn ich dich zu deinen Eltern geführt habe“, knurrte sie. „Schwöre es … *bei ihrem Leben!*“

Oha.

„Ich … ich schwöre es beim Leben meiner Eltern“, sagte Nova, so überzeugend sie konnte, und sah Avon dabei tief

in die Augen, damit sie glaubwürdiger wirkte. Auf nichts anderes kam es gerade an. Avon *musste* ihr glauben.
Avon wandte sich ab und starrte aus dem Fenster in die Dunkelheit. Sie schien zu überlegen. War das ein gutes Zeichen?
„Super gemacht!“, flüsterte Nova Fee ins Ohr.
„Es ist riskant, aber unsere einzige Chance, deine Eltern zu finden“, flüsterte Fee zurück. „Und vielleicht können deine Eltern Avon ja dann wegwünschen … Irgendwas fällt uns bestimmt ein, okay?“
„Okay“, flüsterte Nova zurück. Einen besseren Plan hatten sie ohnehin nicht.
Avon wirbelte zu ihnen herum. „Ich führe euch zu Novas Eltern und ihr gebt mir das Amulett. Wenn nicht, werdet ihr am eigenen Leib erfahren, *wie böse* ich sein kann!“ Avon schnippte mit den Fingern und Funken stoben auf. „Ein krummes Ding, und ihr werdet euch wünschen, ihr hättet mich nie gerufen!“
Das wünschte ich jetzt schon, dachte Nova düster.

23

„NOCH eine Bedingung“, sagte Avon herrisch, nachdem Nova und Fee weitere hundert Male schwören mussten ihr das Amulett zu überlassen, sobald Novas Eltern gefunden waren. Avon zeigte auf Nova. „Wenn wir rausgehen, musst du dich verkleiden.“

„Wieso das denn?“, fragte Nova verdutzt.

„Weil ich als du gehen werde, als *Nova*“, bestimmte Avon.

Nova wurde flau im Magen. Sicher würde Avon sie wieder bis auf die Knochen blamieren – genau wie damals, als sie in Novas Namen peinliche Nachrichten auf Fitz' MyFace-Seite hinterlassen hatte. Dieses Biest!

„Wenn es sein muss“, gab Nova widerwillig klein bei. Sie würde alles aushalten, um ihre Eltern zu retten! Außerdem war Fee noch da, um das Schlimmste zu verhindern. Ja, Nova würde das schon schaffen!

„Wir haben aber keine Kostüme im Haus“, sagte Nova.

„Dann setzt du halt einen Karton auf oder wickelst dir

Alufolie um den Kopf, mir doch egal!", sagte Avon. „Ich werde jedenfalls als *einzige* Nova Stark dieses Haus verlassen. Kapiert?!"

Einen Karton? Alufolie? Na super! Man konnte wohl nicht böse *und* kreativ sein.

„Zu Befehl", erwiderte Nova, um Avon nicht noch mehr aufzuregen.

Avon warf Nova einen herablassenden Blick zu. „So. Und jetzt bring mir so viel Salz, wie du finden kannst."

Nova rührte sich nicht.

„Bist du taub? Ich sagte: Bring mir Salz. Jetzt, Supernova!"

Fee berührte Nova sanft am Arm. „Wir stehen das durch", flüsterte sie.

Nova nickte knapp. Ohne Fee wäre sie verloren gewesen! Sie huschte in die Küche und kam mit zwei großen Salzstreuern wieder. Avon hatte in der Zwischenzeit den Wohnzimmertisch und das Sofa verrückt. Sie rollte den Teppich beiseite, riss Nova einen der Salzstreuer aus der Hand und begann einen großen Kreis aus Salz auf den Boden zu streuen. Nova erinnerte sich daran, dass sie und Fee damals vor ihrem Zauberritual auch einen Kreis gemalt hatten, aber mit Kreide. Ein solcher Kreis diente zum Schutz oder um starke Magie zu bannen.

Was hatte Avon nur vor? Wollte sie dunkle Mächte heraufbeschwören? Und wollte Nova das überhaupt so genau wissen?

„Ich brauche noch ein scharfes Messer“, sagte Avon.

Nova zuckte zusammen. Sie fand ihren Zwilling auch ohne ein Messer in der Hand schon gruselig genug! Aber es half ja nichts. Also lief sie ein zweites Mal in die Küche und holte ein Messer.

Avon setzte sich in den Salzkreis und rammte das Messer in den Holzfußboden. Novas Eltern wären durchgedreht! Seelenruhig ritzte Avon mit der Messerspitze ein Zeichen ins Parkett – einen langen, geraden Strich und darüber einen kürzeren. Es sah aus wie ein krummes Kreuz. War das eine Rune? Fee trug ständig solche Symbole als Schmuck oder auf ihrer Kleidung. Dann zog Avon sich das Messer, ohne mit der Wimper zu zucken, über die Handinnenfläche und presste die blutige Hand auf das Zeichen. Mit geschlossenen Augen murmelte sie etwas Unverständliches vor sich hin.

Nova und Fee wechselten beunruhigte Blicke. Selbst Fee schien nicht zu wissen, was das hier werden sollte. Also warteten sie. Und warteten.

Absolut nichts passierte.

Avon schlug die Augen wieder auf und starrte ins Leere. Ihr war deutlich anzusehen, dass etwas nicht stimmte. Zeigte

ihr magisches Ritual etwa keine Wirkung? Oder war das alles nur eine dumme Show?
„Es klappt nicht!“, brauste Avon auf. „Wieso, zur Hölle, klappt das nicht?“
„Was soll das heißen, ‚es klappt nicht‘?“, fragte Nova ungeduldig.
„Meine Magie ist … blockiert!“ Avon stand der Schock förmlich ins Gesicht geschrieben. Mit zitternder Hand berührte sie das eingeritzte Symbol im Boden. „Das liegt sicher an dieser ätzenden Aura hier!“, schimpfte sie dann.
„Oder du willst uns gar nicht helfen!“, rief Nova verzweifelt. Sie packte Avon an der Schulter und in derselben Sekunde erfüllte ein Knistern die Luft. Novas Arm durchzuckte ein schmerzhaftes Kribbeln wie von einem Stromschlag und sie wich sofort zurück.
„Was soll das?“, rief Nova erschrocken.
„Das war ich nicht!“, verteidigte sich Avon.
„Hört auf zu streiten!“, rief Fee. „Seht ihr das denn nicht?“ Ihr Mund stand offen vor ehrfürchtigem Staunen.
„Der Salzkreis!“, entfuhr es Avon.
Und dann sah Nova es auch: Der Salzkreis war durchbrochen worden.
„Das war Nova“, erklärte Fee. „Versteht ihr nicht? Avon allein kann diese Art von Magie nicht wirken. Erst als Nova

Avon berührt hat, ist etwas passiert. Und der Schutzkreis hat sich geöffnet!“

Was redete Fee denn da für wirres Zeug?

„Nova!“, rief Fee nun aufgeregt. „Ein Schutzkreis öffnet sich nur für Personen, mit denen man verbunden ist, für Personen, welche die eigene Magie stärken. Das hatten wir doch alles schon mal! Zwei Hälften eines Ganzen! Wie die Acht, das Zeichen für Unendlichkeit! Die Magie der Doppelgänger!“

Nova stand noch immer auf dem Schlauch.

„Ich gebe es ja nur ungern zu“, sagte Avon zögerlich, „aber vielleicht hat sie recht.“

„Natürlich habe ich recht!“, erwiderte Fee – nun wieder ganz die selbstbewusste Expertin für Magie. „Darum seid ihr auch beide sichtbar geblieben! Dieses Mal hat nicht eine die Macht, wenn die andere verschwindet, sondern jede von euch hat einen Teil!“

„Magie der Doppelgänger?“, wiederholte Nova tonlos. Das klang alles extrem abgedreht – und sehr magisch.

„Jaaaaaaaa!“, kreischte Fee euphorisch los, als hätte sie gerade den Topf voller Gold am Ende des Regenbogens gefunden.

Nova legte nachdenklich die Stirn in Falten. „Aber … aber …“

Sie wagte es kaum, ihren Gedanken laut auszusprechen: Hieß das, sie musste mit Avon *gemeinsame Sache* machen? Nie im Leben! Man verbündete sich nicht mit fiesen Bösewichten wie Avon!

Novas Bedenken waren ihr offenbar deutlich anzusehen, denn nun machte Fee ein Oberlehrer-Besserwisser-Gesicht der allerschlimmsten Sorte. „Nova Stark, du willst doch deine Eltern retten, oder? Also musst du mit Avon zusammenarbeiten! Die Beweislage ist eindeutig!“

Die Beweislage ist eindeutig? Fee führte sich auf wie Sherlock Holmes! Nova hätte fast gekichert, wäre die Lage nicht so ernst gewesen. Sie hatte schon wieder richtig Bauchweh vor Sorge.

„Fee, bist du dir da auch *ganz* sicher?“

Fee nickte. „Da verwette ich sogar meine Schlurfmurpsmunz-Eierschalen-Sammlung drauf! Und die ist sauwertvoll, weil Schlurfmurpsmunzlinge nur ganz selten Eier legen und die Schalen hart wie Diamanten sind. Daraus lassen sich super Anhänger gegen Flüche machen. Einige Parawissenschaftler meinen sogar …“

„Himmel, jetzt sag schon Ja, Nova, ehe Fee uns beide noch totlabert mit diesem Schwachsinn!“, motzte Avon.

„Okay, okay!“, sagte Nova hastig.

„Danke!“, sagte Avon energisch. „Und nun noch mal fürs

Protokoll: Du verkleidest dich, wenn wir rausgehen, und ich kriege das Carmody-Amulett, klar?"

„Klar", antwortete Nova gepresst. Immerhin – die eine Hälfte ihres Versprechens war nicht gelogen. Nova hasste es, zu lügen.

„Zieh einen zweiten Salzkreis, Fee", sagte Avon im Kommandoton.

Fee schnappte sich den zweiten Salzstreuer und streute damit einen zweiten Kreis, der sich mit dem von Avon überschnitt. Die beiden Kreise sahen aus wie eine schief gelegte Acht.

Nova setzte sich in den Kreis hinein und reichte Avon die Hand. Avon griff sofort nach dem Messer.

„Nicht!", schrie Nova beim Anblick der Klinge entsetzt.

„Das ist ein Blutzauber, für den braucht man *Blut*", sagte Avon barsch. „Sei nicht so ein Baby, Nova."

„Das ist dunkle Magie", sagte Fee und schüttelte sich. „Blutzauber können schnell schiefgehen …"

„Um dunkle Orte aufzuspüren, braucht es eben dunkle Magie", erklärte Avon knapp. „Ihr könnt euch später noch in die Hose machen."

Fee kniete sich neben Nova und legte ihr eine Hand auf die Schulter. „Tapfer sein", flüsterte sie mitfühlend.

Tapfer sein!, redete sich jetzt auch Nova gut zu und schloss

die Augen. Blut konnte sie so gar nicht sehen! Dann spürte sie einen kurzen, brennenden Schmerz. Ihr wurde übel.
Als Nova die Augen wieder aufmachte, hatte Avon schon ein zweites Symbol in den Boden geritzt. Wieder ein krummes Kreuz.
„Was ist das für ein Zeichen?“, fragte Nova mit schwacher Stimme.
„Eine Namensrune“, erwiderte Avon.

„Und warum zweimal dieselbe?“
„Na, weil unsere Namen aus denselben Buchstaben bestehen“, antwortete Avon hörbar genervt. „Namen haben eine unheimlich große Macht …“ Avon schloss die Augen. „Los!“, befahl sie dann.
Los? Wie – ‚los‘? Wie ging es denn nun weiter? Nova war keine Zauberin oder Hexe! Woher sollte sie wissen, was sie jetzt tun musste?
Panisch machte sie einfach nach, was Avon tat: Sie legte ihre blutende Hand auf die Rune, mit der anderen umklammerte sie Avons freie Hand. Oh Gott, wieder dieses scheußliche Kribbeln! Nova spürte es überall. Von den Haaren bis in die Zehenspitzen. Nach einer Weile wurde das Kribbeln zu einer heißen Woge, die wie Lava durch sie hindurchströmte.
Nova war zu einer echten Supernova geworden!

Gleich würde sie vor lauter Hitze explodieren!

Als das glühende Gefühl, das ihr Herz umfing, sich legte, stockte ihr der Atem und dann … dann passierte noch etwas. Nova blinzelte mehrmals und empfand plötzlich eine angenehme Ruhe. Die Hitze wurde zu einem wohlig warmen Hauch, zart wie eine Feder auf ihrer Haut. Und plötzlich wusste sie, wo ihre Eltern waren. Sie konnte den Ort nicht benennen, ihn nicht sehen, sie *wusste* es einfach. Als hätte sich tief in ihrem Inneren ein Navigationssystem eingeschaltet. Der Drang, aufzustehen und aus dem Haus zu stürmen, war so groß, dass Nova nicht mehr stillsitzen konnte. Sie sprang auf – und der Bann brach. Das Bild verschwand.

„Hat es geklappt?“, fragte Fee aufgeregt.

Nova war kurz verwirrt. Das Gefühl, die *Gewissheit* … verschwunden.

„Du darfst meine Hand nicht loslassen!“, fuhr Avon sie an. „Muss man dir echt alles zehnmal sagen?“

Nova starrte verlegen auf ihre Füße. Dann streckte sie Avon beschämt ihre Hand wieder hin. „S-sorry.“

„Fee, hol uns ein Pflaster für unsere Hände“, sagte Avon in ihrem ultimativen Zicken-Befehlshaberton. „Und dann suchst du eine Verkleidung für Nova. Schnell! Wir können die Magie nicht ewig halten. Jetzt mach schon!“

Fee schnaubte genervt, gehorchte aber.
„Danke“, hauchte Nova kaum hörbar.
Fee nickte knapp.
Beide wussten, dass jetzt jede Sekunde zählte und dass sie darum auch in Kauf nehmen mussten von Avon schikaniert zu werden. Es war an der Zeit, Mr und Mrs Stark zu retten!

24

Es endete damit, dass Nova sich eine ganze Rolle Alufolie um den Kopf wickeln musste, in die sie Löcher für Augen, Mund und Nase hineinbohrten. Dazu trug sie ein Hemd von Mr Stark. Es war so viele Nummern zu groß, dass Nova aussah, als hätte sie sich ein Bettlaken umgehängt – ein scheußliches, braunes Bettlaken mit einem Käfermuster. Nicht mal ihre eigenen Schuhe hatte sie anbehalten dürfen. Avon hatte sie gezwungen die gelben Gummistiefel anzuziehen, die Nova seit dem Tag gehasst hatte, an dem ihre Mutter damit angekommen war. Das war kein Kostüm! Das war das Outfit des Schreckens! Wäre Nova damit über den Friedhof gelaufen, wären die Toten sicher aus ihren Gräbern gestiegen, um zu flüchten!
Avon gefiel das natürlich. Feixend beobachtete sie, wie Nova zur Bushaltestelle stolperte. Inzwischen war es dunkel und Nova konnte durch die Löcher kaum etwas sehen. Außerdem kratzte die Folie total auf der Haut!

Der Ortungszauber der Doppelgänger-Magie trug Nova wie eine flüsternde Stimme zu, dass sie mit der blauen Linie 10 fahren mussten. Also warteten die Mädchen auf die Ankunft des Busses.

Als sie einstiegen, warf der Fahrer Nova einen verdutzten Blick zu, sagte aber kein Wort. Nova entging jedoch nicht, dass er sie noch eine Weile im Rückspiegel beobachtete. Sicher fragte er sich, ob Nova noch alle Tassen im Schrank hatte und warum drei junge Mädchen so spät noch mit dem Bus fuhren – und dann in diesem Aufzug …

Nova, Avon und Fee setzten sich nebeneinander in die hinterste Reihe. Sie waren die einzigen Fahrgäste. Kein Wunder, um diese Uhrzeit! Es war schon nach zehn.

„Ich bin noch nie mit dieser Linie gefahren", sagte Fee und sah aus dem Fenster. Doch in der Dunkelheit konnte man kaum etwas erkennen. „Ich glaube, wir fahren aus der Stadt raus."

Der Bus bog in eine unbeleuchtete Straße ab. Ob dieser Ausflug ein gutes Ende nehmen würde?

Blöder Navigationszauber! Wenn Nova wenigstens gewusst hätte, an welchen Ort er sie führen würde! Die Ungewissheit war unerträglich und machte sie nervös. Ihre Hand wurde schwitzig vor Aufregung. Aber sie durfte Avon nicht noch mal loslassen.

Avon war verdächtig still.

„Nee, doch nicht! Seht mal!“, plapperte Fee weiter. „Wir sind anscheinend eine große Runde gefahren. Der Nachtbus klappert wohl alle Haltestellen am Stadtrand ab. Da hinten ist der alte Bolzplatz. Meine Eltern und ich sind früher oft in dieser Gegend spazieren gegangen. Hier gibt es sogar einen verwunschenen Brunnen!“

„Deine Geschichten werden ja immer spannender“, bemerkte Avon sarkastisch. „Erlebst du nichts Cooles?“

„Ich *bin* cool!“, verteidigte sich Fee.

Avon schnaubte belustigt. „Ja, sicher.“

Nova wollte ihre Freundin gerade verteidigen, als der Bus in die nächste Haltebucht einscherte. Und zu Novas Entsetzen stand da ausgerechnet … Fitz! Novas Herz fing an zu rasen. Oh nein!

„Runter mit euch!“, zischte Nova Fee und Avon zu und versuchte sich hinter der Vorderlehne zu verstecken. Fitz durfte sie auf keinen Fall sehen!

Doch Avon dachte gar nicht daran, sich zu verstecken. Als Fitz durch den Mittelgang kam, um sich einen Platz zu suchen, winkte Avon ihm zu und rief: „Huhu! Fitz! Hier hinten!“

Fee schien es vor Schreck die Sprache verschlagen zu haben. Nova ratterte im Stillen ein Gebet herunter.

„Hey!“, rief Fitz gut gelaunt. „Auch noch unterwegs?“ Dann fiel sein Blick auf Nova, die Alufolien-Vogelscheuche, und er runzelte die Stirn.
„Was für eine Überraschung!“, flötete Avon erfreut.
Wohl eher: Was für ein Pech! Unglücksmagnet Nova im Einsatz!
Fitz lächelte Avon an. „Ich war mit ein paar Jungs noch Fußball spielen. Wir treffen uns manchmal am alten Bolzplatz. Gut, dass ich den Bus noch bekommen habe! Hab total die Zeit vergessen. Zum Glück sind meine Eltern heute zu irgendeinem Dinner eingeladen.“
Fitz setzte sich in die Reihe vor ihnen und drehte sich zu den Mädchen um. Wieder wanderte sein Blick zu Alu-Nova.
„Ähm, das ist … ähm … Novas Cousine!“, stammelte Fee.
Nova nickte heftig und die Alufolie knisterte wie verrückt. Sie sollte lieber völlig stillsitzen!
„Ich bin Fitz“, stellte sich Fitz höflich vor.
„Sie heißt …“ Fee überlegte fieberhaft. „Penelope Popenwitsch! Eine weit entfernte Großcousine fünften Grades. Ihre Familie … ähm … ist nur auf der Durchreise. Genau!“
Popenwitsch? Warum nicht gleich Popelhausen!
„Wieso sagt sie denn nichts?“, fragte Fitz.
„Sie ist stumm!“, antwortete Fee hastig. „Außerdem ver-

steht sie uns nicht, sie spricht nur … Tofalarisch! Total selten, die Sprache!“

Nova gab einen erstickten Laut von sich.

Fitz lachte. „Veräppeln kann ich mich selber.“

„Fee hat heute Abend zu viel Cola getrunken, da dreht sie immer ab“, erklärte Avon mit einem Lächeln. „Meine Cousine ist einfach nur superschüchtern.“

„Kein Ding“, meinte Fitz verständnisvoll.

Avon beugte sich zu Fitz vor. „Du bist *so* nett, Fitz. Schade nur, dass nette Leute voll die Oberlangweiler sind“, sagte sie. „Dass du überhaupt Freunde hast!“

Fitz starrte Avon perplex an.

„Du stinkst auch total!“, beschwerte sich Avon. „Wie eine müffelnde, olle Fußballsocke.“

Fee klappte die Kinnlade herunter.

Nova riss die Augen weit auf.

Avon war echt ein wandelnder Wortvirus!

Fitz sah zwar etwas zerzaust aus, aber wenn er nach etwas roch, dann nach Gras und frischer Waldluft. Das Einzige, was hier zum Himmel stank, war Avons Bosheit!

„Kannst du dich nicht doch woanders hinsetzen?“, ätzte Avon weiter.

„Wer hat dir denn die Laune vermiest?“, fragte Fitz verärgert, blieb aber auf seinem Platz sitzen.

„Sie meint das gar nicht so!“, entschuldigte sich Fee. „Mich macht Cola wuschiwaschi im Kopf und Nova ist allergisch gegen … Kohlensäure! Da wird sie immer total … sauer!“
Fitz verzog das Gesicht. Er glaubte Fee kein Wort. „Hier stimmt doch was nicht“, sagte er skeptisch.
Fee, streng dich an! Du musst uns retten!, feuerte Nova ihre Freundin innerlich an. Sie hätte am liebsten selbst etwas gesagt, aber sie war ja angeblich stumm, und außerdem hätte Fitz dann sofort ihre Stimme erkannt.
„Ja, erwischt!“, konterte Fee. „Wir machen gerade bei so einem verrückten Online-Spiel mit, wo man über eine App Wetten abschließt, wer sich die krassesten Sachen traut.“
„Und dazu gehört verkleiden?“
„Unhöflich sein auch“, erklärte Fee.
Nova war stolz auf ihre Freundin! Das klang nach einer perfekten und glaubhaften Ausrede für *alles*!
Doch Avon hatte offenbar eigene Pläne.
„Fee lügt wie gedruckt“, sagte Avon hämisch. „Sie ist zu feige, um dir die Wahrheit zu sagen. Dass du nämlich nicht der große Fitz Alcott Fußballgott bist, für den dich alle halten. Sondern ein weichgespülter Loser, der wie ein Hasenpups riecht und nicht mal genug Kraft in seinen mickrigen Armen hat, um sich die Haare ordentlich zu kämmen. Du nervst mich zu Tode!“

Fitz entgleisten sämtliche Gesichtszüge. Kein Wunder. Nova brach es fast das Herz, als sie seine Augen sah. Avon war abscheulich!

Doch es blieb keine Zeit mehr, um irgendetwas wiedergutzumachen. Der Bus hielt an der nächsten Haltestelle und in Novas Magen zog sich alles zusammen. Ein Zeichen! Hier mussten sie raus! Avon hatte es auch gespürt. Sie sprang auf und zerrte Nova durch den Mittelgang und raus aus dem Bus.

Fee nuschelte ein leises „Sorry“ und kam hinterher.

Zischend schloss sich die Bustür. Nova fing Fitz’ Blick auf. Er sah durch die Scheibe zu ihnen nach draußen – ungläubig und ... ganz furchtbar verletzt.

Als der Bus weg war, riss sich Nova die Alufolie vom Kopf. „Du bist so unfassbar gemein!“, schrie sie Avon an. „Fitz wird bestimmt nie wieder mit mir reden! Du hast alles kaputt gemacht!“ Mit der freien Hand griff sie in die Hemdtasche und tastete nach dem Anhänger, den Fitz ihr geschenkt hatte. Sie hatte ihn extra als Glücksbringer eingepackt. Doch er hatte nichts genützt. Traurigkeit legte sich wie eine schwere Decke über Nova und schnürte ihr die Kehle zu. Sie brachte kein Wort mehr heraus.

„Jetzt krieg dich mal wieder ein“, sagte Avon bloß.

Niedergeschlagen sah Nova dem Bus nach, bis die Dunkelheit die Rücklichter verschluckt hatte. Sie hatte sich Händchenhalten immer wunderschön vorgestellt, romantisch, am besten bei Sonnenuntergang und Meeresrauschen – vorzugsweise mit Fitz ... Aber ganz bestimmt nicht mit ihrer bösen Doppelgängerin, die genau diesen Fitz mit Gemeinheiten in die Flucht geschlagen hatte.

„Wo sind wir hier?", brummte Avon genervt.

„An einem dunklen Ort", flüsterte Fee.

Sehr dunkel, dachte Nova.

Die Haltestelle lag direkt am Waldrand. Weit und breit war keine Menschenseele. Hinter den Wipfeln der Bäume ragten ein paar Gebäude empor. Nova erkannte den Kirchturm von Richmond. Ganz verloren waren sie also doch nicht. Aber es war stockduster und im Unterholz raschelte und knackte es unheimlich. Ein kühler Wind wehte.

Nova fröstelte. Fee rieb sich die Arme.

„Ich glaube, ich weiß, wo wir sind", sagte Nova nach einer Weile. „In der Nähe vom *Darkwood Institut.*"

„Da ist ein Schild." Fee deutete auf einen Wegweiser, der von Sträuchern halb zugewuchert war.

Nova brauchte keinen Pfeil, der ihr die Richtung wies. Die Magie, die durch ihren Körper wirbelte, lenkte sie, und die Kraft wurde immer stärker.

„Fühlst du das auch?", fragte Nova Avon.

„Die Magie wird immer am stärksten, kurz bevor sie vergeht“, sagte Avon. „Wir müssen uns beeilen.“

Nova reichte Fee ihre freie Hand. Ihre beste Freundin nahm sie dankbar. Und so schlugen sie gemeinsam einen Schotterweg ein, der von der Haltestelle in den finsteren Wald hineinführte. Fee leuchtete ihnen mit ihrem Handy.

Nova hatte recht gehabt. Nach einem ewig langen Fuß-

marsch lichtete sich der Wald und vor ihnen ragten die Türme des *Darkwood Instituts* auf. Vor dem nachtschwarzen Himmel sah das alte Gemäuer noch gespenstischer aus als am Tag. Was würde die Mädchen dort drinnen erwarten?

25

DIE Magie der Doppelgänger hatte sie zum Institut geführt, aber nun schien der Zauber nicht mehr richtig zu funktionieren.

„Ich bin durcheinander“, gestand Nova. „Wohin müssen wir? Und wieso fühle ich mich plötzlich so schlapp?“

„Das liegt an der Blutmagie“, sagte Avon. „Dunkle Magie fordert immer ihren Preis. Was dachtest du denn?“

„Dass wir meine Eltern finden!“, sagte Nova.

„Sie sind hier … irgendwo“, murmelte Avon leise.

„Wo würdest du sie gefangen halten, wenn du sie entführt hättest?“, fragte Fee den bösen Zwilling.

„Was soll das?“, rief Avon empört.

Fee zuckte mit den Schultern. „Nova und ich kennen uns im Fiessein nicht so gut aus, du hingegen schon.“

Avon ließ Novas Hand los und verschränkte trotzig die Arme vor der Brust. Hatte Fee sie etwa beleidigt? „Ich würde sie niemals entführen!“

„Aber auf Violas Party …“ Fee brachte den Satz nicht zu Ende.

Violas Party! Das war keine schöne Erinnerung! Avon hatte Fee auf dem Dachboden im Haus der Alcotts gefangen gehalten, um Nova hinaufzulocken.

Novas Knie wurden so weich, dass sie ins Wanken geriet und sich an der Mauer abstützen musste. Der Dachboden!

Plötzlich hatte Nova einen Geistesblitz. Das war es! Das perfekte Versteck!

„Los, wir müssen ins Foyer!“, rief Nova. „Da steht eine Übersichtstafel mit allen Gängen und Räumen!“

„Und wozu soll das gut sein?“, maulte Avon, die immer noch beleidigt war.

Aber Fee und Nova antworteten nicht, sondern rannten zum Eingang.

„Die Tür ist nicht abgeschlossen“, sagte Nova erleichtert und verwundert zugleich.

„Das bedeutet, wir sind auf der richtigen Fährte“, sagte Fee.

Nova stieß die Tür auf und sie gingen hinein. Avon schlurfte langsam hinterher.

Der Lageplan im Schaukasten war riesig, und es dauerte eine Weile, bis Nova sich einen Überblick verschafft hatte.

„Wonach suchen wir denn?“, fragte Fee.

„Du hast mich auf eine Idee gebracht“, erklärte Nova. „Ich glaube, meine Eltern sind in dem hohen Turm, den wir neulich von außen gesehen haben … Jetzt müssen wir nur noch rauskriegen, wie wir da hinkommen. Dieses Gebäude ist echt das reinste Labyrinth!“

„Meinst du, hier läuft vielleicht noch irgendwo ein Erwachsener herum, den wir um Hilfe bitten können?“, fragte Fee hoffnungsvoll.

„Glaub ich nicht. Oder hast du irgendwo Licht brennen sehen?“, antwortete Nova.

Fee schüttelte den Kopf.

„Habt ihr’s bald?“, rief Avon zu ihnen herüber. Sie war am Eingang stehen geblieben. „Hallooooo? Novaaaa? Feeeee?“

Nova griff nach Fees Hand. „Du bleibst hier und holst Hilfe“, flüsterte sie, „und ich gehe mit Avon.“

„Ich lass dich doch nicht mit der allein!“, protestierte Fee.

„Falls das hier alles eine böse Falle ist, nützt es nichts, wenn wir beide hineintappen“, sagte Nova und versuchte so ruhig wie möglich zu klingen.

Fee zögerte noch immer. „Nova …“

„Bitte, Fee“, flüsterte Nova eindringlich, obwohl eines klar war: Was sie hier taten, war entweder sehr mutig oder sehr dumm.

Fee seufzte schwer, dann umarmte sie Nova ganz fest. „Na gut. Aber sei vorsichtig."

Nova nickte.

„Alter Falter, ich dachte schon, ich muss hier Wurzeln schlagen", motzte Avon, als Nova zu ihr kam. „Und was jetzt?"

„Wir müssen zum Turm auf der Südseite."

Avon hob skeptisch eine Augenbraue. „Okay."

Obwohl Nova sich den Lageplan genau eingeprägt hatte, war es nicht leicht, in den verworrenen Gängen den richtigen Aufgang zum Turm zu finden. Das spärliche Mondlicht, das durch die Fenster fiel, schien gerade hell genug, dass sie nicht über ihre eigenen Füße stolperten. Mit Schaudern sah Nova, wie ihr Schatten die Wände hochkroch. Das Einzige, was sie hörte, war ihr Herzschlag. Das war der Stoff, aus dem Gruselgeschichten waren!

Avon wich nicht von Novas Seite. Fürchtete sie sich etwa genauso sehr? Hatte selbst der böseste Zwilling auch mal Angst? Als sich ihre Arme streiften, spürte Nova wieder dieses Kribbeln. Doppelgänger-Magie …

„Hörst du das? Da vorne?", zischte Avon plötzlich und klammerte sich an Nova fest.

Nova blinzelte in die Dunkelheit. Am Ende des Gangs war eine Tür, unter der ein fahles Licht hindurchsickerte. Schritte klackerten über Stein. Da war jemand!

„Wir müssen uns verstecken!“, zischte Nova.
Sie packte Avon am Arm und zerrte sie in einen schmalen Flur, der vom Gang abzweigte. Dann erspähte sie eine weitere Tür. Nova drückte hastig die Klinke. Offen! Nova zog Avon in den winzigen, muffigen Raum dahinter.
„Keinen Mucks!“, flüsterte Nova.
Die Mädchen hielten den Atem an. Die Schritte kamen näher … und verhallten.
Nova ließ ein paar Sekunden verstreichen, dann öffnete sie vorsichtig die Tür, schlich über den Flur zurück zum Hauptgang und lugte um die Ecke. Die Luft war rein.
Sofort huschte Nova zu der Tür am Ende des Gangs. Sie zog und zerrte mit aller Kraft an der Klinke – doch vergeblich. Die Tür war abgeschlossen. Avon trat neben Nova.
„Wir müssen da hoch!“, sagte Nova verzweifelt. „Ich bin mir sicher, das ist der Zugang zum Turm! Aber die blöde Tür ist zu!“
„Lass es uns mit Magie versuchen“, schlug Avon vor.
Nova zögerte. Avon war plötzlich wieder so hilfsbereit … Aber klar, je schneller sie Mr und Mrs Stark fanden, umso schneller würde Avon das Carmody-Amulett bekommen – dachte Avon.
Nova und Avon reichten sich die Hände und legten beide eine Hand auf die Klinke.

„Und was jetzt?“, fragte Nova, die wenig Erfahrung im magischen Öffnen von Türen hatte. „Sesam, öffne dich?“
„Sei einfach still, schließ die Augen und stell dir vor, wie die Tür sich öffnet“, zischte Avon.
Nova gehorchte. Das Kribbeln wurde immer stärker, und gerade als Nova dachte, sie könnte es keine Sekunde länger aushalten, machte es *klack!* und die Tür war offen. Wahnsinn!

Nova und Avon hechteten die Stufen hoch. Es waren so unheimlich viele …
Novas Atem ging immer schneller und ihre Beine wurden schwer. Weiter, immer weiter! Gleich waren sie oben!
Oh nein! Schon wieder eine verriegelte Tür!
Doch diesmal mussten Nova und Avon nur einen einzigen Blick wechseln, um zu wissen, was zu tun war: noch einmal zusammenhalten und zaubern!
Innerhalb von Sekunden war auch dieses Hindernis überwunden.
Atemlos platzten Nova und Avon in ein Turmzimmer – einen fensterlosen Raum, der in schwaches Kerzenlicht getaucht war. An der Wand stand ein wuchtiges Regal, daneben stapelten sich mehrere Holzkisten. Es war kalt und karg und ungemütlich. Und von Novas Eltern keine Spur …

„Nova, sieh mal …“, sagte Avon und deutete auf die Innenseite der Tür.

Nova traf fast der Schlag, als sie sah, was dort klebte: unzählige Artikel, Notizen und Fotos. Aber nicht irgendwelche Fotos!

Nova ging näher heran. Das waren Aufnahmen aus dem Haus der Starks! Da – der Keller! Und Novas Zimmer! Nova schluckte schwer. Es gab sogar ein Foto von ihr! Der Zeitungsbericht vom Todestag der Elaine Carmody mit dem peinlichen Pyjama-Foto hing ebenfalls dort. Was hatte das alles zu bedeuten?

„Mum! Dad!“, schrie Nova wild drauflos.

„Hier ist keiner“, sagte Avon.

„MUM! DAD! MUM! DAD!“, brüllte Nova lauter.

Von irgendwoher kam ein verdächtiges Rumpeln.

Avon hatte es auch gehört. Sie schnellte herum. „Das kommt von dahinten!“

Das Regal! Dahinter musste noch eine Tür sein!

„Hilf mir mal, Avon!“, rief Nova. „Wir müssen das Regal wegschieben!“

Mit vereinten Kräften gelang es den Mädchen, das schwere Regal Zentimeter für Zentimeter zu verrücken, bis die Tür frei war. Nova riss sie auf. Dahinter war es dunkel. Und in einer Ecke in der winzigen Kammer saßen …

„Mum! Dad!“ Nova stürzte auf ihre Eltern zu. Sie waren an Händen und Füßen mit einem dicken Strick gefesselt und mit Klebeband geknebelt. Nova versuchte mit zitternden Händen ihre Eltern zu befreien. Diese Knoten waren einfach nur fies! Doch Nova behielt die Nerven und löste die Knoten – wie eine sehr schwere Knobelaufgabe.

Kaum waren ihre Eltern frei, schlossen sie alle einander in die Arme. Vor Glück hätte Nova fast geweint. Sie hatte ihre Eltern wieder! Endlich!

„Nova, mein Schatz!“, schluchzte Novas Mutter.

„Mum!“, schluchzte Nova.

Die Welt schien für einen wundervollen Moment stillzustehen.

Doch dann verspannte sich ihr Vater merklich. „Bist du es wirklich, Nova? Oder ist das ein magischer Trick von diesem … diesem verflixten Fuchs?“, fragte er.

Dem verflixten Fuchs? Nova schluckte schwer.

„Ja, ich bin es, Dad“, erwiderte Nova rasch. „Kommt! Wir müssen verschwinden!“

Auf wackligen Beinen folgten ihre Eltern ihr ins Turmzimmer, und erst jetzt sah Nova, wie schlimm sie zugerichtet waren. Ihre Haare waren zerzaust und ihre Gesichter ganz schmutzig. Mr Stark hatte eine fette Beule an der Stirn und eine aufgeplatzte Lippe.

„Wer hat euch das angetan?“, fragte Nova mit tränenerstickter Stimme.
„Das war Finley!“, antwortete Mrs Stark mit bebender Stimme. „Wir waren auf dem Weg zu einem Interviewtermin, als plötzlich der Wagen liegen blieb. Zuerst dachten wir, es wäre ein platter Reifen, aber aus dem Motor kam so viel Qualm … und dann war er da und … es gab einen Kampf und … er ist gefährlich!“
Dieser Mistkerl!
„Er sucht das Carmody-Amulett“, berichtete Mrs Stark weiter. „Er ist wie besessen davon! Richtig wahnsinnig! Er hat gedroht dir etwas anzutun, Nova, wenn wir ihm nicht sagen, wo sich das Amulett befindet.“
„Dabei haben wir immer wieder beteuert, dass wir selbst nicht wissen, wo es ist!“, warf ihr Vater ein.
„Aber er hat uns nicht geglaubt“, schluchzte Novas Mutter. „Darum hat er auf eigene Faust danach gesucht …“
Die kaputte Vase, der verschobene Schrank, das offene Fenster … Nova bekam eine Gänsehaut, als sie nur daran dachte. Das war Sir Fox gewesen! Er war in ihr Haus eingedrungen! „Wir müssen hier weg!“, rief Nova panisch.
In diesem Augenblick sprang Avon hervor. Sie hatte sich hinter dem Regal versteckt und auf ihren großen Aufritt gewartet. „Nicht so schnell, meine Liebe“, sagte sie mit kal-

ter Stimme. „Es ist Zeit für den zweiten Teil unserer Abmachung. Wo ist das Amulett?“

Novas Eltern sahen verwirrt zu Avon.

„W-w-was …“, stammelte Mr Stark, als er Nova Nummer 2 erblickte. „Ich glaube, ich saß zu lange in diesem finsteren Loch. Jetzt hab ich auch noch Halluzinationen …“

„Ich … ich sehe es auch, Monty“, sagte Mrs Stark mit

schwacher Stimme.

„Lasst uns abhauen, bevor Sir Fox zurückkommt!“, rief Nova verzweifelt. Sie hatte jetzt keine Zeit für Erklärungen!

„Wo ist das Amulett?“, kreischte Avon, als plötzlich eine Gestalt im Türrahmen auftauchte.

Oh nein.

Sir Fox’ Blick flog zwischen Avon, Nova und Mr und Mrs Stark hin und her. „Was … wie …“

Er wirkte sichtlich überrumpelt und verwirrt, doch er gewann die Fassung schnell wieder. „Das ist alles ein großes Missverständnis, liebe Nova“, begann er.

„Missverständnis?“, echote Nova. „Sie haben meine Eltern entführt!“

„Nein, nein! Das verstehst du falsch. Ich war dabei … sie zu retten!“

„Lügner!“, brüllte Mr Stark.

„Sie waren das!“, sagte Nova fassungslos. „Sie waren bei

uns im Haus! Und Sie haben mir auch diese ganzen Nachrichten geschrieben, damit ich keinen Verdacht schöpfe und zur Polizei gehe!“
Sir Fox machte auf dem Absatz kehrt und sauste die Stufen hinab.
„Er will abhauen! Tut was!“, rief Nova.
Das brachte Novas Eltern zur Besinnung. Sie stürzten aus dem Zimmer und nahmen die Verfolgung auf. „Du bleibst oben, Nova!“, hörte Nova ihre Mutter noch rufen. „Das ist sicherer!“ Dann verhallten ihre Schritte im Turm.
„*Sicherer*, dass ich nicht lache!“, prustete Avon hämisch los. „Die haben hier oben wohl ein bisschen zu wenig Sauerstoff abbekommen.“
Nova war der fiese Kommentar egal. Sie war einfach nur erleichtert. Ihre Eltern waren frei! Und Fee hatte sicher schon die Polizei verständigt. Man würde Sir Fox einbuchten! Und das Amulett? Nova griff unauffällig in ihre Rocktasche und ein eisiger Schauer überlief sie. Das Amulett war weg!
Hatte sie es etwa auf dem Weg hierher verloren? Nein. Viel schlimmer.
Es lag genau vor Avons Füßen! Es musste Nova aus der Tasche gefallen sein, als sie das Regal verrückt hatten.
Avon hatte die goldene Scheibe, die schwach im Kerzen-

licht schimmerte, offenbar noch nicht bemerkt, denn jetzt knurrte sie: „Zeit, dein Versprechen einzulösen, Nova Stark." Ihr Blick war mörderisch.

26

DAS war Novas Chance! Sie musste sich das Amulett schnappen und abhauen!

Nova sprintete los, bückte sich und fischte mit flinken Fingern das Amulett vom Boden. Doch gerade als sie damit fliehen wollte, stellte sich Avon ihr in den Weg. Sie drängte Nova zurück in den Raum, wobei sie die goldene Scheibe in Novas Hand keine Sekunde aus den Augen ließ.

Nova konnte förmlich dabei zusehen, wie bei Avon der Groschen fiel. „Das ist es, oder?“, sagte Avon mit bebender Stimme. „Das *echte* Amulett.“

„Das ist ein rostiges Pendel, mehr nicht“, versuchte Nova die Lage zu retten. „Es ist total wertlos.“

„Dann kannst du es mir ja überlassen …“ Avon streckte die Hand aus.

„Vergiss es!“, erwiderte Nova.

„Gib sofort das Ding her!“, kreischte Avon und kam Nova bedrohlich nahe.

Nova machte einen Satz rückwärts und verschanzte sich hinter dem Regal.
„Wir hatten einen Deal!“, knurrte Avon.
Als Nova nicht reagierte, schnippte Avon mit den Fingern und wieder stoben Funken auf. Dann ließ sie ihren Arm nach vorn schnellen und feuerte ein kleines Funkengeschoss in Novas Richtung. Nova konnte sich gerade noch rechtzeitig wegducken. Es knallte laut, als der kleine Feuerball gegen das Regal schmetterte. Plötzlich stank es nach verbranntem Holz.
Nova hustete und suchte fieberhaft nach einer Fluchtmöglichkeit. *Bämm!* – krachte das nächste Geschoss ins Regal, es war viel größer als das erste!
„Komm vor!“, schrie Avon und feuerte nun eine Funkenladung nach der anderen ab.
Vielleicht lag es am Adrenalin oder an dem Glücksgefühl, ihre Eltern zurückzuhaben, aber Nova schaffte es, den Geschossen auszuweichen. Bloß raus hier! Nur wie? Nova hatte ja nicht mal etwas, um sich zu verteidigen.
Doch dann hatte sie einen Einfall. Sie warf sich mit voller Wucht gegen das Regal. Es wankte und kippte auf Avon zu. Die sprang zur Seite – und der rettende Weg zur Tür war frei! Doch ehe sich Nova aus dem Staub machen konnte, hatte Avon ihren linken Gummistiefel gepackt und hielt

sie fest. Nova strampelte mit den Beinen, konnte sich aber nicht befreien. Verfluchte Stiefel!
„Novaaaaa!“, grollte Avon. Es war Furcht einflößend.
Mit einem Kampfschrei warf Avon sich auf Nova und riss sie zu Boden. Der Aufprall war hart und schmerzhaft und Avons Gewicht presste Nova sämtliche Luft aus der Lunge. Nova schmeckte Blut auf der Unterlippe. Ihr Schädel brummte wie verrückt und die Rippen taten ihr weh. Sie wollte sich aufrappeln, aber Avon drückte sie wieder nach unten. Ihr böser Zwilling war im Vorteil.

„Du hast mich angelogen! Wie konntest du es wagen!“, kreischte Avon. Ihre Finger gruben sich in Novas Haare. Die war ja vollkommen irre!
„Gib mir sofort das Amulett oder ich breche dir …“
Doch Avon kam nicht dazu, ihre Drohung auszusprechen, denn Nova verpasste ihr mit dem Ellbogen einen Hieb ins Gesicht. Avon stöhnte auf und Nova stieß sie von sich herunter.
Nova war wieder frei – aber nicht lange. Entsetzt sah sie, wie Avon neue Funken heraufbeschwor und diese zu einem knisternden Seil verwob. Es sah aus, als würde jemand mit einer Wunderkerze Muster in die Dunkelheit malen. Ehe Nova wusste, wie ihr geschah, hatte Avon das glitzernde Seil geworfen und es um Novas Bein geschlungen.

Hilfe! Magie!

Moment – Magie? Nova war selbst ganz überrascht von dem Gedanken, der ihr nun kam. War es möglich, dass sie – Nova Stark – sich mit Magie zur Wehr setzen konnte? Fee hatte gesagt, sie und Avon besäßen beide einen Teil der Doppelgänger-Magie …

Eine Gebrauchsanleitung wäre jetzt nicht übel gewesen.

Woher sollte Nova sonst wissen, wozu sie in der Lage war? Kurz dachte sie über die Missgeschicke nach, die Emma in ihrer Gegenwart passiert waren. Nova ahnte, dass ihre Magie mit heftigen Emotionen verknüpft war. Mit Gefühlen, die sie überrumpelten und sich ihrer Kontrolle entzogen. Konnte sie Avon damit niederstrecken? Wütend genug war sie allemal!

„Komm bloß nicht näher!“, zischte Nova. „Sonst … zaubere ich!“ Kaum waren die Worte ausgesprochen, kamen sie Nova selbst lächerlich vor.

Avon stieß ein kehliges Lachen aus. Doch dann wurde ihre Miene hart. „Du könntest so einiges von mir lernen“, zischte sie zornig. „Wenn du nicht so ein dummes, naives Mädchen wärst. Mit diesem Amulett könnte ich alles erreichen! *Wir* könnten alles erreichen, Nova. Es ist pure Macht! Begreifst du das denn nicht?“

Novas Blick huschte zur Tür.

„Ich lasse dich laufen, wenn du es mir gibst", sagte Avon.
„Niemals! Du wolltest mich damit wegwünschen, schon vergessen?", rief Nova.
„Wir müssen keine Feindinnen sein", redete Avon weiter auf Nova ein. „Gemeinsam sind wir unbesiegbar. Wir gehören zusammen. Wir sind reine Magie!"
Nova schüttelte energisch den Kopf. „Nein!"
„Letzte Chance …", sagte Avon drohend.
Oh nein. Gleich würde ein Unheil geschehen! Nova spürte es wie ein Knistern in der Luft. Ihre Finger schlossen sich fester um das Amulett. Wie sollte sie jetzt noch verhindern, dass Avon es in die Finger kriegte? In dem Moment hörte sie Schritte auf der Treppe. Sie und Avon wirbelten herum.
„Endlich habe ich dich gefunden!"
Nova hatte mit allem gerechnet, aber nicht *damit*!
„Fitz?!"
„Nova!"
Nicht denken! Handeln! Nova holte aus und warf Fitz das Amulett zu. „Fitz, fang auf!", rief sie.
Das Amulett sauste durch die Luft und landete in Fitz' Hand.
„Lauf! Lauf weg!", rief Nova.
„Was ist das?", fragte Fitz verwirrt.
„LAUF, FITZ!", schrie Nova jetzt.

Nun war Avon auf den Beinen – und Fitz sah doppelt. Sein Blick flog zwischen Nova und Avon hin und her. Er riss den Mund auf und starrte die Mädchen ungläubig an.
„Fitz, du musst mir helfen!“, sagte Avon flehentlich. „Dieses Mädchen ist eine Hochstaplerin und will etwas furchtbar Böses tun! Ich brauche das Amulett!“
„Du darfst es ihr nicht geben!“, schrie Nova.

„Was wird hier gespielt? Was ist das für ein Trick?“, fragte Fitz.
„Bitte, mein Süßer“, schnurrte Avon. „Du kennst mich doch! Wenn du mich magst, dann hilf mir gefälligst!“
Fitz stand da wie versteinert. „Wieso gibt es dich zweimal, Nova?“
„Ich weiß, es ist verrückt“, sagte Nova hastig, „aber ich hab jetzt keine Zeit, es dir zu erklären! Du musst dieses Amulett in Sicherheit bringen! Sofort! Vertrau mir!“
Fitz blickte auf die Metallscheibe in seiner Hand.
„Hör nicht auf sie!“, kreischte Avon hysterisch. „Du musst sie nur wegwünschen! Lass sie verschwinden!“
„Was wird hier gespielt?“, fragte Fitz noch einmal. Nach dem ersten Schock war er nun ziemlich sauer.
„Wieso bist du überhaupt hergekommen, du Loser!“, schimpfte Avon, die längst die Geduld verloren hatte. Dann hob sie die Hand.

Nova begriff sofort, was ihr böser Zwilling vorhatte. Irgendeinen fiesen Hokuspokus!
Hastig zog sie sich einen Gummistiefel vom Fuß. Der Stiefel war der einzige Gegenstand, den sie werfen konnte. Also schleuderte sie die gelbe Scheußlichkeit mit voller Wucht gegen Avons Arm.
Avon zuckte zusammen und fluchte.
„Lass Fitz in Ruhe!“, brüllte Nova wütend.
Der ganze Turm begann zu beben.
Fitz sah Nova mit weit aufgerissenen Augen an. „Nova“, sagte er. Es klang eher traurig als wütend. „Ich mag dich wirklich gern, aber auf diesen Zirkus habe ich echt keine Lust mehr.“
„Gib. Mir. Das. Amulett“, knurrte Avon.
Nova bekam es mit der Angst zu tun. Avon schien so mächtig wie noch nie. Kein Gummistiefel der Welt würde diese Irre noch aufhalten!
„Nova, bitte!“, sagte Fitz und schaute zwischen Avon und Nova hin und her. „Ich bin extra hergekommen, weil ich mit dir reden wollte! Das im Bus, das warst doch nicht du! Das habe ich gespürt!“ Fitz verstummte.
„Es tut mir so leid, Fitz“, sagte Nova und kämpfte mit den Tränen. „Aber du musst jetzt *wirklich, wirklich* verschwinden!“

„Nein!“, rief Fitz entschieden. „Die falsche Nova soll verschwinden!“

Eine Explosion ließ Nova herumfahren. Zauberte Avon? War das ihr Ende? Nova hielt sich einen Arm vors Gesicht, dann blinzelte sie. Grelle Funken tanzten vor ihren Augen, als hätte sie zu lange in die Sonne geschaut.

Avon war verschwunden.

Sie war *fort*!

„Nova?“, fragte Fitz verunsichert.

Nova drehte sich um. Dann fiel ihr Blick auf das Amulett in Fitz’ Hand. Der Wunsch! Aber logo! Fitz hatte Avon weggewünscht! Die falsche Nova!

Nova bekam ganz heiße Wangen. Ihre Gedanken überschlugen sich. Avon war weg! Fort! Verschwunden! Und was hatte Fitz eben alles gesagt? Er war *ihretwegen* hergekommen? Er mochte sie wirklich gern? Sie, die *echte* – die tollpatschige, uncoole, langweilige – Nova?

Nova war niemals, niemals so froh gewesen sie selbst zu sein.

27

VOR dem *Darkwood Institut* stand ein Streifenwagen. Auch ein Notarzt war vor Ort. Wie abgemacht hatte Fee Hilfe gerufen.

Mr und Mrs Stark war es gelungen, Sir Fox an der Flucht zu hindern. Er wurde gerade in Handschellen von einem Polizisten abgeführt, wehrte sich aber mit Händen und Füßen, sodass ein zweiter Polizist eingreifen musste. Gemeinsam schleiften sie den listigen Fuchs ohne Gnade über den Parkplatz.

„Das ist eine Unverfrorenheit!", schrie Sir Fox hysterisch. „Hier geht es nicht mit rechten Dingen zu! Das Mädchen hat eine Doppelgängerin! Ich habe nichts verbrochen!"

Nova, ihre Eltern, Fee und Fitz beobachteten gebannt, wie der Halunke auf die Rückbank des Polizeiautos verfrachtet wurde. Gerechtigkeit!

„Lassen Sie mich erklären! Ich wurde verhext!", zeterte Sir Fox.

„Erzählen Sie das dem Richter“, erwiderte einer der Polizisten und verdrehte die Augen. „Oder zaubern Sie sich doch gleich wieder aus dem Gefängnis heraus!“

Sir Fox wurde ganz blass um die Nasenspitze. „Gefängnis? Ich bin zu gut aussehend fürs Gefängnis! Zu gebildet! Zu vornehm! Zu elegant! Monty, bitte! BITTE!“

Mr Stark schüttelte ungläubig den Kopf. „Aus der Num-

mer kommt er nicht mehr raus.“

Wie aufs Stichwort versuchte Sir Fox wieder aus dem Polizeiwagen zu klettern, stieß sich dabei den Kopf an und prompt fiel ein Toupet zu Boden. Darüber musste sogar einer der Polizisten lachen. Er verriegelte das Auto und Sir Fox fing an zu weinen. Novas Mitleid hielt sich in Grenzen.

***

Bis auf die Beule von Mr Stark und einige Kratzer und Schrammen waren Novas Eltern unversehrt. Sie waren nur leicht dehydriert. Der Fuchs hatte ihnen während ihrer Gefangenschaft kaum zu trinken gegeben. Darum erklärte der Notarzt Mr und Mrs Starks Bericht von einer Doppelgängerin ihrer Tochter auch gleich mit Halluzinationen aufgrund von Flüssigkeitsmangel. Nova war heilfroh, dass ihre Eltern das ohne Weiteres glaubten.

„Woher wusstest du, dass du deine Eltern hier finden würdest?", wurde Nova von einem der Polizisten gefragt. „Woher wusstest du von dem Verlies im Turm?"
Nova hatte sich schon genau überlegt, was sie sagen würde: dass sie zusammen mit ihren Freunden im Institut nach Mr und Mrs Stark gesucht hatte, weil Novas Mutter hier arbeitete, und dass der Rest pures Glück gewesen sei.
Und Fitz? Als der nette Beamte ihn fragte, ob das alles stimmte, antwortete Fitz seelenruhig: „Nova sagt die Wahrheit."
Damit war der Fall erledigt – zumindest für die Polizei.
Nova starrte Fitz fassungslos an. Er hielt zu ihr? Trotz allem, was gerade passiert war?
„Woher wusstest du eigentlich, dass Nova oben im Turm war?", fragte Fee die Frage, die Nova schon seit Avons Verschwinden auf der Zunge gelegen hatte.
Fitz sah Nova an, als er leise antwortete: „Nur so ein Gefühl."
Nova öffnete den Mund, aber da kam ihr Vater zu ihnen herüber.
„Die Polizei schickt einen kleinen Bus, der uns alle nach Hause bringt", sagte Mr Stark munter.
Selten hatte sich Nova im Beisein ihrer Freunde so über das Auftauchen ihres quirligen, ein bisschen peinlichen Vaters

gefreut. Ihre Wangen glühten nämlich gerade vor lauter Verlegenheit und Freude und das durfte Fitz ja auf keinen Fall merken!

„Oh, Nova, was trägst du denn da?“, fragte Mr Stark. „Ist das eines meiner Hemden? Ach, das mit den Zahnflügelkäfern! Du musst deinen alten Herrn ja mächtig vermisst haben!“

Okay! Nova nahm alles zurück. Ein peinlicher Vater blieb ein peinlicher Vater!

„Und warum trägst du nur einen Gummistiefel?“

Nova hatte in all der Aufregung vergessen, dass sie einen der Stiefel im Kampf gegen Avon verloren hatte. Ihre Socke war klitschnass und ihr Fuß eiskalt.

„Das war, weil … dann fühlt man sich mit der Erde verbunden und kann das dritte Auge besser nutzen. Nova war davon überzeugt, das hilft uns bei der Suche“, sprang Fee ein.

„Durch und durch meine Tochter!“, sagte Mr Stark stolz und schloss Nova in die Arme.

Peinlicher wurde es nur noch, als Mr Stark anfing wie wild zu tanzen und dazu laut zu chanten, um Mutter Erde für ihren Beistand zu danken.

Nova stöhnte. Das durfte doch nicht wahr sein! Vielleicht sollte der Notarzt ihren Vater doch noch mal durchchecken!

„Kommt, Kinder“, sagte Mrs Stark, die dem Schauspiel eine Weile lächelnd zugesehen hatte. „Wir holen uns am Automaten vor der Cafeteria ein warmes Getränk, bis der Wagen kommt. So einen heißen Kakao können wir jetzt sicher alle gut vertragen.“
Oh ja! Kakao machte alles besser!
Bevor sie zurück ins Gebäude gingen, nahm Novas Mutter ihre Tochter zur Seite und strich ihr sanft eine Haarsträhne aus dem Gesicht. Dann schloss sie Nova fest in die Arme. „Ich bin sehr stolz auf dich.“
Nova hätte vor Glück und Erleichterung am liebsten die ganze Welt umarmt. „Ich hab dich lieb, Mum!“, murmelte sie.
„Ich dich auch, mein Schatz!“

***

Minuten später saßen sie im Polizeibus. Fee wurde zuerst zu Hause abgesetzt. Danach saß Nova mit Fitz allein auf der Rückbank. Am liebsten hätte sie seine Hand genommen, um ihre Dankbarkeit auszudrücken.
In der Reihe vor ihnen saßen Novas Eltern und unterhielten sich aufgeregt über Sir Fox und dessen Besessenheit, das Carmody-Amulett zu finden.

„Es sollte am besten für immer verschollen bleiben“, sagte Mrs Stark zu ihrem Mann. „Damit solche Wahnsinnigen wie Finley es niemals in die Finger bekommen! Elaine Carmody tat gut daran, ihr Geheimnis mit ins Grab zu nehmen.“

Mr Stark legte einen Arm um seine Frau und gab ihr einen Kuss. Bestimmt würden die beiden noch viel Zeit brauchen, um das Erlebte zu verarbeiten. Genau wie Nova.

Wie sehr sie sich doch alle in Sir Fox getäuscht hatten! Fox war böse. So wie Avon.

Nein, Moment mal! Nicht *alle* hatten sich täuschen lassen! Wally, dieser schlaue Vogel, hatte Fox und Avon von Anfang an nicht gemocht. Nova huschte ein Lächeln übers Gesicht. Gleich morgen würde sie in den Zooladen gehen und ihm eine extragroße Packung Honig-Hirse-Cracker kaufen.

Nova hörte einen tiefen Seufzer.

Fitz sah mit ernster Miene aus dem Fenster. Sein Gesicht wirkte im fahlen Licht der Straßenlaternen starr wie Wachs. Woran er wohl dachte?

Als Fitz bemerkte, dass Nova ihn anschaute, wandte sie hastig den Blick ab. Dann spürte sie, wie er nach ihrer Hand griff und etwas Kaltes, Glattes hineinlegte.

Sie musste nicht hinsehen, um zu wissen, was es war.

Das Amulett …

„Danke“, wisperte Nova.

„Gern geschehen“, antwortete er.

Und da wusste Nova: Fitz würde ihr Geheimnis bewahren.

28

EINIGE Tage lang berichteten die Zeitungen über nichts anderes als den Hochstapler Sir Finley Fox. Nach seiner Festnahme waren all seine dunklen Machenschaften ans Licht gekommen: Diebstähle, Erpressung und nicht zuletzt die Entführung von Novas Eltern. Sir Finley Fox' Ruf war ruiniert und sämtliche Vereinigungen zur Erforschung des Paranormalen stießen ihn aus ihren Reihen. Er hatte wegen seiner Gier alles verloren und würde lange Zeit hinter Gittern sitzen.

Mr und Mrs Stark hatten sich für eine Weile beurlauben lassen, damit sie sich von den Strapazen ihrer Entführung erholen konnten. Auch Nova durfte ein paar Tage zu Hause bleiben, nachdem ihr vor der Schule immer wieder eine penetrante Reporterin aufgelauert hatte, um neues Material für ihren Artikel zu sammeln. In Richmond passierte sonst nie etwas so Aufregendes!

Kurz vor dem Wochenende jedoch trennte sich ein berühmtes Schauspielerpärchen, was für weltweiten Aufruhr sorgte, und so war die Geschichte der Starks schnell Schnee von gestern.

Am Samstagvormittag saß Nova im Garten und genoss das schöne Wetter. Sie hatte es sich mit ihrem Mathebuch auf einer Liege gemütlich gemacht. Fee hatte ihr die Hausaufgaben gebracht. Nova schlürfte ihre Cola und rechnete.

Bis ein Maunzen sie störte …

Die schwarze Katze saß auf der Gartenmauer und starrte Nova an.

Misstrauisch blickte Nova zurück.

Die Katze zuckte nicht mal mit dem Schnurrhaar.

Und Nova hatte genug. Mit einem Satz sprang sie auf und fauchte. Die Katze erschrak und sprang von der Mauer – lief aber nicht weg. Sie stand geduckt da und starrte Nova weiter an.

„Es reicht“, sagte Nova ganz ruhig. „Verzieh dich einfach! Du bist Geschichte. Genau wie Avon. Tschüss, schwarze Magie, tschüss, schwarze Miezekatze!“

Nova gab nicht nach. Sie fixierte die Katze mit energischem Blick. Die Katze machte einen Buckel, verschwand dann aber blitzschnell im Gebüsch.

Auf Nimmerwiedersehen.

Nova grinste. Das wäre erledigt.

„Nova, kommst du mal?“, rief ihre Mutter in dem Moment aus dem Fenster.

Nova eilte ins Haus, wo ihre Eltern bereits mit verschwörerischen Mienen im Wohnzimmer auf sie warteten.

„Wir haben eine Überraschung für dich“, verkündete ihr Vater fröhlich. „Du warst so tapfer und hast selbst im Angesicht größter Gefahr – und ohne deine geliebten Eltern –
300 nicht aufgegeben! In dir steckt eine wahrhaftige Stark!“

Boah, war das dick aufgetragen! Nova kicherte.

„Was dein Vater damit sagen will …“, fuhr Mrs Stark fort und warf ihrem Mann einen amüsierten Blick zu, „… ist, dass du dir eine Belohnung verdient hast.“ Sie wedelte mit einem Zettel. „Der hier hing am Kühlschrank.“

Novas Herz machte einen Satz. Die Einverständniserklärung für das Freizeit-Wochenende!

„Es tut uns leid, dass wir das Formular nicht früher unterschrieben haben.“

Unterschrieben? Nova traute ihren Ohren kaum.

Hastig schnappte sie ihrer Mutter den Zettel aus der Hand. Tatsächlich! Da war sie, die Unterschrift, die sie sich so sehnlichst gewünscht hatte! Sie durfte mitfahren!

Freudestrahlend sah sie ihre Eltern an. „DANKE!“

„Das ist aber noch nicht alles“, sagte Mrs Stark. „Damit dein Ausflug perfekt wird, haben wir dir einen Gutschein

fürs Einkaufszentrum geholt. Damit kannst du dir alles besorgen, was du für das Wochenende brauchst."
Mr Stark hielt seiner Tochter einen Umschlag hin.
„Juhu!", kreischte Nova. „Danke, danke, danke!" Stürmisch fiel sie ihren Eltern um den Hals. „Ihr seid die Allerbesten! Ich liebe euch!"
Nova hielt inne. Ja, das tat sie wirklich. Sie liebte ihre Eltern mehr als alles andere auf der Welt. So wütend und frustriert sie auch oft ihretwegen gewesen war – ihr Herzenswunsch war es niemals gewesen, sie verschwinden zu lassen. Ihre Familie war einfach stark.
„Das muss ich gleich Fee erzählen!" Nova rauschte zum Telefon und wählte Fees Nummer.
„FEE! Du wirst nicht glauben …", setzte Nova an.
„… was passiert ist!", beendete Fee den Satz.
„Okay, du zuerst", sagte Nova.
„Nein, du!"
„Ich darf zum Freizeit-Wochenende!", brüllte Nova voller Begeisterung in den Hörer. „Meine Eltern erlauben es! Sie haben mir sogar einen Shopping-Gutschein geschenkt!"
„Das ist toll!", freute sich Fee. „Nach all dem Spuk hast du dir das auch echt verdient! Das wird legendär!"
„Das wird fee-tastisch!", rief Nova. „Und jetzt erzähl schon! Was ist bei dir los?"

„Hier ist was ganz Aufregendes passiert!“, jubelte Fee. „Etwas Magisches!“

Nova hielt kurz den Atem an. „Etwas Gutes?“

„Gut?“, schrie Fee schrill. „Galaktisch gut!“ Sie holte tief Luft. „Ich habe ein Regenbogenhuhn gesichtet! Stell dir das mal vor! Heute Morgen war ich vorm Haus, weil ich so ein komisches Geräusch gehört habe. Der ganze Bürgersteig war total bunt! Tausend schillernde Farben überall! Und da lag diese Feder!“ Fee plapperte ohne Punkt und Komma weiter. „Und dann habe ich es entdeckt. Das Regenbogenhuhn, wie es davonflog!“

Nova brauchte einen Moment, um Fees Bericht zu verarbeiten. „Ein fliegendes Huhn …?“

„Mensch, Nova, nicht irgendein Huhn! Das Regenbogenhuhn!“

„Ach so, klar“, sagte Nova. „Das fliegt auch.“

Hatten nicht vielleicht einfach nur ein paar Kinder mit Kreide etwas auf den Bürgersteig gemalt? Und war das Huhn vielleicht einfach nur eine besonders hübsche Taube gewesen?

Nova schüttelte den Kopf. Sollte Fee ihren Spaß haben!

„Und was hast du dann getan?“, fragte Nova nach.

„Ein Foto geschossen!“, berichtete Fee eifrig. „Leider war das Regenbogenhuhn schon ganz schön weit weg, bis ich die Kamera bereit hatte. Aber egal! Das hatte ich mir doch so gewünscht!“

„Was? Wie?“ Nova konnte Fee nicht ganz folgen.

„Na, als ich mich aus Versehen verwünscht habe! Da wollte ich doch unbedingt, dass mir auch mal was Magisches passiert“, sagte Fee, und seufzte glücklich. „Wahnsinn!“

„Mann, Fee das ist richtig abgefahren! So cool!“, sagte Nova.

„Wollen wir uns treffen? Dann zeig ich dir das Foto!“

„Klar! Vielleicht am Einkaufszentrum? Dann können wir gleich noch was für das Freizeit-Wochenende besorgen“, schlug Nova vor. „Vielleicht so in einer halben Stunde? Ich muss vorher noch was erledigen.“

„Hat es zufällig was mit Fitz zu tun?“, fragte Fee.

„Nein, ausnahmsweise nicht“, erwiderte Nova. „In einer halben Stunde am Einkaufszentrum, ja? Dann bequatschen wir alles in Ruhe.“

„Versprochen?“, fragte Fee.

„Beste-Freundinnen-Ehrenwort“, sagte Nova.

Und gerade als Nova dachte, der Tag könnte nicht besser werden, piepste ihr Handy.

Fitz.

Nova quietschte. Hätte ihr das jemand vor ein paar Monaten prophezeit, hätte sie ihn für völlig verrückt erklärt: Fitz schrieb ihr Nachrichten! Freiwillig! Mit Wörtern! Und

Ausrufezeichen und Fragezeichen und – okay … Jetzt bloß nicht durchdrehen.

Inzwischen hatte sich Nova ja schon fast daran gewöhnt: Fitz löcherte sie schon die ganze Woche mit Fragen. Meist schrieb er unter irgendeinem Vorwand oder tippte irgendwelchen Smalltalk.

Nova war jedoch völlig klar, dass er wissen wollte, was in

jener Nacht wirklich geschehen war.

Aber konnte sie Fitz vertrauen? Er zumindest schien ihr zu vertrauen. Jedenfalls hatte er niemandem davon erzählt, was er im Darkwood Institut gesehen hatte.

Hey, Nova! Alles klar?

Nova seufzte. Hach!

Hi, Fitz! Alles super! Chille im Garten und lese.

Nova schlug sich eine Hand gegen die Stirn. Super? Lesen? Und war das Wort „chillen“ überhaupt noch in?

Cool! :-) Bei uns ist heute voll Stress. Viola nervt. Manchmal hätte ich gerne ein bisschen Magie, um mich weit wegzuzaubern. Hast du welche übrig?

Nova wusste, dass es ein Scherz sein sollte, ein blöder Witz, um sie aus der Reserve zu locken. Fitz wurde von Mal zu Mal besser mit diesen Wortspielen.

Da musst du meine Eltern fragen, die sind die Experten.

Nach kurzem Zögern tippte Nova noch eine weitere Nachricht:

Glaubst du an Magie?

Du etwa nicht?

Würde ich gerne.

Ich auch.

Was ist an dem Abend wirklich passiert?

Nova antwortete nicht. So direkt hatte Fitz sie noch nie gefragt.

Nova?

Ich sag es dir. Aber nicht per Handy. Am Freizeit-Wochenende.

Versprochen?

Fest versprochen.

Ich kann das Freizeit-Wochenende kaum erwarten!!! :-)

Nova lächelte in sich hinein. Es war sein Herzenswunsch gewesen, sie, Nova, zu sehen! War das nicht unglaublich? Ja, sie würde Fitz die Wahrheit sagen. Vielleicht am Lagerfeuer. Oder unter dem Sternenhimmel. In einem schönen Moment. Und Fitz würde es verstehen.

29

Nova gab ihren Eltern Bescheid, holte ihr Fahrrad aus dem Schuppen und radelte los.

Das Einkaufszentrum von Richmond war nicht besonders groß und befand sich wie fast alle Geschäfte in der beliebten Einkaufsstraße in Nähe des Busbahnhofs.

Nova nahm jedoch einen Umweg. Statt die übliche Strecke zu radeln, fuhr sie einen Schlenker um den Park und folgte über Schotter und Gestein dem holprigen Pfad, der ins Wäldchen führte. Dort lehnte sie ihr Fahrrad an einen Baum und ging ein Stück zu Fuß.

Nova hatte lange überlegt, wo das Amulett am sichersten sein würde, und irgendwann war ihr der perfekte Ort eingefallen.

Über einen verschlungenen Wanderweg gelangte sie zu einer alten Hängebrücke, die über einen Fluss führte. An manchen Stellen waren die Stromschnellen sogar richtig gefährlich.

Nova ging auf die Brücke und blieb nach wenigen Schritten stehen. Sie zog das Amulett aus ihrer Jackentasche und betrachtete es ein allerletztes Mal.

Die goldene Scheibe mit der Sonne hatte den liebsten Menschen, die Nova kannte, so viel Unglück beschert. Aber es hatte auch Gutes vollbracht: einen Bestseller für Elaine Carmody! Ein Regenbogenhuhn für Fee! Das Verschwin-

den von Avon! Und für Nova die Gewissheit, dass Fitz sie wirklich gernhatte …

Und wer wusste schon, durch welche Hände es gegangen war, bevor es in Elaine Carmodys Besitz gelangte?

Nova hatte viel dazugelernt. Magie – ob gute oder böse – hatte immer ihren Preis.

Ein Sonnenstrahl fiel durchs dichte Blätterwerk und ließ die Oberfläche des Amuletts glänzen. Kurz schien es Nova, als spiegelte sich ihr Gesicht darin und als zwinkerte ihr Spiegelbild ihr zu. Ein bisschen wissend. Und ein bisschen frech.

Nova streckte die Hand aus und ließ das Amulett fallen. Mit einem leisen *plopp* verschwand es in den rauschenden Fluten und wurde sofort mitgerissen.

Endlich konnte es kein Unheil mehr anrichten!

Und was Avon anging … Vielleicht würde sie für immer ein Teil von Nova sein, vielleicht aber auch nicht.

Jedenfalls würde sich Nova kein weiteres Mal von ihrem bösen Zwilling unterkriegen lassen! Magie der Doppelgänger hin oder her!

„Es kann nur eine geben“, sagte Nova sich ein letztes Mal. „Mich.“

„Der Spruch kommt mir aber bekannt vor“, hörte Nova auf einmal eine Stimme hinter sich.

Sie hatte gar nicht bemerkt, dass noch jemand auf der Brücke war. Ihre Lehrerin Miss Moore war wie aus dem Nichts aufgetaucht.

„Ich liebe es, hier am Fluss spazieren zu gehen“, sagte sie und lächelte.

Nova antwortete nicht.

Was hatte die Lehrerin gerade gesagt? *Es kann nur eine geben* … Dieser Satz stammte vom mysteriösen M, der geheimnisvollen Bloggerstimme, die Nova schon öfter zur Seite gestanden hatte. Aber wieso kam Miss Moore dieser Spruch bek…

Miss Moore.

M.

„Miss Moore, sind Sie ...?“, stammelte Nova.

Die Lehrerin lächelte nur und schlenderte weiter.

Nova blickte ihr eine Weile hinterher und lächelte schließlich auch.

Sie warf einen letzten Blick auf den Fluss und lief den Weg zu ihrem Fahrrad zurück. Manche Geheimnisse waren dafür da, dass man sie einem besonderen Menschen anvertraute. Und andere Geheimnisse sollten wohl einfach geheim bleiben.

Ein Schmetterling flatterte um Nova herum und verschwand hinter einer Hecke.

Nova atmete tief durch und ließ sich die Sonne aufs Gesicht scheinen. Wie verrückt und schön das Leben war! Es war ein herrlicher Tag und ihre beste Freundin wartete auf sie. Schon bald würde sie mit dem Jungen ihrer Träume ein grandioses Wochenende verbringen. Keine Magie der Welt hätte so einen perfekten Moment erschaffen können. Und egal welches Abenteuer sie als nächstes erwartete – Nova wusste, sie würde es bestehen.

Danksagung

Ein Buch zu schreiben ist zwar nicht so gefährlich wie die Zusammenarbeit mit einer bösen Doppelgängerin, aber manchmal erfordert es genauso viel Mut. Nova hätte ihr zweites Abenteuer niemals ohne die Hilfe ihrer Freunde bestanden. Und ich hätte dieses Buch niemals ohne die Unterstützung und den Zuspruch einiger Menschen geschrieben. Deshalb danke ich Claudia, die von Anfang an Feuer und Flamme für „Nova und Avon“ war. Ich danke Antonia, die das Buch gelesen und kritisch unter die Lupe genommen hat.

Ein besonderer Dank gilt meiner Lektorin Britta. Danke für die tollen Telefonate, lustigen Anekdoten und all deinen wundervollen Input. Du hast so viel Arbeit und Mühe in die Geschichte investiert, dass es nicht genug Koboldtaler gibt, um meine Wertschätzung auszudrücken.

Natürlich haben auch wieder die vielen Mitarbeiter von Carlsen im Hintergrund zusammengearbeitet, um dieses Buch möglich zu machen – ohne euch wäre die Geschichte nicht mehr als ein Haufen Papier. Nicht zu vergessen Petra Hämmerleinova, die so traumhaft schöne Cover zaubert, dass man meinen könnte, sie besäße echte Magie!

Danke an die allerbesten Freunde der Welt: Fabian und Amelie, Lisa R. und Carina, Liz und Steffi H. – ich bin so froh euch alle zu haben. Und ich brauche garantiert kein Carmody-Amulett, um zu wissen, dass mein Herzenswunsch darin besteht, für immer mit euch befreundet zu sein. Ihr seid toll!
Danke an meine Familie. Chaotisch oder nicht, ihr seid mein Zuhause.
Danke, lieber Leser/liebe Leserin, dass du Nova, Fee, Wally und Fitz in diesem Band der Reihe beigestanden hast! Ob wir Avon wohl endgültig los sind?

TANJA VOOSEN

© Stefanie Voosen

wurde 1989 in Köln geboren. Das Stadtleben wurde ihr schnell zu langweilig, also zog sie in die Eifel, wo sie auf der Suche nach übernatürlichen Ereignissen durch verwunschene Wälder spaziert und sich in dem Magieladen ihres Vertrauens gegen böse Flüche ausrüstet. Neben dem Schreiben ist sie als Buchbloggerin neuem Lesestoff auf der Spur oder geht ihrem Traumjob als Dosenöffnerin für ihren dicken Kater nach.

PETRA HÄMMERLEINOVA

© Tim Hufnagl

ist in Prag geboren. Sie ist Modedesignerin mit einer besonderen Vorliebe für Schuhe – Novas grüne Glitzerballerinas findet sie darum auch ziemlich interessant. Die Buchumschläge, die sie illustriert, erkennt man sofort: Es sind bezaubernd schöne Kunstwerke. Petra Hämmerleinova liebt Apfelkuchen mit Tee und lebt mit ihrer Familie in Erlangen.

Freundinnen und Feindinnen, Magie und gute Laune - Lesespaß pur!

Tanja Voosen
Nova und Avon, Band 1:
Mein böser, böser Zwilling
304 Seiten
Gebunden
ISBN 978-3-551-65381-9

Nova ist sprachlos. Sie glaubt nicht an Magie. Doch seit sie auf dem Jahrmarkt von einer Wahrsagerin verhext wurde, ist da plötzlich diese Doppelgängerin: Avon. Eine hinterhältige Nova-Kopie, die sich bei Novas Eltern einschleimt, die dem süßesten Typen der Schule peinliche Sachen sagt und Novas Wellensittich ärgert.

Schnell wird klar: Nova muss ihren bösen Zwilling wieder loswerden. Sie muss mutig sein und über ihren Schatten springen. Vor allem aber braucht sie eine gute Freundin – am besten mit magischen Fähigkeiten. Denn gegen so viel schwarze Magie hilft nur eins: noch mehr Magie ...

CARLSEN

www.carlsen.de

Die perfekte Welle!

Martina Sahler/Heiko Wolz
Summer Girls, Band 1:
Matilda und die Sommersonnen-insel
256 Seiten
Gebunden
ISBN 978-3-551-65165-5

Martina Sahler/Heiko Wolz
Summer Girls, Band 2:
Emmy und die perfekte Welle
240 Seiten
Gebunden
ISBN 978-3-551-65166-2

Sommer am Meer, Surfen und die erste Liebe: Matilda, Emmy, Johanna und Merit leben auf der Insel. Sie sind die »Summer Girls« und treffen sich meist bei Matilda, deren Vater eine Windsurfschule betreibt. Es ist Ferienbeginn, zahlreiche Anmeldungen flattern der Surfschule ins Haus und es ist der erste Sommer, in dem die Mädchen auch die Jungs im Auge haben …

CARLSEN

www.carlsen.de

Conni & Co auf einen Blick!

Conni & Co
Band 1
ISBN
978-3-551-35733-5

Conni und der Neue
Band 2
ISBN
978-3-551-55402-4

Conni und die Austauschschülerin
Band 3
ISBN
978-3-551-55403-1

Conni, Anna und das wilde Schulfest
Band 4
ISBN
978-3-551-55404-8

Conni, Billi und die Mädchenbande
Band 5
ISBN
978-3-551-55405-5

Conni, Mandy und das große Wiedersehen
Band 6
ISBN
978-3-551-55406-2

Conni, Phillip und das Supermädchen
Band 7
ISBN
978-3-551-55407-9

Conni, Paul und die Sache mit der Freundschaft
Band 8
ISBN
978-3-551-55408-6

Conni, Phillip und ein Kuss im Schnee
Band 9
ISBN
978-3-551-55409-3

Conni, Dina und das Liebesquiz
Band 10
ISBN
978-3-551-55410-9

Conni, das Kleeblatt und die Pferde am Meer
Band 11
ISBN
978-3-551-55711-7

Conni, Dina und der Babysitterclub
Band 12
ISBN
978-3-551-55712-4

Conni kommt auf die weiterführende Schule. Ihre Freundinnen, ein neuer Mitschüler, ein Besuch aus England und ein Gegenbesuch dort halten sie ganz schön auf Trab. Sie entdeckt, wie es sich anfühlt, Schmetterlinge im Bauch zu haben. Und in jedem Band wird gebacken!

www.carlsen.de

CARLSEN

FSC www.fsc.org
MIX
Papier aus verantwortungsvollen Quellen
FSC® C014496

Umschlagillustration: Petra Hämmerleinova
Umschlaggrafik: Sabine Reddig
Lektorat: Britta Keil
Layout und Herstellung: Constanze Hinz
Satz: Pinkuin Satz und Datentechnik, Berlin
Lithografie: Margit Dittes Media, Hamburg
ISBN 978-3-551-65382-6